CAPITAINE CONAN

ROGER VERCEL

Capitaine Conan

ALBIN MICHEL

© Albin Michel, 1934.
ISBN : 978-2-253-02921-2 – 1re publication LGF

I

En somme, on n'est bien que couché !...

A condition de ne jamais remuer, de s'être empa-queté dans les deux couvertures, d'avoir enfilé, l'une sur l'autre, cinq paires de chaussettes, de s'être calé les reins avec ses souliers, afin de pouvoir les remet-tre, le moment venu, on est bien !...

Je lis un livre. Toutes les dix pages, j'arrête ma lecture, j'arrache ces dix feuillets, je les tords et j'allume. Cela fait, pendant quelques secondes, une chaleur de four qui tombe tout de suite, mais permet quand même d'arriver au bout des dix pages suivan-tes.

L'ennui, c'est que la neige qui s'écroule des arbres a cintré mon toit de façon inquiétante. Ses deux versants se rejoignent presque, et dès que je lève la tête, je cogne dedans. Ces coups de tête vont finir par rendre ça inhabitable : une toile de tente mouillée, c'est plus irritable qu'une peau fine. Vous y touchez du bout du doigt : à cet endroit-là, elle se traverse et fait gouttière. Il pleut dans mon oreille gauche, sur mon nez, sur mon livre et toujours exactement aux mêmes points. Cela finit par exaspérer !

J'ai cependant bien fait de changer de place ! La nuit dernière, je me suis réveillé parce que j'avais vraiment plus froid que d'habitude. Quand je me suis assis, cela a fait "flouc" : j'étais assis dans le Danube ! Il avait monté doucement depuis le soir, et

comme ma tente était la première du côté du fleuve...
Ici, dans la forêt marécageuse, sous l'égout des
arbres, avec le dégel qui commence, on finira
d'ailleurs par mariner tout autant.

— Qu'est-ce que c'est ?

Une main travaille, avec des doigts gourds, l'entrée
boutonnée de ma demeure ; un papier glisse dans la
fente des deux toiles :

— La décision, mon lieutenant.

Toutes les branches de la forêt ont pleuré dessus,
au passage ; ce n'est plus qu'un entrelacs de ruis-
seaux violets. Je lis pourtant : "Prise d'armes à
15 heures", et les détails du rassemblement.

Nous sommes au 22 novembre. En cinq semaines,
pendant la traversée, au pas de course, de la Macédoine, puis de la Bulgarie, le long des six cents kilomètres de montagnes, les trois quarts du régiment
ont fondu. J'ai vu mes hommes, un à un, tomber sur
les genoux, quand ça montait, sur le dos, à la descente des cols. J'allais à eux, je leur disais stupidement :

— Eh bien, quoi, alors, mon vieux, ça ne va
plus ?...

Pas un ne répondait, ils ne me regardaient même
pas, verdis, vidés qu'ils étaient par la dysenterie.
Tout leur pauvre corps s'en était allé en eau, le long
de la terrible route. Ce n'était plus que des sacs d'os,
des sacs de peau terreuse. Et cette affreuse nausée
qu'ils avaient tous, ce rictus de mal de mer retroussé
sur leurs dents !... On les traînait jusqu'au fossé, et
on repartait...

Et les paludéens ! Ceux-là avaient bonne mine, de
belles couleurs, avec leur 41° de fièvre. Seulement,
quand on les doublait, on entendait sonner leurs
gamelles, leurs cartouchières, leurs bidons, secoués
à leur tremblement, comme dans une maison, la
vaisselle, lorsqu'un gros camion passe.

On avait semé aussi les mulets, par vingtaines, aux
dernières étapes, nos misérables mulets écorchés,

gangrenés. Il fallait se mettre à dix, le matin, pour bâter leur viande à vif : cinquante kilos sur une plaie, ça les rendait fous ! Le soir, ils s'abattaient, dans les pierres coupantes du chemin, et les muletiers attendaient, l'air bien embêté, qu'ils aient fini de crever, pour les débâter, à cause des coups de pied qu'ils envoyaient dans l'agonie. Entre Prilep et le Danube, il en est ainsi tombé plus de cent dans le ventre des Macédoniens qui les guettaient du haut des crêtes, et les emportaient en quartiers, dès que la section de police était passée. Naturellement, les vivres étaient déposés dans le fossé, car on n'emportait que les caisses de cartouches, et le cheval du colonel traînait une roulante quand nous sommes arrivés ici...

Les trois cents bonshommes qui restent pourrissent tranquillement dans le bois, depuis huit jours. Pour qu'on leur ordonne une prise d'armes, il faut tout de même qu'il y ait quelque chose de vrai dans ce que les Italiens nous ont crié, la semaine dernière, quand on passait dans Kustendil !... Eh bien, même pour ça, on devait nous foutre la paix ! Dire qu'il va falloir se rechausser !

Quand j'aurai quatre-vingts ans, que je serai perclus et bien roide, ça me coûtera sûrement moins de m'habiller ! C'est comme si l'on entrait dans un bain de glace : tout ce qu'on met est saturé de neige fondue. Je ne parviendrai jamais à réchauffer ces éponges !...

Dans le bois, où j'arrive enfin à quatre pattes, la neige est crevée de myriades de trous, d'alvéoles profonds et serrés, couverts par le dégel de midi. Le ciel, entre les troncs noirs, est si sale, si jaune que le sol blanc ne parvient plus à éclairer. A droite, le fleuve débordé, entre d'autres arbres de goudron, paraît s'être dressé, tendu comme une haute bande verticale, une longue toile brune qui monte jusqu'au lourd plafond des nuées, et nous cerne. Tout est à ce point obscur, froid et décoloré, qu'il semble que toujours il en sera de même, que nous sommes tombés au-dessous du monde, dans une région de limbes où rien n'a jamais vu le soleil !...

— Allez, debout ! Prise d'armes à 3 heures !

J'ai crié l'ordre à un buisson de ronces, un réseau serré de neige. Il abrite un château de cartes en toile jaune où dorment les hommes, couchés tête-bêche, les pieds fraternellement réchauffés par les flancs tièdes des copains.

Si absurde qu'il soit, cet ordre, il semble, à le crier dans ce bois désert, que l'on conjure un maléfice. Rester couché huit jours dans la neige, dans la pénombre grasse de toiles huilées, c'est un hivernage qui étreint durement l'esprit. On a guetté la montée du froid dans ses membres comme l'invasion d'une maladie, on a trop écouté le silence, ce grand silence mat de la neige, ce silence clos, étouffé, si différent des autres silences campagnards, profonds, béants, qu'on sent faits pour amplifier, de toute la résonance de leur vide, les bruits et les voix qui y tombent. Pour avoir trop longtemps regardé un pauvre vieil arbre tors, disputant une à une ses dernières feuilles au vent, on a soudain pensé que les camarades tués étaient morts, qu'on était, soi, devenu homme sans avoir eu de jeunesse, que pour la cinquième fois, on ne serait point à la maison, au coin du feu, à Noël... Oui, crier cet ordre qui vous impose un but, une action, cet ordre qui lui est bien précis, sous ce ciel vague, qui prescrit une heure exacte dans ce morne flux de temps où tout se noie, crier un ordre empoisonnant qui va réveiller dans les guitounes une indignation tonique, ça vous remet d'équerre, ça vous essore le cerveau !

Rien ne bouge pourtant dans le buisson de ma première section. Je sais qu'ils sont tous là : leurs têtes font des bosses rondes dans le bas de la toile.

— Et vivement, hein !

J'ai empoigné le frêle poteau de la tente, et je le secoue, avec précaution, car je ne me consolerais pas si je le faisais péter, leur bout de bois ! Un remous court dans le toit : ils se sont tous assis du coup, très inquiets pour la bâtisse.

— Ben, qu'on nous laisse au moins mettre nos grolles !

Les grolles !... C'est devenu un mot, une chose tragique, pour ces pauvres pieds de fantassins affreux à voir et à traîner, des pieds sans chaussettes, éraillés par le cuir des gros souliers, écorchés par tous les silex blessants de la montagne, pour les talons arrachés par des semaines de montée, les doigts écrasés, laminés, par des jours et des jours d'affreuse descente. Les grolles !... Depuis huit jours, on les soigne, on les réchauffe, on les masse, on les imprègne patiemment de la graisse des boîtes de singe, dans l'espoir qu'elles s'attendriront, mais à chaque fois qu'il faut y pousser les pieds gonflés, meurtris, saignants :

— Hein ! Hein !... Oh, bon Dieu !... J'peux pas !... J'y vas nu-pattes moi, à leur saloperie de truc !

A deux heures quarante, ma compagnie est enfin rassemblée, une trentaine d'hommes qui en ont marre au point de ne même plus éprouver le besoin de le dire ! Ces huit jours de "repos" au bain-marie les ont claqués. Ils n'en finissent pas de s'aligner, parce qu'ils toussent, qu'ils boitent, qu'ils grimacent de courbature et qu'ils lâchent à chaque instant les rangs, pour aller s'accroupir derrière un arbre... Les choux à vaches et les piments raflés les semaines dernières dans les champs bulgares, ces platées de dangereux légumes dont ils se sont bourrés, parce que c'était vert et frais, leur ont détruit le ventre.

— Tout de même, mon lieutenant, ils la salissent !

— Allons, par deux !

On piétine longtemps dans la neige jaune, pâteuse, du chemin ; on glisse, on jure. Les arbres gorgés ruissellent, des gouttes plus larges que le pouce dont on sent le choc sur ses épaules, et soudain, la bise vous saute au visage et aux mains, le crivets accouru de la steppe russe vous masse les cuisses et le ventre, vous mord les oreilles et les doigts, vous meurtrit les yeux, comme s'il les enfonçait durement au fond du crâne.

— Arme sur l'épaule... droite ! Pas cadencé... marche !

Crier ça avec des joues en bois, raidies par le froid mieux que par la cocaïne du dentiste, c'est du sport ! L'exécuter, c'est encore mieux !... Dire que c'est fait dans un beau style, et que mes gars ont une allure très martiale en débouchant dans la clairière où le colonel les regarde arriver, ce serait mentir !... Il est debout, le vieux, sur le seuil du pavillon de chasse où l'Etat-Major du régiment brûle tous les planchers dans la cheminée. Il crie à mes sections cassées par la colique :

— Allons ! Au pas ! Et appuyez-moi sur ces crosses !

Il crie ça, à la papa, sans méchanceté. Il a presque l'air content de voir défiler de si belles troupes !...

Maintenant, tout le régiment est massé, l'arme au pied. Il y a deux mois que je ne l'ai vu, depuis une prise d'arme à Prilep, et je le trouve effrayant : un alignement de faces blêmes, émaciées, des joues comme crevées, des yeux creux... Mais il y a autre chose que je ne saisis pas tout de suite, il y a dans l'esprit de ces hommes, une étrangeté que je ne parviens pas encore à préciser. Au garde à vous, sur le front de ma compagnie, je cherche, et je trouve soudain : c'est le vague de leurs vêtements qui m'a frappé ! Malgré les bretelles des cartouchières qui les plaquent sur la poitrine, les capotes semblent pendre des épaules comme de porte-manteaux, et les ceinturons, lâches malgré les crans supplémentaires, s'enfoncent extraordinairement à la place du ventre... Il est mort trois hommes, ce matin, dans le pavillon de chasse que l'Etat-Major partage avec les agonisants.

— Garde à vous !

12

Le colonel s'est avancé au centre du carré, un papier à la main.

— Mes amis, j'ai à vous annoncer une grande nouvelle. Nous sommes vainqueurs ! Depuis le 11 novembre, la guerre est finie sur le front français.

A vrai dire, on s'en doutait un peu, mais c'est tout de même une sacrée minute ! L'émoi se mesure à l'immobilité pétrifiée des hommes, tandis que le colonel hache dans les rafales les lignes du communiqué :

— Au cinquante-deuxième mois d'une guerre sans précédent dans l'histoire...

Le crivets rabat sur le front des compagnies les bribes des phrases historiques :

"... l'exemple d'une sublime endurance et d'un héroïsme quotidien... tantôt attaquant elle-même et forçant la victoire..."

Puis le colonel replie son journal et laisse tomber négligemment :

"L'armistice est entré en vigueur ce matin à onze heures."

Il a bien raison, le vieux, de ne point faire un sort à cet avis qui ne nous concerne pas ! Nous, on l'a eu, notre armistice, on l'a depuis bientôt deux mois : il a marqué, pour le régiment, le début de cet effrayant raid par-dessus les Balkans, qui nous a jetés, à bout de forces, dans ce bois pourri. Leur armistice à eux, ce sera autre chose ! Des permissions, des balades, la bonne vie !... Nous, on est et on reste : "Armée de Salonique" ! C'était une injure, sur le front français... Pourtant, on a pris le 15 septembre le Sokol, avec des échelles d'assaut, le Sokol, 1.383 mètres à pic... Seulement, allez donc vous en vanter ! Il a un nom de produit pharmaceutique !...

Ce n'est pas fini, après cette lecture ?... Voici que les hommes regardent à gauche avec un redoublement d'intérêt. Je me détourne, et j'aperçois quelque chose d'inouï qui se prépare : la musique !... Ça, ça nous épate tous infiniment plus que l'armistice, que la musique du régiment que personne n'a jamais ni vue ni entendue, dont on parlait comme d'une institution légendaire, que la musique du régiment existe et soit arrivée jusqu'ici, alors que le drapeau, lui, a été noyé avec son mulet au passage du Vardar. Ils sont bien douze, maintenant, douze musiciens, l'œil anxieusement fixé sur le chef de musique, douze qui approchent avec précaution de leur bouche des cuivres merveilleusement bosselés. Le piston suce, l'un après l'autre, méthodiquement, ses doigts gelés, le bugle est déjà embouché, les cymbales s'apprêtent au choc : qu'est-ce qui va sortir de là !

— Fa, fa, fa, si... murmure le chef de musique.

Et ça éclate !

Le vent de Russie nous frappe. La forêt, tout entière rebroussée, file au Sud, de toutes ses branches, sous la panique des nuages ; les arbres sinistres nous encerclent dressés derrière les fusils ; le fleuve louche gonfle ses vagues boueuses ! On oublie tout pour cette *Marseillaise* que le chef de musique secoue des bras et du torse. Mieux que les phrases hautaines du communiqué, les meuglements rythmés accomplissent ce miracle de redresser les têtes maigres, de repétrir les visages défaits, de galvaniser les misérables corps.

Hélas !... Les pauvres gars qui soufflent, qui enfoncent les touches de leurs doigts gourds, perclus d'onglée, jouent sans cartons. Ils se sont répandus au passage d'un col, dans un ravin, quelque part entre Vélès et Uskub. Aussi trébuchent-ils dès les premières mesures et le régiment, au port d'armes, écoute, navré, les rots affolés des trombones, les cris éperdus de la clarinette égarée. Ils lâchent un à un, les musicots, leurs instruments retombent...

Ré, ré, fa, la, hurle le chef de musique qui hale les survivants, avec des gestes de noyé.

Un piston et un bugle tiennent encore. Ils abandonnent à "Mugir", quand ça module... On attend. Les officiers gardent toujours l'épée droite, le colonel jette des regards inquiets au chef de musique ; le chef de musique laisse retomber des bras impuissants, secoue la tête. Rien à faire pour remettre ça avec quelque chance de succès. C'est fini !

— A droite par quatre !

Et l'on s'en va sur cet échec, on s'en va sans trouver en soi le goût d'être heureux comme il le faudrait, on s'en va, tête basse, derrière la musique déshonorée... Après cinquante-deux mois, être vivant, avoir eu le bon bout, et rater la joie que ça devait vous donner !...

— Depuis quatre ans que je m'étais juré de me saouler la gueule ce jour-là, et ne même pas avoir un failli quart de pinard à se mettre dans le col !

La section, derrière moi, approuve d'un grognement celui qui a parlé. Tous les signes extérieurs de la victoire nous sont refusés ; on n'a pas eu de musique, et on boira ce soir de l'eau, de l'eau rose où le major fait dissoudre ses derniers comprimés de permanganate !

On me frappe sur l'épaule :

— Alors, dis donc, ils ont fini par se dessaler ?

Ce "ils" prouve à quel point le lieutenant Conan se désintéresse de cet armistice supplémentaire. C'est un petit breton, un Malouin râblé, à épaules larges, avec de gros bras durs et une tête ronde, un visage qui semble avoir été repoussé du dedans par une boule, des joues rouges et luisantes, de ces joues de gosses rubicondes qui font s'extasier les Parisiennes, quand elles les rencontrent, barbouillées de crasse et de beurre, dans une cour de ferme, au bord des routes. Il a gardé le béret, l'uniforme bleu marine, la fourragère rouge des chasseurs à pied, son corps d'origine. Cinq étoiles et trois palmes se touchent sur le ruban trop court de sa croix de guerre. Légion d'honneur.

Lors de son arrivée en Orient, en janvier 17, la Ford qui le conduisait d'Itéa à Bralo s'était rangée à droite, dans un col du Parnasse, cédant respectueusement la gauche, côté abîme, à une autre Ford à fanion tricolore. Un général en était descendu, notre général qui, laissant son conducteur raser seul le bord du ravin, avait tenu à saluer, dès leur arrivée, les officiers qu'on lui envoyait de France.

Il était tombé en arrêt devant cette croix de guerre si chargée et tellement inattendue sur ce garçon poupin, somnolent ; il lui avait demandé son âge : "Classe 13"... Ses citations ?

— Je ne les ai pas sur moi, mon général, avait répondu Conan, mais ça va chercher dans les cinquante-deux Fritz esquintés en dix-huit coups de main.

Alors le général s'était exclamé, tout attendri, car c'était un excellent homme :

— C'est magnifique ! Vingt-trois ans, et une cons-tellation pareille sur sa croix de guerre ! Je voudrais que vous soyez mon fils, jeune héros !

Quand Conan, dans les popotes de Monastir, avec son accent traînard, rapportait ce dialogue, qu'on le soupçonnait d'avoir embelli, tous guettaient ce "jeune héros" qui s'achevait en un gloussement, car le narrateur, à ce moment de son récit, n'était jamais maître de sa joie.

Il avait gagné palmes et étoiles à commander un groupe franc. Ceux qui le connaissaient assuraient que ce gars placide, qu'on imaginait si bien devant une bolée, avec des sabots et un petit chapeau rond à rubans, exécutait des coups de main d'une audace terrifiante, et que ses cinquante terribles types lui obéissaient mieux qu'au bon Dieu. Lui, parlait rare-ment de sa guerre. C'était encore le plus chic des copains. Il donnait tout, sauf sa montre prise à un officier bulgare.

Il marche maintenant près de moi, dans le sentier vaseux, glissant, et il hausse les épaules :

— Nous, on le savait depuis hier au groupe franc.

Il n'y a plus de groupe franc à la division depuis l'armistice, le vrai, l'armistice de Salonique. Le groupe franc de Conan est devenu la première compagnie de mitrailleuses du 50ᵉ, mais Conan continue et continuera de dire : "le groupe franc"... Il réfléchit quelques instants, et de sa voix musarde, collant aux mots comme ses semelles au cambouis du chemin :

— C'est fini pour eux, pas pour nous !... Y a des infirmes qui croient qu'on va les emmener à la gare dimanche prochain, avec la musique !...

Au souvenir de la musique, il pouffe, drôlement, puis prédit :

— Toi et moi, de la classe qu'on est, on n'a pas fini d'en baver dans des bleds comme celui-là !... Chiche que dans un an on sera encore par ici, à rafraîchir !

Il a donc juré de me désespérer ?...

— Rappelle-toi, me dit-il entre deux bouffées de pipe, quand toi et moi on est parti... On disait : "Au moins, on ne les fera pas nos trois ans !"... Eh ben, on bouclera la cinquième année, mon vieux !

C'est extraordinaire, mais j'ai l'impression que cette perspective ne lui est pas absolument désagréable... Agacé, je lui jette :

— Parle pour toi, si tu rempiles...

Il s'arrête, les bras croisés, me vrille de ses petits yeux qu'il semble toujours avoir tant de peine à ouvrir, et sans souci de la compagnie qui nous dépasse et qui rigole, il hurle :

— Rempiler, moi ! moi !... T'en as vu souvent de faits comme moi dans les casernes ?...

Il voudrait visiblement en dire plus, mais, quand il est en colère, et c'est fréquent, il bafouille tout de suite ! Alors, avec cette mobilité d'impressions qui m'étonne toujours chez lui — il semble si lent ! — Conan lâche une grosse injure et ordonne :

— Laisse ton sous-verge emmener tes poilus et amène-toi manger un poulet.

En m'entraînant, il m'explique :

— Un de mes types en a refait une couple dans une ferme bul. Il m'en a apporté un. J'ai voulu lui donner cent sous. "Si je l'avais acheté, d'accord, qu'il m'a dit. Mais, il m'a rien coûté, j'peux pas vous le vendre !"

C'est dans le talus d'un ravin qu'ils ont creusé leurs cavernes. Ils les ont fermées par des murs en mottes de gazon, d'où dépassent d'invraisemblables cheminées, faites de boîtes de singe, sans fond, agrafées avec du fil téléphonique. Conan écarte la toile de tente qui ferme l'entrée de son P. C., et je m'extasie : il fait chaud, il y a du feu, un grand feu qui brûle dans une cheminée de cailloux, admirablement maçonnée à la glaise. La flamme éclaire, sur les murs en terre noire, des vêtements, des étuis de cuir. Conan s'en va dans le fond de sa cagnia, saisit quelque chose qui fait "pfuitt", et une flamme éblouissante jaillit, s'allonge, se raccourcit, se fixe en une languette sifflante de lumière. Il a même trouvé du carbure pour sa lampe à acétylène !

— T'as vu ma salle à manger ?

Elle est creusée dans le sol, deux courtes tranchées servant de bancs, avec dossier de sacs à terre. Entre elles, un terre-plein, recouvert d'une toile de tente où sont posés deux bidons et quatre assiettes d'aluminium.

Je suis partagé entre l'enthousiasme et la consternation : il faut qu'ils soient bien sûrs, lui et ses gars, que ça va se prolonger longtemps, pour continuer à s'installer dans la paix comme ils le faisaient dans un secteur calme !...

Mon hôte regarde l'heure :

— On ne peut se mettre à becqueter maintenant. Viens-tu voir mes as ?

Je le suis jusqu'à un morceau de talus où la bêche a entaillé une porte impeccable : un artiste a même sculpté au-dessus, en ronde-bosse, une grenade de terre rouge. Conan écarte la toile de tente qui ferme l'entrée et crie :

— Repos !

Là encore il fait chaud. Cela sent le pétrole. Pas de bruit, bien qu'il y ait dans cette cave profonde au moins quarante hommes couchés ou assis. La plupart jouent aux cartes sur des couvertures. Ils y ont posé d'étranges lampes, des boîtes de conserves vides, où plonge, en guise de mèche, une bande de pansement bien roulée. Les flammes rouges de ces torches éclairent par en dessous le visage des joueurs, les tailladent d'ombres triangulaires comme des couteaux croisés ; les pommettes et les mentons lumineux ressortent, en dures saillies, mais la bouche n'est qu'une barre sombre, et les yeux semblent plus noirs des lueurs qui se jouent sur la corniche des orbites. Pourtant, à l'approche, ces visages s'humanisent. Ce sont des visages qui tiennent le coup, sans plus, des faces musclées et maigres, mais où les traits ne se défont pas, comme chez mes pauvres pères-la-colique. On sent qu'ils ont mangé et qu'ils n'ont point eu froid... C'est surtout leur regard qui me surprend, leur regard assuré qui me fixe, me jauge... Chez l'homme éreinté, l'œil lâche le premier, avant la jambe. Il devient vite — ce qu'il est en somme — un peu d'humeur trouble dans une poche de membrane, et c'est affreux ! A la fin des étapes exténuantes, les yeux de mes hommes ressemblaient à ceux des poissons morts, des yeux ternis, figés, de porcelaine vitreuse.

Ici, les yeux, qui luisent aux brusques soubresauts des flammes, ont conservé toute leur force et leur agilité.

Les mitrailleurs ont encore devant eux, sur les couvertures, des quarts pleins de vin rouge. Conan voit cela, et hoche la tête :

— C'est malin ! Si le vieux tombe, comme moi, le nez dans votre pinard, vous lui donnerez l'adresse du bistro ?...

Une voix répond, dans le fond :

— Vous en faites pas, mon lieutenant. C'est prévu...

Conan interpelle l'ombre :

— Prévu ! Qu'est-ce que t'as prévu, toi, face

19

d'âne ?... Je vous préviens que l'adjudant-major se doute que vous vous rincez la gueule à longueur de journée ! Sûrement qu'il y en a eu un, plein comme un œuf, qui est allé lui rouler dans les jambes !... Si vous vous faites paumer, ça sera le plein tarif !...

— Goûtez donc celui-là, mon lieutenant...

Un grand gars s'est levé, bien balancé. Il tend un bidon. Conan boit, avec méfiance d'abord, quelques gouttes qu'il fait tomber de haut, une à une, dans sa bouche ouverte. Puis il ôte son doigt, et un long filet blanc lui coule dans la gorge. L'homme le regarde, avec un demi-sourire, celui du propriétaire de vignobles qui fait déguster un cru fameux et attend l'hommage du connaisseur. Conan arrête le jet, fait claquer sa langue avec admiration, s'essuie la bouche d'un revers de main et me passe le bidon. Je bois de moins haut, et discrètement : c'est un raki poivré comme un piment rouge.

— Vous pouvez y aller, mon lieutenant, proteste l'homme quand je rends le bidon.

— Où que t'as trouvé ça ? demande Conan.

— C'est un cadeau du curé...

— Alors ?...

— Ben oui !... On a été lui dire bonjour avec Raoul... On a trinqué... Et puis on lui a montré notre bidon vide et la carafe pleine... C'est lui-même qui a versé, mon lieutenant... Pas vrai, Raoul ?

Raoul, à nos pieds, atteste :

— C'est vrai !

Il jouait à la manille, celui-là, mais le jeu est suspendu et il applique contre sa poitrine l'éventail de ses cartes. Il ôte sa pipe de ses dents et sans lever la tête :

— Vous savez, mon lieutenant, le grand type à la paille qui nous avait coursé avec son vieux flingue... On a eu besoin d'une botte ou de deux : on est retourné à la meule... Il nous y attendait, mais il n'a pas eu le temps de dire "papa". J'en ai pris une sur le tas et je l'ai coiffé avec, jusqu'au ventre. C'était marrant de le voir se tortiller...

— Et la rouquine, demanda Conan, l'avez-vous revue ?

A notre droite, adossé à la paroi de terre, un homme à lèvres épaisses, à figure tavelée, lève la tête :

— Je l'ai vue hier encore, mon lieutenant, derrière l'espèce d'école. Elle a rigolé... Elle serait pas dure à amener...

— J'en veux pas, déclare Conan. Une jument, mon vieux !... J'ai eu comme ça une Macédonienne : dès que j'approchais, elle était si contente qu'elle se tapait de grands coups de tête dans le mur !... Non !... J'aimerais mieux la petite brune du bistro...

— Oui, mais y a rien à gratter, réplique en riant l'homme au bidon de raki. Hier soir, elle m'a jeté mes vingt sous à la figure !

— Parce que tu ne sais pas y faire. Si on reste encore par là quelque temps, on tâchera de l'apprivoiser...

Ah çà ! où vivent-ils donc tous ? Pas dans le bois, sûrement !

— Il y a un village bul à quinze kilomètres, m'explique Conan, dès que nous sommes sortis. Ils vont y faire une virée de temps en temps, ça les regarde ! Les autres n'ont qu'à en faire autant !

— Tu ne crains pas que ça t'attire des histoires ?

— Je m'en contrefous ! crie-t-il dans le bois sonore. C'est toi qui vas aller leur faire comprendre qu'ils doivent la sauter, à deux pas des Buls bien gras à qui ils viennent de foutre la pile ? Vainqueurs ! que disait le vieux... Laisse-moi rigoler ! Des vainqueurs qui se terrent dans un bled où les soi-disant vaincus n'enverraient pas leurs chiens crever !... Et puis, défense de toucher à rien, d'emporter une crotte de leurs lapins ou un cheveu de leurs gonzesses ! Ça pourrait les dégoûter de la guerre, les empêcher de recommencer ! Vingt dieux !... Tiens, j'aime mieux ne pas parler de ça. Ça me fait mal !...

Et avec ce merveilleux empire sur ses colères soudaines que j'avais si souvent admiré, il se met à parler, en effet, de tout autre chose, du froid, des mulets, du Danube où il va entreprendre, à distance respectueuse du pavillon de chasse, des pêches à la grenade qui seront miraculeuses.

Deux invités nous attendent devant sa porte, deux sergents du groupe franc, dont les croix de guerre valent presque la sienne. Le plus petit offre un sourire assez fade sur une figure banale de garçon coiffeur. Il est coquet : une raie partage les bandes miroitantes de ses cheveux châtains, ses galons en V lui montent jusqu'au coude, il a dégrafé son col sur une régate bleue. Une palme et quatre étoiles, celui-là... L'autre crispe un maigre visage bilieux et torturé de tics, où roulent deux yeux jaunes, où la lèvre se hérisse de poils déteints et mal plantés. Il est très grand : médaille militaire et six étoiles dont quatre d'or. On rentre.

L'ordonnance apporte une gamelle. C'est du vin chaud, copieusement sucré. Conan empoigne le serveur par son ceinturon et me le présente :

— Rouzic. Un pays à moi. Allez, file chercher la suite.

Quand il a disparu derrière la toile que gonfle le vent de la forêt :

— C'est le bon gars, mais tu peux le laisser coucher dans l'église sans danger pour le Saint-Esprit !... Il m'a pourtant ramené un Bul, une fois, avec trois paires de chaussettes qu'il était parti laver au torrent de la cote 978... Il ramassait son linge, quand un Bul s'amène, un qui en avait marre, un égaré volontaire... "Tiens, que se dit Rouzic, v'là un Grec en balade." Il lui fait un sourire, l'autre lui tend son flingue. Rouzic, qui est poli, l'examine, fait jouer la batterie : "Bono, bono fusillof grécose"... Pour ne pas être en reste, il passe son lebel au Bulgare qui fait une bille, tu te rends compte !... Comme il n'avait plus rien à faire là, mon Rouzic flanque son linge dans le seau de toile, reprend sa pétoire, et au revoir !... Mais l'autre le suit, déboucle ses cartouchières en grimpant la côte, et veut à toute force coller son équipement à mon Rouzic avec le flingue, la baïonnette, tout le bazar ! Dame, il s'est fait rappeler aux convenances : "T'en as vu souvent des larbins faits comme moi ? que Rouzic lui a demandé. Si on ne vous apprend pas à porter votre barda, dans l'armée grecque, c'est la fin de tout !" Pas vrai, Rouzic, que tu lui as appris les belles manières à ton Grec du torrent ?

L'ordonnance qui vient de rentrer répond placidement :

— J'pouvai-t-i'savoir, tout comme, que c'était pas un Grec ?

— Oui, dit Conan t'es beau et t'as l'œil, va ! Mets ça là, tiens !...

C'était un civet, et aux olives !

Conan pousse vers moi le bouteillon :

— Et sers-toi bien !... C'est le cinquième depuis huit jours !... Un certain Foudrasse qui nous ravitaille. Un type épatant ! Il tendrait des collets dans les galeries du métro, et il en prendrait !... En ligne, il avait inventé un truc maousse pour que les Buls nous foutent la paix. Ces tantes-là, tu les avais toutes les nuits à se balader avec de grands kleps, dans le ravin... Foudrasse y avait enterré des grenades, attachées à un petit piquet solide. Il n'y avait à dépasser qu'un collet en fil téléphonique tressé. Le gars qui se prenait la patte là-dedans armait du coup la citron. Il se baissait pour détacher son pied. Comme ça, il était tout placé pour ramasser la charge... Ce qu'il y en a eu d'amochés par son truc, je ne peux pas te dire ! Parce qu'il variait ses parcours !... A minuit, une heure, t'entendais péter, gueuler... Le lendemain, tu retrouvais des casquettes, des paquets de pansement, du sang piétiné. Ça te les a guéris des promenades au clair de lune !

Ce civet qui m'avait mis l'eau à la bouche passe mal : je vois un malheureux soldat gris, courbé sur une entrave, la gerbe de feu et d'acier jaillissant à la fois dans tout le corps reployé sur l'explosion...

— C'est dégoûtant, ton truc !

Conan qui boit avale de travers :

— Ben, dis donc, une grenade c'est pas une mandarine !... Si on t'en donnait, c'était pour t'en servir, et les faire amorcer par le copain qui devait les encaisser, tu diras ce que tu voudras, ça mon ami, c'est du billard !...

Voici le poulet, doré à vous ôter tout scrupule... puis la sauce, dans un quart.

— A la broche, annonce Conan. Une baïonnette par le bec et le croupion, de la braise de bois, et voilà ce qu'on obtient avec les moyens du bord !...

Il rit de son curieux rire en dedans :

— Je pense au colon qui est en train de s'envoyer sa boîte de singe quotidienne !...

Et, levant son quart :

— A une santé qui nous est chère à tous : la nôtre !

On boit encore à l'armistice, par convenance, et, la fin de la guerre évoquant ses débuts, on reparle des premières attaques, d'Ypres, en 14, de la Champagne, de la Somme, en 15. Soudain Conan me demande, sans paraître y attacher grande importance :

— Où as-tu tué ton premier, toi ?

Sa question me rend tout à coup sensible un bonheur dont je ne me doutais point : j'en ai peut-être tué, mais je ne le saurai jamais !... Pour moi, la guerre, ainsi que pour tant d'autres, ç'a été une période où l'on marchait courbé, comme des gens trop grands qui craignent de rencontrer une porte trop basse. A certains jours, ça devenait une fuite en avant, coupée de chutes à plat ventre. Mes deux faits d'armes ? mes deux citations ?... J'ai rampé un matin

24

d'attaque, vers un trou, un trou de mitrailleuse : j'y ai jeté des grenades... Une lutte de bruits... Le mien s'est tu le dernier !... Puis une nuit, chef de patrouille, pour avoir mal lu ma carte, je suis allé trop loin sur une route de l'Oise défendue par quelques abattis. Je suis arrivé à l'entrée d'un village dont j'ai lu la plaque bleue avec stupeur, un village que je savais se trouver derrière les lignes allemandes !... Revenu en vitesse, en raflant au passage, dans un abri, un carnet de tir et une poignée de cartes qui authentifiaient mon exploit, j'eus le plaisir de confondre le colonel incrédule. C'est tout !... Comme je me tais trop longtemps, le sergent, coquet, répond à ma place :

— Moi, c'est à Tahure, en 15. Ils avaient un bout de tranchée comblée... Quinze mètres à peine. Ça menait à leurs feuillées... Ces quinze mètres-là, ils les faisaient sur le ventre, mais il y en avait tout de même qui galopaient sur le dernier parcours, avant de ressauter dans le trou. Moi, j'étais à la mitraille et j'avais repéré le truc... J'ai télémétré, j'ai pointé une Saint-Etienne et j'ai attendu. Deux jours, que j'ai attendu : les yeux m'en piquaient, à force de zyeuter toujours le même coin. Un matin, en voilà un qui saute. Au vol que je l'ai eu... une demi-bande. Il est tombé de notre côté, mais il s'est relevé sur les fesses. Alors, je lui ai envoyé le reste de la bande ! "Tu l'as plombé, il ne mordra plus" que me dit le pourvoyeur. C'est celui-là qui a eu mon pucelage !

Il sourit d'un air avantageux, en nous regardant, comme s'il venait de pousser la romance. Je ne puis m'imaginer ce bellâtre à l'affût, à l'assaut... Et cependant, il était sergent au groupe franc !...

— Le mien, dit Conan, c'est huit jours après que j'étais sorti de Saint-Cyr comme aspi... Tu y as été, toi, à Saint-Cyr ?

— Non.

— Ne regrette pas ! C'était plein d'embusqués qui t'en faisaient baver, pour rester au chaud ! A six heures, en décembre, à poil, dans la cour, pour la gym ! Après ça, ils t'amenaient, sac au dos, cartouches au complet, devant la grille royale du parc de Versailles qui n'était qu'un verglas. Fallait que tu grimpes, que tu fasses ton rétablissement sur les piques au risque de t'empaler dix grandes fois et une petite, et puis, sitôt dans le parc, ils te possédaient, jusqu'à midi, avec des trucs à la flan : "L'ennemi a ses grand-gardes au petit Trianon, ses petits postes en direction de l'Orangerie !" Une sortie le dimanche, et quinze jours de tôle si tu ratais le spécial à Montparnasse. Je l'ai attrapé au vol, une fois, et j'ai fait le voyage sur le tampon de derrière... Avec ça, les bleus, les Cyrards de profession qui ne se consolaient pas d'être en troufions, d'avoir perdu le casoar, et surtout d'être mélangés avec nous autres ! Ils sont allés, une fois, demander au colonel commandant l'École un insigne pour se distinguer. Ils ont été reçus ! Le colon était un type épatant... "Un insigne, qu'il a dit aux gosses, pour quoi faire ? Ceux du front ont tous la croix de guerre ou des brisques de blessures. Vous, vous avez la peau ! Ça vous fera reconnaître !"

— C'était envoyé ! apprécia le sergent-coiffeur, en versant du raki dans les quarts.

Conan vida le sien d'un trait :

— Un type épatant !... Quand on est parti, nous autres, il savait bien qu'on bousillerait tout dans sa turne : ça ne ratait jamais ! "Ne cassez pas tout, qu'il nous a dit. Pensez à vos camarades qui vont arriver. Laisser-leur au moins quelque chose à casser !" Après ça, on n'a pas remué un caillou de la cour... Malheureusement, on n'avait pas affaire qu'à lui. On avait un adjudant qui avait tout de la vache ! On rigolait pourtant, parce qu'il était bille, et qu'on lui poussait des colles. Quand il disait au cours de comptabilité : "Les livrets matricules sont conservés dans une boîte ad hoc. — Qu'est-ce que ça veut dire, ad hoc, mon adjudant ? — En bois, qu'il répondait.

Une boîte ad hoc, c'est une boîte en bois." ... Tout ça pour te dire que j'en avais marre de sa boîte, moi aussi et que j'ai été content de filer. J'arrive en Argonne. Le lieutenant commandant de compagnie m'explique le secteur, sur le plan. "Là, qu'il me dit, c'est une tranchée qui est à tout le monde et à personne. On ne l'occupe plus, les autres non plus. C'est barré avec des chevaux de frise." Le soir, après dîner, j'ai été y faire un tour à la fraîche, pour me rendre compte. Il faisait noir ! A un détour de la tranchée, je bute dans un grand type. Je m'y attendais plus que lui : j'ai tiré le premier, mais comme ça, sans viser. Il est tombé. Je me suis dit : "Pas possible, tu la fais à la pose ! C'est plus difficile que ça de tuer un homme !" Je lui ai botté les fesses, je lui ai mis le canon de mon revolver sur la nuque. Il n'a pas bougé. Il y était bien !... C'est ça qui m'a épaté, que ce soit si vite fait !... Comme si on soufflait dessus ! Ceux que j'ai eus après m'ont donné plus de mal à avoir !...

— Moi, dit le grand sergent grimaçant, je ne sais pas par combien que j'ai commencé. C'était à l'attaque de la côte du Poivre, en 16... Jusque-là, j'avais fait comme les autres : je ne m'étais jamais demandé si j'en descendais... Le matin, ils avaient tué mon frère, un gosse de la classe 15, à côté de moi... Une balle dans l'œil gauche... J'ai pris des grenades plein deux musettes, et en seconde ligne, je les ai balancées dans une de leurs sapes, où je les entendais gueuler... Ils voulaient monter : je les renfonçais à coups de citron. J'en ai balancé jusqu'à ce que je n'entende plus rien... Ils devaient bien être vingt dans une grande sape comme ça...

— Enfin, dis-je, c'est fini !

Conan, déjà très rouge, avala une rasade de raki :

— Oui... Jusqu'à la prochaine. Je suis bien tranquille, on remettra ça !...

Et comme je me récriais :

— Tu cries, comme les gens à la porte des cimetières, le jour de l'enterrement, que tu n'oublieras jamais. Tu feras comme eux, t'oublieras !... T'as déjà commencé à oublier... Je me le suis souvent dit : pour en avoir marre, mais là marre pour de bon, pour tout le temps, ben, mon vieux, il n'y a que les morts !...

II

Nous étions trois mille, massés en colonnes de bataillon, sur cette vaste place carrée. Le général qui allait commander le défilé fit volter son cheval et contempla la parfaite immobilité de ces troupes, dont les alignements se prolongeaient très loin, dans l'avenue aux cinq allées. Il cria un ordre : en deux vastes cliquetis, les baïonnettes surgirent au-dessus des régiments. Je m'aperçus alors d'une chose étrange : chacune enclouait un bouquet... Puis au pas, seul, le général marcha vers l'entrée de la Calea Victoria, il s'y arrêta et leva son épée.

Il la levait si haut que le corps tout entier montait vers elle, l'épaule gauche effacée, la droite comme tirée par le bras tendu. La tête, détournée vers nous, tirait, elle aussi, sur le cou, afin que nous fussions tous atteints, en même temps, par le regard et la voix :

— Marche !

J'étais tout près : je vis le cri tordre au passage la bouche dure. Le geste ne fut point celui d'une lame qui s'abaisse et montre un but, mais après un moulinet nerveux qui secouait des lueurs dans l'air blanc, l'épée s'abattit comme pour un coup, forçant l'entrée de la grande ville, déchaînant, avec les tambours fracassants, le fleuve houleux des baïonnettes qui commença de descendre, à pleins bords, vers Bucarest triomphante.

Hier, nous sommes arrivés, de nuit, par des faubourgs morts et éteints. Ce matin, on nous jette dans la marche triomphale... Nous venons de voir passer un roi fatigué qui nous a salués mollement du sabre, une reine preste et vivante qui nous a souri de toutes ses dents, des princesses en landau, deux ravissantes filles à diadèmes. Nous venons de voir défiler le ventre de Berthelot dans les fleurs, la gueule de nos canons bâillonnés de roses, la piaffe des arabes blancs sur qui dansent les chasseurs d'Afrique, l'infanterie roumaine rêveuse et sympathique dont les sonneries longues semblent de nostalgiques appels de bergers. Maintenant, c'est à nous... On descend, comme une invasion, dans le tonnerre rythmé de cent vingt tambours. On refoule du genou des enfants en guenilles, happés au passage par les explosions des caisses.

Et voici que des trottoirs naissent : j'admire vraiment que la foule n'en déborde point dans la rue, qu'elle y reste, arrêtée par la discipline ainsi que par un fleuve, au bord d'un quai. Des paysans vêtus de toisons se découvrent : ils ont d'admirables yeux d'enfants, immenses et profonds.

On marche, des frissons dans le dos, les nerfs tendus comme les cordes des tambours. C'est un fracas d'écroulement qui roule à présent dans la Calea rétrécie. Tout rythme s'est cassé dans les heurts des échos. Tantôt grondante, tantôt métallique et craquante, la foudre, que tricotent les baguettes enragées, rejaillit des façades ; chacune des hautes maisons vous assène, au passage, un pan de bruit, de ce bruit qui les bat, enfonce les fenêtres béantes, ces fenêtres où s'étagent des visages crispés, d'où pendent des drapeaux, d'où les fleurs commencent de pleuvoir. Dans les pauses de la batterie, c'est la grande rumeur de flux que fait l'armée en marche.

Maintenant, la foule se resserre derrière la haie grise des fantassins roumains au port d'armes, une foule sans corps, faite de visages et de mains, de visages aux yeux dilatés, avides, aux bouches élargies par les hourras, de mains frénétiquement dardées, des mains qui applaudissent et que l'on n'entend pas !

Un arc de triomphe, un second, d'autres encore, des tunnels de guirlandes, une perspective de mâts à bannière, des éventails de drapeaux ouverts à toutes les fenêtres... Mais les écussons parlent une langue inconnue, les arcs de triomphe s'attristent de feuillages d'hiver, les cris, étouffés par les tambours, semblent se décourager.

Trois fois, la grosse caisse résonne sourdement. Devant moi, au-dessus de mes yeux, un éclair tournoie, le moulinet de deux cents clairons, puis un grand choc, une note éclatante de Jugement dernier : les cliques et les musiques des six régiments mordent dans *Sambre-et-Meuse*. Par-dessus les voltes des cuivres, trouant les amples phrases du chant, les cris triomphants des clairons vibrent comme des appels de coqs gigantesques. Voici que la rue tourne, je marche en serre-file et la musique me présente le flanc : j'aperçois, derrière la canne tourbillonnante du tambour-major, les baguettes fougueuses des tapins, les clairons apoplectiques qui gonflent des joues de tritons ; j'aperçois, aux reprises, la levée de toutes ces épaules qui ouvre tout grand le soufflet des poumons, les têtes renversées, les pavillons pointés comme des armes, les yeux ivres de ceux qui soufflent.

Et ça casse tout, ça arrache tout ! La foule, cette foule de paysans silencieux et lents, cette foule mal nourrie, maigre et hâve, penche vers le vertige de ce torrent : la pression des poitrines force d'un seul coup la digue arc-boutée de l'infanterie roumaine. On s'arrache nos mains, on bourre de cigarettes les poches des hommes, des vieilles saisissent les pans de leurs capotes et les baisent comme des reliques ; ils ont leur cartouchières pleines de fleurs, une gerbe énorme qu'on me met dans les bras m'aveugle, on nous crie : "triaska, triaska !" avec une violence d'appel au secours ; on nous tend des figures chavirées où descendent des larmes.

Les rangs ont flotté, ils se rejoignent, s'alignent de nouveau sur la place du Cercle Militaire où les barrages tiennent. Je me détourne : mes hommes marchent avec une force qui les secoue tout entiers, l'arme presque droite tant ils appuient sur les crosses. Ils marchent... à fond, comme moi !

Boulevard Elisabeth... Boulevard Carol... Place Michel-le-Brave où caracole un hospodar de bronze...

— Tête... droite !

On dévisage, les yeux dans les yeux, le roi à cheval, un roi morne, à barbiche grise, sur qui notre musique a échoué, la reine en fringant hussard bleu, dont la jugulaire cerne le sourire, les deux princes, Carol, un maigre officier en vareuse, Nicolas, un collégien casqué, Berthelot enfin, débordant d'un cheval plus fleuri qu'un reposoir. Quand j'ai salué du sabre, j'aperçois Conan au premier rang des officiels, Conan, son béret sur l'oreille, les mains derrière le dos, goguenard et indulgent. Exempt de gloire, il est venu voir passer les soldats.

— Tu tenais ton bancal comme une seringue, m'annonça-t-il, quand je le retrouvai à la popote, seul, une heure plus tard.

Il ne pouvait rien me dire qui me vexât davantage ! J'aurais voulu croire qu'il parlait par basse jalousie, mais c'était le meilleur garçon du monde, et cette consolation me fut refusée. C'était encore un réaliste que le défilé triomphal n'avait nullement impressionné :

— Ces cavalcades-là, expliqua-t-il, c'est surtout fait pour dégoûter les gars qui en ont mis un coup en ligne. J'y ai vu passer des types que j'ai pas souvent rencontrés dans les boyaux, tiens ! Tous ceux qui n'en ont jamais foutu une secousse défilaient, et au complet, et pas abîmés ! T'as vu les chass. d'Aff. de l'escorte ? Tout neufs ! Et les mecs de l'Etat-Major, quels beaux soldats ! Pas chiffonnés, et de l'allant ! Ce soir, ils vont te la raconter, leur guerre dans les salons : "Ah, ce qu'on en a bavé, princesse ! Si vous nous aviez vus, à Salonique, téléphoner des ordres et des contre-ordres !... Un simple bataillon à faire bousiller jusqu'aux essieux, ce que ça pouvait nous donner de travail !" Ça me fout à ressaut, comprends-tu ?

Il s'était d'ailleurs trouvé par hasard, seulement, au finale du triomphe, car il avait employé sa matinée à des enquêtes dont il me présenta les conclusions :

— Rien à boire ni à bouffer. Ils la sautent, comme on ne l'a peut-être jamais sautée. Dans les bodegas, ils te servent des serviettes ; dans les cafés, ils ne s'épatent pas de t'apporter, sur un plateau, un grand verre de flotte, avec une soucoupe de concombres. Autrement, plein de poules qui marchent !...

A ce moment, mon ordonnance entra et me tendit une enveloppe jaune portant le cachet du régiment et la mention : " Ordre de Service".

— La tuile, annonça Conan.

Exactement ! Service de garde en ville, l'après-midi, de trois à huit heures... Une promenade, jugulaire au menton, avec sabre, revolver et quatre poilus sur les talons ! Consigne : veiller à ce que les hommes saluent correctement les officiers roumains et français, à ce qu'il n'y ait ni cris, ni chants, ni ivrognes dans la rue... Suivait l'itinéraire de la tournée.

Conan gronda :

— Ça commence ! T'es pas sitôt au repos qu'ils te possèdent ! Le salut !... Ils feront bien de s'attacher la patte au bord de leur casque alors, les frères, avec tout ce qu'il va y avoir comme galons à prendre l'air !... Pas de types saouls !... Ça, ils peuvent être tranquilles ! Je dis, moi, que le poilu qui réussira à être plein, ce soir, faudrait le citer à l'ordre... Si t'en trouves, donne-moi leur matricule : ils auront cent sous !

Ulcéré, car j'avais, en imagination, disposé tout autrement de mon après-midi, je gémis :

— Ça va être drôle !

— Sûr, approuva Conan, que t'auras plus l'air d'un veau que d'une brosse à reluire !...

— Sais-tu où ça perche, toi, les rues Lipscani, Serindar, Bulandra ?...

Conan m'interrompit :

— Ça doit sûrement être les rues des bocards ! Comment que tu dis ?...

Hâtivement, il prit les noms en note, puis sortit, en annonçant :

— J'y serai avant toi ! J'irai reconnaître le secteur et voir de jour la gueule des poules. La nuit, ça les avantage trop ! Aux lanternes, tu crois tenir quelque chose d'à peu près, et puis, à l' "enfin seuls", tu n'as qu'un rebut !

J'achevais mélancoliquement un morceau de fromage de buffle quand de Scève, le lieutenant commandant la troisième, arriva.

— Je suis abominablement en retard, s'excusa-t-il, mais j'ai rencontré, à la division coloniale, des camarades de promotion ! Je ne pouvais pas m'en sortir !... Mon pauvre vieux, je vous fais servir deux fois.

Le cuisinier, qui apportait sur une assiette deux maigres sardines, protesta :

— Mais ça ne fait rien, mon lieutenant...

— Eh bien, amenez la suite, voulez-vous ?

Et en attaquant les hors-d'œuvre :

— Alors, Norbert, ce défilé, c'était bien ?

— Vous n'y étiez pas ?

— Non. Je ne faisais pas partie du matériel des fêtes, alors, je suis allé faire un tour en ville. J'ai poussé jusqu'aux faubourgs. C'est à voir : un grouillement de buffles, de cochons noirs, de femmes pieds nus, de gosses tout pointus, avec des bonnets d'âne en fourrure... Ménard, vous êtes le roi du gigot ! Celui-là est cuit au millième près !... Vous avez une assiette chaude ? C'est le moment de la sortir.

En l'attendant, il posa sur la nappe ses mains longues, dont les doigts se relevaient légèrement à l'extrémité, mains que l'os ne dessinait point, mais qui semblaient modelées en pleine chair. Puis il releva ses longues moustaches claires. Il les prenait entre le pouce et les quatre doigts joints, poignet fléchi, et les repassait doucement, menant leur pointe vers l'oreille. Ce geste, en masquant les lèvres moqueuses, isolait le haut du visage, accusait son vigoureux relief. Les yeux gris s'enfonçaient davantage sous le ressaut du front bombé, l'arête du nez paraissait plus droite encore et plus ferme. Je n'avais jamais remarqué ainsi la saillie, apparente cependant, des pommettes. C'était comme un nouveau visage que je découvrais soudain, et surpris, je cherchais à le comprendre, quand la main de de Scève, en s'abattant, rendit soudain à tous les traits leur expression habituelle.

Le cuisinier apportait l'assiette brûlante et la sauce. Le lieutenant tailla dans le gigot de l'Intendance une tranche épaisse et la coupa en larges morceaux qu'il expédia avec un appétit de chasseur.

Fort sottement, je ne cessai point de l'examiner, à travers la fumée de ma cigarette. Je m'émerveillais, en effet, qu'on pût observer aussi scrupuleusement le code de la parfaite tenue à table, tout en faisant disparaître, à cette cadence, des morceaux d'un tel calibre ! Un homme qui dîne seul et a faim tombe presque toujours dans son assiette ; il mâche, broie, ronge, travaille des joues, du menton, de la gorge. De Scève mangeait de haut, sans hâte, sans effort, mais il en était à sa troisième tranche...

Mon silence me semblait à moi-même devenir un peu étrange : je racontai donc le défilé, et je conclus :

— Je vous assure, ça valait la peine. Vous auriez dû y faire un tour...

Il secoua la tête, nettement :

— Je n'aime pas voir jouer au soldat !... Et puis, dans le cas, c'est tout de même un peu sommaire, vous ne trouvez pas, un défilé ? Clore quatre ans d'une guerre pareille par un tour de ville derrière la grosse caisse, ça n'existe pas !

Je ne fus pas trop surpris de l'entendre, lui, l'officier de carrière, juger avec cette sévérité les pompes militaires du matin. J'étais habitué à son dédain du conformisme, à l'indépendance volontiers provocante de ses jugements. Il ne pensait point par ordre, n'avait pas de bœuf sur la langue comme les autres officiers d'active qui s'asseyaient autour de cette table. En toute circonstance, il prenait position. On sentait chez lui l'habitude de dire à peu près ce que bon lui semblait. Quand il s'agissait de service et qu'il tenait à sortir une hérésie, il s'y prenait, il est vrai, de telle sorte que le commandant et les capitaines pouvaient, à la rigueur, croire à de l'ironie, et rire de ses audaces. Peut-être aussi, le sentaient-ils des leurs, bien plus que nous, qui nous taisions...

De Scève avait rejoint le régiment à Sistovo, un petit port bulgare du Danube, où nous avions fini par échouer après notre sortie des bois. Je le revois, entrant dans la salle d'école où nous finissions de dîner. Prisonnier, il venait d'être délivré par l'armistice. En guenilles, les yeux luisants de fièvre, barbu, guêtré de boue, il s'était arrêté pour saluer, sur le seuil. Nous avions tous, même les plus épais, été frappés, à cet instant, du relèvement autoritaire de ce front, de la droiture assurée de ce regard.

— Il sait porter les trous ! avait déclaré le commandant.

Conan, qui l'avait connu en Macédoine, me le définit :

— Un gars qui en a !... Il était dragon, il a demandé à passer dans la biffe. Pourtant, c'est le gendre d'un gros ponte, et s'il avait voulu s'embusquer !... Il y a longtemps qu'il aurait ses trois ficelles, mais les Buls l'ont emboîté un soir de coup de main, après l'avoir bien esquinté. Son petit nom, c'est Ghislain, tu te rends compte ! Paraît aussi qu'il a un château, des larbins, des aïeux, un nom à cinq ou six rallonges, mais ça ne se voit pas sur lui...

Le surlendemain de son arrivée, de Scève m'avait abordé sur les quais de Sistovo :

— Vous êtes étudiant ?... Alors nous serons forcés de bavarder ensemble, car d'après ce que j'ai vu, nous n'avons le choix, ni l'un ni l'autre...

Il m'avait regardé, en disant cela, avec une insolence assez railleuse pour me faire regimber, mais en même temps, il me tendait une main largement ouverte. J'avais cru la main plutôt que le regard...

Du Danube à Bucarest, dans ces villages roumains tapis au centre de larges carrés de grands arbres, nous avions passionnément discuté. Quelques goûts communs nous avaient liés, moins que la découverte de nos contrastes. Je reprochais à de Scève d'être sûr de tout, bien qu'il se donnât des airs de sceptique. Il me raillait de me ruer, comme un mauvais chien de chasse, par dix pistes différentes, sans être capable d'en découvrir une bonne et de m'y tenir. Je le jugeais cultivé, parce qu'il savait citer à propos un nom ou un mot justes. Son âge — il était mon aîné de cinq ans —, ses façons et son titre m'en imposaient plus que je ne voulais me l'avouer, et je m'en vengeais en exagérant, à l'occasion, une familiarité qu'il avait le bon goût de ne jamais rembarrer. Il assurait, d'ailleurs, que j'avais une forme d'esprit agréable et que j'étais moins cuistre qu'il ne l'avait craint. Un ami ?... le mot ambitieux l'eût fait sourire, mais peut-être ne l'eût-il point désavoué...

Maintenant, le cuisinier versait dans son quart du café bouillant :

— Avez-vous disposé de votre après-midi ? me demanda-t-il.

— Je suis de corvée de trois à huit... Service de place. Je n'avais pas mérité ça !

Il sourit :

— Plaignez-vous ! Vous serez l'officier le plus remarqué... Vous donne-t-on des hommes ?

— Oui, quatre. Pourquoi ?

— Parce que vous en aurez besoin. Cinq régiments qu'on lâche dans une ville, et pour la première fois depuis quatre ans, il faut prévoir une vaste bordée ! C'est cet après-midi, plus que ce matin, qu'ils vont vraiment se sentir vainqueurs : ça s'arrose !... Ajoutez à cela le double anonymat de l'uniforme et de la langue : on se gêne beaucoup moins chez des gens qui ne vous comprennent pas et qu'on ne comprend pas... Et une fois quitte, que faites-vous ce soir ?

— Le tour de quelques dancings, avec Conan. Vous en êtes ?...

— Non... Je suis certain d'avance que ce sera sinistre ! Et puis, les filles sont trop bêtes, et elles ne vous permettent jamais de l'oublier ! J'irai à l'Athénée. Il y a un bon orchestre, paraît-il...

Il secoua la cendre de sa cigarette :

— Voulez-vous un conseil ?...

— Allez toujours.

Il me regardait avec un sérieux qui me gênait :

— Conan est le meilleur des gars, dit-il froidement, mais je suis sûr qu'il va faire la noce comme une petite brute. Vous, vous avez tout de même dans le crâne une image assez jolie de la femme. Quelques filles de trop et vous allez saloper ça...

Puis regardant sa montre :

— Si vous devez prendre vos bonshommes à Fagaras, vous n'avez plus que le temps...

La Calea Victoria me rappelle une rue de province, le dimanche. Une rue ? Non... La Rue, celle des magasins, celle que l'on arpente rituellement, plusieurs fois l'après-midi, en changeant, à chaque bout, de trottoir...

Tout Bucarest oscille patiemment entre le Palais-

Royal, qui ressemble, à s'y méprendre, à la plus banale des préfectures françaises, et l'Hôtel des Postes, une vaste bâtisse importée de Munich. Pas d'autos, quelques voitures conduites par des cochers imberbes et gras, en tunique de velours bleu. Conan m'avait déjà prévenu de leur singularité. Les cochers de Bucarest appartiennent, en effet, à la secte russe des Scoptzy qui exige de ses adeptes la castration après le deuxième enfant. Il faut cela, ici, pour conduire un attelage de luxe !

— Ils me dégoûtent, ces gros chapons, avait ajouté Conan. Quand je leur ferai l'honneur de m'asseoir dans leur zin-zin, faudra pas qu'ils s'attendent à voir la couleur de mes lei !... Un cochon, au moins, quand on le coupe, il gueule, il ne croit pas recevoir de l'avancement !...

Leurs longues lévites chatoyantes, à cordelières d'or, posent des touches vives dans la foule usée, verdie, une foule de guerre, pardessus élimés, fourrures ternes. Ce qui me stupéfie, m'inquiète presque, c'est sa discrétion, son silence. Tant de monde et si peu de bruit ! On bavarde davantage, en France, derrière un corbillard !

Les femmes sont grandes et fines. Sous leurs voilettes, brillent des yeux noirs admirables. Leurs œillades, et elles les prodiguent, ont une tranquillité assurée, déconcertante. Je ne sais comment interpréter celles que je reçois. Elles peuvent signifier aussi bien : " A vous, pour la vie !" que "Pourquoi êtes-vous seul à porter le casque ?"

Je croise des officiers roumains nombreux, la plupart grands, encore haussés par des manières de shakos cerclés de galons larges. Les vieux ont du ventre, les jeunes des corsets. Je donne le bon exemple, je salue. On me répond avec une déférence flatteuse, un étonnement charmé.

Beaucoup de nos poilus aussi dans cette Calea, trop pour mon goût. Ils flânent très correctement, mais ne saluent point. En voici un qui vient à ma rencontre et me regarde avec un intérêt joyeux, satisfait de constater qu'il est libre et moi empoisonné. A peine s'il ne rigole pas en passant : je le rappelle.

— Dis donc, vieux, moi, ton salut, je m'en fous, mais il y a le commandant, là derrière, qui vient d'en paumer trois et de prendre leurs noms !...

Ce n'est pas vrai, mais ça va l'inquiéter...

A part l'ankylose générale du bras droit, ça va très bien ! Je rencontre cependant devant Capsa, la taverne chic, un artilleur porté en triomphe par des étudiants ironiques :

— Allons, descends de là !

Il s'exécute de mauvaise grâce :

— On ne peut plus rigoler, alors ?

A qui le dit-il ?...

Un peu plus loin, je dépasse Conan qui serre de près une belle fille rieuse. Il me crie :

— J'apprends le roumain.

Je l'apprendrai aussi !...

Il est quatre heures : la nuit de décembre tombe. L'électricité, parcimonieusement répartie, attriste soudain la grande rue. Les cafés n'allument qu'une ampoule par lustre, une lumière misérable, charbonneuse. La pacotille des étalages fait pitié : la guerre doit peser rudement sur les petits peuples, pour que les premiers magasins de cette ville en soient tombés à ce point de dénuement.

Cinq heures... Je commence, moi qui vais sans espoir de rencontre agréable, à me sentir excédé du piétinement noir de la foule. Il est temps d'ailleurs d'explorer les autres rues de la tournée...

Strada Serindar... Strada Lipscani... Conan sera déçu : ce n'est pas du tout ce qu'il croit ! Ce sont des rues de commerçants : les enseignes des maisons fermées l'attestent. Elles sont mal pavées, plus mal éclairées, bordées de façades irrégulières et pauvres, où parfois une fenêtre rougeoie. On s'éclaire au pétrole là-dedans !... Des corridors ouvrent, dans le crépi jaune, leurs rectangles noirs et bas. Nous butons dans les bornes dressées au coin des seuils. De grosses poutres, à peine équarries, encadrent les devantures étroites. Le vide de ces rues, où seul le bruit de nos pas traîne sur le pavé raboteux, m'étonne agréablement : pourquoi les avoir inscrites dans notre itinéraire ?...

Nous étions arrivés au bout de la Strada Lipscani, quand derrière nous, assourdi par l'éloignement, un piano mécanique grinça, un piano usé, asthmatique, qui soufflait des bouffées de notes aigres. A la lueur d'un bec de gaz, je lus le nom de la rue, puis je regardai mon plan : j'étais allé trop loin. Je retournai, et me guidant sur les crissements de cette musique, dont les phrases semblaient arrachées par des peignes de fer, j'entrai dans une ruelle latérale. Le son en venait mais il se cassa brusquement, après un tintamarre de volet métallique qu'on abat. Cette ruelle était déserte, elle aussi. Seul un chat s'enfuit, à notre pas, pour nous regarder de loin, de ses yeux verts et fixes. Je remarquai des fenêtres basses qui se découpaient, écarlates, dans les façades noires.

En d'autres temps, j'aurais aimé cette vieille rue à pignons et à auvents, la lueur feutrée de ses lampes, jusqu'à l'odeur maraîchère qui l'emplissait. Mais, après avoir passé devant quelques fenêtres, je m'aperçus qu'elle était bordée de petits cafés, de cafés enfoncés en terre, où l'on descendait par des marches, d'étranges cafés-fruiteries, où des tas de choux croulaient entre les tables, où pendaient, du plafond, des gerbes de poivrons rouges, des paquets dorés de maïs. Ces cafés étaient remplis de Français qui buvaient, dans de petits verres, quelque chose de clair comme de l'eau : la tzuica.

Ils boivent d'ailleurs gentiment, ceux que je surveille à travers les carreaux troubles, les rideaux jaunis par la fumée. Ils sont quatre ou six assis à de petites tables, mais assis avec une force, une conviction extraordinaires ! On sent qu'être accoudé, bien d'aplomb, avoir sous soi une vraie chaise, autour de soi de vrais murs, c'est pour eux une jouissance ancienne retrouvée, et qu'ils la savourent. Ils se reposent comme des paysans qu'ils sont pour la plupart, penchés en avant, voûtés, les jambes largement écartées, la tête sur les poings, dans une détente totale des muscles, avec cette science de l'appui qui réussit à faire supporter au sol, à la chaise, à la table, le poids total du corps. Ils mourraient subitement qu'ils ne bougeraient pas !...

Mais au bout de la ruelle qui se rétrécit encore, un rectangle de lumière pourpre s'abat brusquement sur les pavés luisants : trois hommes qui sortent de la bodega y allongent leurs ombres. Le premier titube et s'étaye au mur. Les deux autres ont hésité un moment sur le seuil, comme surpris par la nuit et le froid. Brusquement, ils nous aperçoivent et vont droit à l'ivrogne, car, de toute évidence, celui qui s'ébranle avec précaution, en palpant la muraille, a droit aux cent sous de Conan !... J'approche : ils m'attendent, ils ont redressé, tant bien que mal, le camarade qui proteste pâteusement. Je distingue, sur les cols rabattus, plus larges que les nôtres, des écussons rouges : artilleurs... J'ai posé la main sur une épaule molle :

— Comment t'appelles-tu ?

Pour me regarder le gars jette la tête trop en arrière, une tête mal attachée qui montre le dessous du menton, découvre la pomme d'Adam saillante :

— Si on te le demande, me répond-il avec toute la fermeté dont il dispose, tu diras que t'en sais rien !

— Mon Dieu ! c'est probablement, en effet, ce que je répondrai...

Le copain qui l'appuie à droite, un grand type exagérément vertical, mais dont le rire obstiné indique bien qu'il ne réalise pas la gravité de la situation, entame un plaidoyer. Celui-là, aussi, est assez saturé pour ponctuer son discours de gestes larges et flottants :

— Mon yeutenant... j'vas vous dire... Faut comprendre : c'est pas c'qu'on a bu !... Faut comprendre !... C'est que l'habitude n'y est plus... Comprenez-vous, mon yeutenant, l'habitude ?...

Bien sûr que je comprends !... Une dernière réprimande exigée par les circonstances, et je vais les renvoyer, sans avoir pris ni nom, ni matricule :

— Vous n'avez pas honte de vous mettre dans des états pareils ?

— Dis donc, c'est toujours pas avec ce que tu nous as payé !...

C'est le plus malade qui a répliqué, celui qui oscille entre ses deux tuteurs, mais ses camarades le désapprouvent fermement. Ils le tirent en arrière, le bourrent de coups de coude, lui recommandent de la fermer et rendent hommage à ma bienveillance. Lui, ne se laisse point influencer, se dégage d'une torsion de bras :

— Fous m'la paix, toi !... C'est à lui que je cause, au râleur... Des états qu'i dit ! Y en a, quand même, qu'ont tout de la vache !...

— Allez, emmenez-le, ou je m'en charge !... Et au trot, par les petites rues !...

L'autorité avec laquelle ils lui empoignent le bras me rassure...

Nous reprenons notre marche, en frappant du pied, les mains dans les poches, les oreilles mordues, sous le casque, par la bise qui court à travers ce labyrinthe de ruelles et vous assaille à tous les carrefours. Le sol est à surveiller : des pavés manquent, d'autres ressortent. Pourtant, c'est en l'air qu'il faudrait regarder, car ce ciel roumain est plus beau, plus proche qu'aucun ciel de France ! La limpidité bleue de la nuit y laisse s'enfoncer le regard jusqu'à d'étranges profondeurs. Les constellations n'y sont point clouées, comme à nos firmaments ; les astres, au contraire, semblent librement suspendus dans cette froide transparence : l'œil sent leur rondeur et leur isolement. La voie lactée neige entre les toits noirs.

Des chants brutaux qui éclatent à notre droite, des braillements éraillés de conscrits me heurtent comme un coup. Va-t-il falloir y courir ? Non... Cela s'achève dans de grands rires, qui, à leur tour, s'éteignent... Puis, c'est la décharge soudaine, à une fenêtre, d'un autre piano mécanique qui secoue violemment sa charge rythmée. Nous longeons une grande maison, très longue... C'est cela ?... Cela ressemble plutôt à des docks, à une école sale, décrépite, mais les volets de fer sont clos, un bec de gaz me montre une porte bardée de gros clous... Voici que du dedans on frappe aux vitres, quand nous passons : au travers des carreaux éclairés, j'aperçois tout près de mes yeux trois visages de femmes, trois visages écrasés contre le verre trouble. Le nez aplati fait un rond blanc, comme celui des gosses aux portières des trains, la bouche se dessine en buée. Les femmes rient, elles doivent nous appeler... Mes hommes qui ont froid et faim ne leur jettent qu'un coup d'œil maussade.

— Dragule !... Domnule !...

Décidément, nos pas ont alerté le quartier : des fenêtres s'ouvrent aux étages des hautes maisons, des formes s'y accoudent, des appels murmurés se croisent. "Dragoulé, Domnoulé", ça veut dire "chéri" et "monsieur" je crois... Quand c'est bien dit, cela ressemble à un roucoulement, mais ici les voix sont cassées ; on les dirait trouées d'ombres, ainsi que les visages apparus entre les volets entre-bâillés, ces visages qui se penchent soudain davantage, et se taisent, attentifs.

C'est qu'une porte de fer a retenti derrière nous, et la rue s'est emplie subitement d'injures, de jurons français, de soldats qu'une femme poursuit en vociférant. J'entends l'un d'eux crier :

— Laisse-la gueuler. Amène-toi...

Mais elle a saisi le dernier, ils se battent, les autres s'arrêtent. J'arrive, sans qu'ils m'aient seulement deviné, car ils ne sont attentifs qu'à cette vieille gaupe qui agrippe et crie d'une voix stridente, une voix qui les gêne, dans leur sale coup, comme une lumière trop vive.

— Qu'est-ce que c'est ?

Tout le monde se tait. La vieille lâche l'homme qu'elle a empoigné à l'épaule, elle me regarde : je vois un visage large, plus immobile qu'un masque, des joues noyées qui tombent autour de la bouche en plis ronds et larges.

— Vous êtes partis sans payer, hein ?

Ils sont sept ou huit, arrêtés à quelques pas. J'ai devant moi, tout près, un homme enragé qui renoue sa cravate arrachée, et me crache les mots en pleine face :

— Si, on a payé, et de trop pour ce que ça valait !... Pas un rond qu'on lui donnera de plus, à la vieille garce, pas un !...

La Roumaine entame un plaidoyer incompréhensible et geignard. Ça ne va pas être commode à arbitrer !...

L'homme, à deux pas de moi, me crie brusquement :

— Et puis, c'est marre !...

Je reste stupide : il s'est dégagé par un bond de côté, et il file. Il semble qu'il ramasse au passage les camarades qui l'attendent, et tous s'enfuient, sans hésiter, s'engouffrent dans la première rue transversale, disparaissent. Je n'y ai vraiment vu que du feu ! Je n'ai pas bougé, je n'ai rien dit... Au-dessous de tout ! Les poursuivre ? Inutile et grotesque ! D'ailleurs, je n'ai pas même lu leurs écussons ! Avec la mauvaise foi d'un gradé qui a perdu la face, je m'en prends à mes hommes :

— Vous ne pouviez pas les arrêter, tas d'empotés !...

Ils savent bien que cela ne vaut pas la peine de répondre !...

Je me tourne alors vers la femme, je hausse les épaules : dépit, impuissance, regret, excuses, ça veut tout dire, et on part, à bonne allure, de peur qu'elle ne nous suive.

Ses injures nous rattrapent. Elle les glapit lentement, pesamment : l'asthme la suffoque. Mais la voix est immonde, une voix glaireuse qui racle les mots comme des crachats !... Et ce qu'elle dit de nous doit être sale et drôle, car la rue tout entière rit, un grand rire débraillé, canaille, dont les éclats tombent des fenêtres, dont les "ah, ah" s'éructent en gerbes à travers les lames des auvents. Notre amour-propre de triomphateurs s'indigne. On parle derrière moi de retour offensif... Comme l'autre, tout à l'heure, j'ordonne :

— Laissez-la gueuler !

Et je me console, de mon mieux, en songeant que le camarade qui me relèvera pourrait bien avoir du travail, vers minuit, dans ces parages !...

Il se passe, en effet, quelque chose d'extraordinaire que je commence seulement à entrevoir : des grenadiers, des mitrailleurs, des guetteurs et des canonniers qui redeviennent des hommes, pour la première fois, depuis quatre ans ! Hier, on ne leur concédait qu'une âme uniforme, simplifiée, où l'on ne surveillait que l'obéissance et le courage. Aujourd'hui, brusquement, il faut compter avec les désirs, leurs instincts, leur passé inconnu auquel ils renouent le présent. Les voilà définitivement sortis de la tranchée qui les canalisait, et il est à prévoir que le séminariste et le souteneur, qu'il était hier presque possible de confondre, ne feront point, aujourd'hui qu'on les a lâchés, les mêmes gestes, aux mêmes lieux ! Hier, une unité, c'était un régiment ; aujourd'hui, un matricule, c'est quelqu'un qui peut librement, jusqu'à minuit, penser, parler, vouloir, agir. Il n'y a que moi pour l'en empêcher, et je viens de voir comment j'y réussis ! Si j'étais militaire et intelligent, j'en serais épouvanté !...

Il est temps que la corvée s'achève !... Sept heures et demie ! Nous rentrons à la caserne par les quais de la Dimbovitza, un long canal droit qui s'étire entre deux talus verglacés. L'eau est-elle prise ? Sans doute. Pourtant, la glace n'a pas un reflet. On croirait de l'encre. La lueur des becs Auer s'y renverse, obscurcie. Les quais sont déserts à perte de vue. Ils se bordent, à notre gauche, de masures blanches où s'attache un escalier extérieur. Entre elles, bâillent les brèches des cours noires. Parfois, se lève une palissade goudronnée qui abandonne bientôt, découragée par tant d'espace à enclore.

Les rues qui partent du quai se noient très vite dans les terrains vagues, dans les champs d'épandage où bombent les monceaux d'ordure de la ville. Sur l'autre bord, l'usine à gaz gonfle une longue file de gazomètres sombres. Devant nous, s'étagent des rangées régulières de fenêtres éclairées : c'est le but, la caserne que les Roumains nous ont prêtée, si française avec son corps de garde, sa grille, sa cour à chiens de quartier, ses corridors chocolat, ses escaliers épluchés par les clous des godillots, ses chambrées à lits bruns, à relents de cuir et de sueur. Quand nos hommes, qui, malgré tout, ont vécu quatre ans dehors, une vie de trappeurs et de loups, sont arrivés là-dedans, hier soir, ils avaient le visage rebuté et morose de collégiens découvrant l'horreur du dortoir...

— Il ferait pas bon se laisser glisser, tiens !

Un de mes hommes a murmuré cela derrière moi. Il a pensé, lui aussi, à une chute dans cette eau morte, cette eau muette qu'on sent prête à tout, une chute qui ne troublerait pas même le silence... On tomberait comme dans l'ombre d'une fosse !...

Ce n'est pas moi qui les vis le premier, dans la rue à gauche, car je ne regardais que le canal, mais mes hommes s'arrêtèrent, tous quatre tournés vers ces deux-là qui, à cinquante mètres, se battaient farouchement, couchés sur la terre. Les deux corps roulaient, liés ; de brusques détentes les jetaient ensem-

ble de droite à gauche, comme s'ils avaient été
brutalement bercés. Un poing se leva, mais une main
le saisit et immobilisa le coup. Je butai dans un
casque.

— Debout !

Ma lampe électrique les aveugle, ils se lâchent. Sur
un signe, mes quatre hommes les ont entourés,
empoignés, relevés.

— Vous !

J'ai reconnu le sergent de Conan, le sergent à
figure fade de garçon coiffeur... La voilà, sa tête
d'assaut, que j'avais essayé d'imaginer quand je
dînais en face de lui, dans la sape de la forêt !...
Est-ce possible qu'un visage humain puisse changer
à ce point-là, que des traits aussi lisses soient capa-
bles d'une aussi farouche contraction !... Plus de
lèvres : deux hachures qui abattent la bouche, deux
autres plus profondes qui entaillent les joues, des
virgules noires qui griffent le front entre les yeux, les
yeux presque disparus sous le ressaut des sourcils...
Et ses cheveux, ses cheveux gras de cosmétique qui
pendent en dents de scie sur le front, sur le nez ! Une
mèche aiguë lui tombe dans la bouche... L'autre
combattant a l'œil droit tuméfié, sa lèvre saigne.
C'est un bon gros tringlot. Il explique :

— Je lui disais rien, mon lieutenant. Je m'en allais
tranquillement avec elle. Il m'a dit : "Lâche-la ! C'est
pas pour toi, ça !" Et il a voulu l'emmener... Vous
seriez-vous laissé faire, vous, mon lieutenant ?

Elle ?

Oui, la voilà, derrière nous, appuyée au mur. Ma
lampe électrique la frappe : une fille mince, pâle,
jolie, semble-t-il. Elle serre à poignée son manteau
arraché.

— Alors vous, un sous-officier, vous vous colletez
dans la rue, pour une fille ? Il n'y en avait pas d'autre,
en ville ?

Il hausse les épaules.

— Celle-là est à tout le monde, je pense !...

Le soldat, que deux de mes hommes maintiennent, veut s'élancer. On le retient par le bras. La poitrine et la tête se projettent seules :

— Je l'avais avant toi, hein !... Et puis on sait pourquoi tu la veux !... Pour son pèze ! T'as déjà fait le coup à Monastir ! On te connaît, va !...

Il crie des injures que l'autre écoute en ricanant. J'interviens :

— Vous, taisez-vous !... Quant à vous, dans une demi-heure, je veux vous retrouver dans votre chambre, aux arrêts de rigueur... Je vous préviens que je ferai mon rapport, et que c'est un coup à vous faire casser.

Le sergent hoche la tête et sourit avec une insolence à lui rentrer dedans :

— Si vous y tenez !... Moi, ça ne fera jamais que la troisième fois que je laisse mes galons au vestiaire ! Mais le lieutenant arrangera ça !

Le lieutenant, ce ne peut être que Conan...

Il ramasse son casque et s'en va, traînant les semelles. La fille est disparue, rentrée dans la nuit. J'emmène l'homme qui presse de sa main ouverte son œil violet. Une voix le rattrape, goguenarde :

— Bonne nuit en tôle, hé vieux ! Je te l'avais dit que t'avais tort de ne pas me la laisser !...

Alors, le prisonnier s'arrête, malgré les hommes qui le poussent, et détourné sur l'ombre qui s'éloigne, il crie ce que je croyais ne plus jamais entendre, la menace de haine si souvent clamée pendant ces quatre années, menace effrayante comme un assassin qui se lève :

— Qu'on y remonte un jour, tiens, et je te la ferai la peau !...

On marcha quelques pas, puis une explosion retentit. Son écho s'épanouit largement au-dessus de la grande ville : le canon de Cotroceni qui, d'heure en heure, tonnait pour annoncer la paix victorieuse.

J'étais à peine rentré au bureau du bataillon que

Conan, prévenu sans doute par l'intéressé, accourait :

— Ah ! t'as le don ! Ils se tamponnaient tranquillement dans leur coin, faut que t'y amènes ton nez et tes binocles ! Tu feras un riche pion !... Pour le rapport, laisse tomber, hein ! Les types du groupe franc, c'est mes oignons, comprends-tu ?... Passe la main ! Ce que je lui dirai, ça portera plus que ton rapport !... Parce que moi, je pense comme toi : il s'est déshonoré, le mec ! Pas être foutu de refaire une poule sans se faire paumer par la garde ! Et se faire allonger par un tringlot, un gars du Royal Cambouis ! C'est ça qui dépasse tout !

III

Sous un bec de gaz, Conan regarda son bracelet-montre :

— Oh, bon Dieu ! Moins dix !

Et nous étions au bout de la Calea Victoria, au bord de la Chaussée Kissilef, cette large avenue où Bucarest déborde brusquement en parcs et en jardins. Entre ces Champs-Elysées roumains et la popote, il y avait un kilomètre de Calea bourrée de promeneurs, dix minutes de petit tramway cahotant le long des boulevards Carol et Elisabeth, enfin le jardin du Cismigiu peuplé d'amants en lente promenade ; au total, une demi-heure !...

— Le vieux va râler ! dit Conan.

Nous savions d'ailleurs exactement comment ça se passerait. Nous entrerions au dessert — cuillerée de marmelade — dans la vaste salle éclairée par quatre bougies, une salle plus nue et plus froide qu'un réfectoire de cagne, et le commandant Bouvier, sans nous regarder, nous dirait :

— Mes chers camarades, si nos heures ne vous conviennent pas, vous voudrez bien nous donner les vôtres : nous nous ferons un plaisir et un devoir de nous y conformer.

La première fois, c'était drôle, et l'on n'avait aucun mal à s'asseoir, en souriant le plus finement possible, de l'air du monsieur qui en savoure une excellente.

Au second retard, le commandant infligeait la même formule avec une froideur sèche, une lenteur savante qui appuyait le blâme, et le sourire de la victime jaunissait, un sourire sournoisement guetté par les convives.

La troisième fois, cela éclatait rageusement ; c'était une mise en demeure exaspérée, cassante, décochée avec des mâchoires tremblantes, des yeux gros... Après cela, on n'arrivait plus jamais en retard : on préférait dîner en ville, ou plutôt en faire le simulacre, car les concombres que les restaurants roumains servaient par miracle en toute saison, les viandes creuses, les spécimens réduits de charcuterie, ces dînettes à 100 lei, où le garçon seul était épais et consistant, nous avaient, dès longtemps, inspiré la méfiance des bodegas les mieux achalandées.

Pourtant, ce retard-là serait le quatrième de la semaine et il était difficile de prévoir les excès où se porterait le "vieux" devant ces récidives insolentes. Je rattrapai donc Conan qui fonçait, déjà, tête basse, dans la foule sombre du trottoir, et je lui proposai un restaurant nouveau dont on disait quelque bien. Conan me regarda, les paupières presque rejointes, un mince fil de regard brillant dans la face ronde et rougeaude, puis il haussa les épaules.

— Plus le rond !...

C'était la fin du mois, en effet ! J'essayai cependant, derrière son dos, de le convaincre : si bas que fussent les fonds, quelques croissants et un café crème vaudraient mieux que le pain amer de la popote ! Mais il était gros mangeur, et dédaigna de me répondre. Son allure balancée, paysanne, distribuait des coups d'épaules à droite et à gauche, m'ouvrait un large passage et je le suivais, très inquiet...

— Messieurs, le dîner à la popote fait partie du service...

C'était dit sans colère, gravement, et les camarades, qui s'expliquaient avec du coriace fromage de buffle, ne levèrent pas le nez de leur assiette d'aluminium. Conan me lança un regard surpris et joyeux, mais en prenant ma serviette, je trouvai dessous, dans l'assiette, une feuille de bloc-notes :

"Le lieutenant Norbert gardera les arrêts simples pendant trois jours.

"Motif : Inexactitude dans le service."

A l'autre bout de la table, Conan s'absorbait, comme moi, dans la lecture du même avis laconique. Il admirait, comme moi, qu'il fût timbré du cachet bleu gras du bataillon, ce qui ne laissait aucun doute sur sa préméditation. Le "vieux" avait fait établir le poulet sitôt après notre troisième retard, et il le gardait, bien assuré d'en avoir l'emploi ! Conan, très rouge, mangeait sa soupe froide, violemment.

A cet instant, le cuisinier déposa sur la table trois bouteilles de champagne. C'était l'indice d'une aubaine pour quelqu'un d'entre nous, aussi j'interrogeai des yeux, assez maussadement, les figures des convives.

Je rencontrai le regard de de Scève, ce regard fixe, pénétrant, que je lui avais vu chaque fois qu'il étudiait sur un visage l'effet de ses paroles :

— C'est pour moi, ça, Norbert, me dit-il, en détordant la boucle du capuchon doré. Je passe au Bureau Economique de l'armée.

Ainsi, il me l'annonçait, après coup, comme aux autres, devant tous. Une petite vengeance, évidemment... Du dépit, parce que, depuis notre arrivée à Bucarest, je ne m'étais peut-être pas laissé, suffisamment à son gré, accaparer par lui. Avant de partir, il me rejetait dans le rang. A son aise !

— Tous mes compliments !...

Je réussis à donner à ces mots l'accent de banale cordialité que je cherchais, mais j'enrageai quand je me sentis monter aux joues une rougeur qui marquait le coup.

Etais-je pourtant assez à l'épreuve de ces ruptures ! Ces relations-là finissaient, comme tant de relations de guerre, par une mutation... Un camarade changeait de corps : on le regrettait hâtivement — on faisait tout si vite ! — on échangeait quelques lettres, puis chacun abandonnait l'autre au passé déjà tellement encombré de visages ! C'est qu'on était entraîné aux renoncements et que le présent seul comptait, avec ses anxiétés, ses menaces. "De Scève", ce ne serait bientôt qu'un nom de plus à retenir, puis à oublier... Dommage !

Cependant, le commandant levait son verre pétillant afin de porter le toast de rigueur :

— Mon cher de Scève, à vos succès d'économiste ! Vous allez conduire les Roumains aux mamelles de la France victorieuse. Ne les laissez peloter qu'avec discrétion.

Ce badinage annonçait que le chef de bataillon Bouvier allait avoir de l'esprit.

Ses plaisanteries ne se renouvelaient guère ; leur ordre même semblait immuable. C'était d'abord des parodies littéraires comme :

Elle a vécu, Myrto, la jeune Tarentule.
Son beau corps a roulé, sous la vague, virgule...

Puis venaient des histoires grasses et fatiguées, enfin de ces inversions de syllabes qui donnent aux mots un sens imprévu et divertissant. Il faudrait, une fois de plus, rire au lapsus de ce camarade qui, au lieu de : "Sonnez trompette" avait commandé : "Trompez sonnettes", mais rire surtout quand des phrases innocentes, telles que "le vent siffle dans la rue du quai", en seraient venues, au prix d'ingénieuses transpositions, à braver une honnêteté moyenne...

J'attendais ce cortège, et par représailles, j'avais résolu de rester sévère. Cela me fut épargné.

— Norbert, me dit aimablement le commandant, on m'a demandé tantôt un avocat pour la prochaine session du Conseil de guerre. Il fallait quelqu'un qui fît honneur au bataillon. Je vous ai désigné. Vous êtes étudiant en lettres. Vous nous saupoudrerez ça de sel attique.

C'était une corvée supplémentaire qui allait me prendre, pendant quinze jours, le plus clair de mes loisirs, des loisirs que je consacrais au cheval d'un camarade artilleur. Or, j'étais tombé quatre fois, je commençais à pouvoir m'asseoir sur une chaise sans trop grimacer, il faudrait perdre tout le bénéfice de cet entraînement !

Les camarades rigolaient bassement, et comme s'il eût voulu m'enlever tout orgueil, et se faire pardonner de m'avoir distingué, le commandant exposa ses principes en matière de justice militaire. Il la concevait comme une douane. On déclarait la denrée : abandon de poste, outrages envers un supérieur, vols d'effets militaires ; on se reportait au tarif, et on percevait...

— Mon cher camarade, me dit-il, avec cette politesse qui était chez lui une forme de l'humour, Dieu me garde de sous-estimer votre rôle de défenseur, mais permettez-moi de vous dire que je n'arrive pas à en réaliser l'utilité. De deux choses l'une : la faute est nette, ça vaut tant... Ou alors, la faute n'est pas absolument prouvée. Ça arrive. Je vous le concède...

Les mains qui déjà pliaient les serviettes s'arrêtèrent, attentives, devant l'imprévu de cette complication. Le commandant posa les avant-bras sur la table, comme des arguments quatre fois soulignés, et prononça :

— Eh bien, même dans ce cas, ça vaut tant, pour le principe !... Et le principe c'est qu'un préventionnaire n'est jamais un bon soldat ! S'il a été soupçonné, c'est qu'il méritait de l'être ! A supposer même que vous frappiez à faux, ce ne sera qu'un virement de fonds. S'il n'est pas coupable de cela, il est coupable d'autre chose pour laquelle il n'a pas payé !

Ce fut un beau hourvari ! Il y avait là, outre de Scève, Conan et moi, deux capitaines de l'active, un voyageur de commerce, un vague ingénieur, un courtier en grains, le fils d'un gros fermier normand, enfin, un "négociant en alimentation" que je soupçonnais fort d'être boucher dans le civil, depuis le jour où il avait imprudemment diagnostiqué dans un plat "de la culotte de veau". Tous, sauf les capitaines et de Scève qui pensait visiblement à autre chose, nous protestions. Les arguments se croisaient. Les convives du bout de la table se couchaient dessus pour envoyer les leurs.

Le commandant, lui, souriait, goguenard, et quand le calme se fut un peu rétabli :

— Ce n'est pas vrai ?... Eh bien, je ne vous connais pas depuis longtemps, mais je parierais mille francs contre un sou que ceux qui crient le plus haut se sont mis, pas une fois, vous entendez bien, mais dix, et tous, dans un cas de conseil de guerre !... Sur le front français, vous alliez en permission ? Vous rabiotiez deux jours, trois jours : désertion... Et au dépôt, personne n'a usé de permission maquillée, avec le cachet décalqué au papier carbone ? Contrefaçon de sceaux : réclusion de cinq à dix ans !... Aucun de ces messieurs n'a fait retailler des capotes ?... Personne n'a emporté d'O. F. pour pêcher à la mélinite dans les étangs ou les rivières ?... Montrez vos briquets... Tous fabriqués avec des cartouches !... Ça s'appelle, si je ne m'abuse, vol de munitions et d'effets appartenant à l'Etat, et ça vaut cinq à vingt ans de travaux forcés ! Et quand Conan a demandé à un commandant d'artillerie qui lui avait tiré dessus : "Est-ce de Fontainebleau ou de Bicêtre que vous sortez ?" ce n'était pas des outrages à un supérieur, et à l'occasion du service, ça ? Cinq à dix ans de travaux publics, Conan...

Il riait et triomphait modestement. C'était vrai ! Nous avions commis tout cela et bien d'autres crimes encore, des abandons de poste quand nous allions intempestivement aux feuillées, des rébellions envers la force armée pour avoir chargé des gendarmes dans les gares de triage, et des sommeils de factionnaires, et des destructions de matériel de guerre pour tout le fil téléphonique dont nos boutons étaient cousus, et des refus d'obéissance, et des violations de consigne en présence de l'ennemi ! Maintes fois, il aurait suffi de la mauvaise humeur, ou de l'antipathie d'un gradé, moins encore, de ce besoin d'exemple dont la nécessité se faisait si fréquemment sentir, pour qu'une peccadille courante reçût un nom terrible qui lui fût allé comme un gant. Tout était affaire d'appréciation : on haussait les épaules quatre-vingt-dix-neuf fois ; la centième, un visage brusquement inexorable vous signifiait votre crime, et l'on vous passait au tourniquet, sans que vous ayez pu nier le fait, discuter sa qualification, son châtiment étiqueté d'avance... Tout cela, nous le savions de belle date ! Pendant la guerre, le "falot" faisait partie des risques, mais comme c'était un des moindres, on n'y pensait pas. Deux mois après l'armistice, cela jetait un petit froid de songer qu'on avait, plus d'une fois, échappé à douze balles bien groupées...

Le commandant qui ne voulait point gâter sa victoire conclut :

— Ça ne veut rien dire, bien sûr ! Mais enfin, pour dix qui ont pu être frappés à faux, ou pour l'exemple, il y en a cent mille qui n'ont pas été frappés du tout. Ça tranquillise ma conscience. Qu'en pensez-vous, de Scève ?

Le commandant ne manquait guère de demander

son avis à de Scève. De Scève était de l'active, et Bouvier en était fier. Le plus distingué de ses officiers était de carrière, il resterait à l'armée ! Nous, Conan excepté, peut-être, nous cachions mal notre hâte de rompre au plus tôt avec elle, et le commandant sentait ce dédain impatient. L'armée, devenue brusquement inutile, passait de mode ; on regardait volontiers comme des attardés ou des incapables ceux qui refusaient d'en sortir. Ce mépris, notre indiscrétion, à nous les jeunes, le marquait assez cruellement. Qu'un gentilhomme comme de Scève restât soldat par choix, c'était pour notre chef de bataillon une revanche dont il savait gré au lieutenant :

— Oui, qu'en pensez-vous, de Scève ?

De Scève retira sa cigarette des lèvres et répondit :

— Je suis absolument de votre avis, mon commandant. J'estime même que ceux qui ont été frappés pour l'exemple n'ont point été frappés à faux, loin de là !

Conan gronda :

— Voyez bouc émissaire ! "On te charge de toutes les saletés des autres, va crever !" Pendant que tu y es, fusilles-en trois ou quatre, pour donner du cœur au reste !

De Scève haussa les épaules :

— Tu sais pourtant mieux que personne qu'on n'a pas toujours le choix des armes !... Le poteau est une arme, comme le couteau de tes nettoyeurs !... Si on ne veut pas s'en servir, qu'on ne fasse pas la guerre !

— On ne la fera plus !

Le lieutenant-voyageur-de-commerce, un bon gros, à grosses lèvres gourmandes, le promit avec tant de conviction que tous, détendus, se mirent à rire.

— Cette forte parole clôt les débats, déclara le commandant.

Il se leva, car il se couchait tôt et seul. Les deux capitaines, celui de la première, un grand chauve, à l'œil lent, à nez bulbeux, celui de la troisième, un ancien adjudant de tringlots, congestionné, s'étaient levés en même temps.

— De Scève, dit le commandant, si je ne craignais de vous enlever à nos cinq camarades — nous étions sept, mais c'était une façon délicate de nous rappeler, à Conan et à moi, que nous nous trouvions hors de cause —, ces camarades avec qui vous désirez peut-être fêter votre entrée chez les huiles lourdes, je vous aurais prié de m'accompagner jusqu'au bureau, afin d'arrêter les comptes de votre compagnie.

— N'ayez aucun scrupule, mon commandant, j'allais rentrer. Je vous accompagne.

— J'ai moins de scrupules, assura le commandant Bouvier, parce que je vous sais sage comme toutes les icônes de ce beau pays. Messieurs...

En me serrant la main, de Scève me glissa :

— Je n'ai su mon affectation que ce soir. J'en ai été le premier surpris. Je suis allé chez vous. Vous n'y étiez pas... Je vous reverrai demain.

Quand la porte se fut refermée, Conan murmura :

— Les gars qui tomberont sur le vieux quand il sera juge au falot !...

Puis cramoisi :

— Eh ben, mes types, moi, je les ai pris, tant que j'ai pu, chez les préventionnaires, et pas des préventionnaires pour des conneries comme il en alignait tout à l'heure ! Y avait que là qu'on trouvait des types à la redresse !... Et moi non plus, je le connais pas depuis longtemps, le vieux, mais je parierais ses mille francs contre mon sou que s'il avait fallu qu'il aille où ils allaient, ils auraient été obligés de l'y porter à bras, les gars, parce qu'il aurait eu les pattes en flanelle !

Cette déclaration tomba dans l'indifférence générale. Tous étaient pressés de sortir : la grande ville, la nuit !... Les cinémas dont la sonnette grelottait dans l'air froid, les dancings, Salon Rose, Palais de Glace, Maxim's, les boulevards, avec la promenade quêteuse des femmes aux yeux sombres... Ils venaient de dîner, en service, maigrement. Sitôt dehors, ils allaient redevenir les vainqueurs adulés qui accaparaient les regards et les sourires. Leur portefeuille était bourré d'invitations et de lei. Les plus vulgaires hantaient les salons, avaient appris à baiser les doigts des dames et se glorifiaient de connaître désormais le goût du caviar. Tous, après une vieillesse de quatre ans, s'émerveillaient de se retrouver jeunes, de sentir un tel appétit de jouissance... Certains qui s'étaient défendus contre leurs désirs pendant des semaines et qui, parce qu'ils se souvenaient trop de la guerre ou redoutaient la paix, s'isolaient farouchement dans les épaisses maisons, feutrées de tapis, où ils avaient leur domicile somptueux, ceux-là même, un à un, cédaient à l'appel de la nuit roumaine...

Trois jours d'arrêt, trois soirées à bâiller au coin du soba, le grand poêle de faïence, ce serait dur, pour Conan, surtout ! Il passait toutes ses nuits dans les dancings, et bien que les champagnes roumains soient tout simplement des sodas à étiquette d'or, et la tzuica, l'eau-de-vie nationale, un grog froid et sans sucre, il buvait avec tant de régularité qu'il arrivait à être ivre à l'aube. Cela lui permettait de se battre avec les policiers qu'il allait mélancoliquement injurier sur la place du Palais-Royal !

En partant, quelqu'un lui demanda :

— Tu es de service, demain ?

— Oui... corvée de bois.

C'était encore un de nos étonnements, cette corvée de bois ! Conan l'assurait avec ses mulets de la compagnie de mitrailleuses, des mulets qu'il ramenait toujours chargés à crever, alors que tout le monde savait pertinemment qu'il ne restait plus, depuis longtemps, une seule trique, dans les bois achetés par l'Intendance. Quand on lui demandait comment il s'en procurait, il répondait laconiquement :

— Je me démerde...

Il s'en allait, à son tour, vers la porte. Je l'arrêtai au passage :

— Où vas-tu ?

Il hésita :

— Ce soir, je ne sais pas trop... au Salon Rose ou au Palais de Glace.

— Tes arrêts ?

Il jura effroyablement, en s'empêtrant dans ses blasphèmes. La colère l'étouffait. Il criait qu'il les ferait là-dessus, tiens, ses arrêts, et que le papier lui servirait à un usage précis, et que le vieux pouvait toujours venir faire un contre-appel à son cordon de sonnette !

— Seulement, ajouta-t-il, en plissant les paupières, même si je ne les fais pas, je lui tiens compte de l'intention !

Je savais qu'il avait repéré, l'avant-veille, dans un beuglant, une grande fille canaille et tendre, qui s'appelait Fréhel, une payse à lui, qui chantait, d'une voix cassée, des chansons ingénues de filles et de souteneurs. Elle l'avait conquis :

— La crème des filles, m'avait-il confié, et avec ça, un côté vache !...

Mais il n'y songeait pas, ce soir ; il voulait sortir, simplement parce qu'il y avait là un risque, et que le risque était trop rare, depuis l'armistice, pour qu'il laissât passer celui-là. Il me mit brusquement au pied du mur :

— Et toi, tu en es ?

Providentiel, mon ordonnance qui attendait la sortie, apparut dans l'embrasure de la porte, salua et me remit un volumineux paquet :

— Mon lieutenant, c'est de la part du commissaire rapporteur.

Je jetai un coup d'œil sur l'envoi. Il y avait inscrit au crayon rouge : DOSSIERS, EN COMMUNICATION.

Je tenais ma réponse :

— Non. Il faut que je voie ça... Ça doit être pressé pour qu'on me les envoie ce soir !

Conan restait fermement planté sur ses jambes, immobile, les yeux papillotants, comme un taureau qui aurait foncé dans le vide. Puis il haussa les épaules d'un air de pitié :

— Faut que tu voies ! Que tu voies quoi ?... Tu les connais pas ces gars-là ! Pour en causer faudrait d'abord que tu saches ce que c'est qu'une frappe ! Et dans les corps de troupe, personne ne le sait, t'entends ! Alors, dans tes plaidoiries, t'auras tout du premier communiant ! Sûr que tu vas les faire paumer !

Je lui tendis le paquet :

— Puisque toi t'es si renseigné, mon vieux...

Mais il le refusa, et dit avec sincérité :

— Moi je bafouillerais ! Et puis j'engueulerais les juges... Alors on me flanquerait à la porte... Non... Mais, il y a des choses qu'il faut que tu saches. Amène-toi. On va voir ça ensemble.

Ce fut au tour des autres de demander :

— Alors, tu ne viens pas ?

Il dédaigna de répondre, et m'entraîna.

Il neigeait, et le crivets nous taillada le visage, dès le seuil. Mais nous avions touché des caciulas, des bonnets cylindriques de faux astrakan auxquels était cousu un petit drapeau tricolore. Cela se rabattait sur les oreilles, comportait une mentonnière compliquée, et quand c'était mis au point, grâce à un système savant de crochets et d'agrafes, cela ne laissait que les yeux seuls à nu, et nous faisait, aux hommes et à nous, d'étonnantes faces de touareg.

Le long des rues désertes, chichement éclairées, nous allions, courbés sous les rafales, et Conan dont la voix m'arrivait mal, étouffée par le bâillon de laine, Conan m'exposait un plan de défense général et hautain. Il fallait, selon lui, assurer aux juges que les préventionnaires étaient des soldats d'élite, des audacieux, entraînés, pendant des années, aux exploits violents et que l'armistice avait déconcertés. Ils avaient pris l'habitude de se battre, ça leur manquait ; c'étaient des héros sans emploi, les plus tristes et les plus à plaindre des chômeurs, et ils auraient besoin de paliers, de longues transitions, avant que s'éteignent les appétits de combat qu'on avait surexcités en eux.

Il s'arrêta et me regardant, les yeux mi-clos :

— Moi, mon vieux, si je te disais que j'en ai le cafard, parfois, de ne plus pouvoir me tabasser ! Y a pas, un coup de main bien monté, ça valait !...

La huée d'un sifflet strident l'interrompit. Debout au centre de la place, sous un réverbère, un policier roumain, enveloppé dans une ample capote de bure, un petit chapeau pointu de fourrure bien enfoncé sur les yeux, nous salua de loin, quand il s'aperçut que nous le regardions. De la rue voisine, un coup de sifflet répondit au sien, puis d'autres qui s'éloignaient. La nuit, ils enveloppaient ainsi la ville d'un réseau de bruits aigus et rassurants.

Conan lui jeta un mauvais regard :

— Ils me mettent les nerfs en pelote à hucher comme ça... Je ne peux pas les blairer, moi, ces gars-là !

Il était urgent de repartir, je l'entraînai. Chez moi, Stirbey Voda, le soba avait gardé la chambre tiède. Le lit ouvert montrait des draps fins et brodés, une cuillerée de confiture m'attendait, avec un verre d'eau fraîche. L'hospitalité roumaine n'oubliait jamais ces complaisances.

— C'est pépère ! constata Conan. Y a des poules ?

Il n'y avait qu'une grand-mère et deux très jeunes filles.

Philosophe, il fit remarquer :

— Tu sais, être servi à domicile, ça a ses avantages et ses inconvénients...

Il s'informa toutefois de l'âge de la grand-mère, assurant que certaines femmes ne renonçaient que très tard à plaire, et que ce serait les froisser que de ne point le comprendre. Mais, rassuré par le chiffre, il commanda :

— Maintenant, déballe le falot.

Et il parcourut avidement les dossiers. En cinq minutes il fut fixé :

— Y a rien, rien ! C'est honteux ! Leur tourniquet, ils veulent le faire tourner et ils n'ont plus rien à foutre dedans ! Ça me dégoûte ! Je vais me coucher !...

Et il s'en alla, maussade.

IV

La prison était située près des quais de la Dimbevitza, ce fossé d'eau jaunâtre qui ne traverse que les quartiers râpés de Bucarest, entre deux talus de gazon. Ils grouillaient, ces quais, sous le soleil blanc, de loqueteux, vêtus de toisons sales et de cojocs en parchemin. Beaucoup avaient des faces de moutons, longues, sans lèvres, où somnolaient des yeux jaunes et bons.

Des bœufs, attelés à des chars mal équarris, fumaient des naseaux. Ils stationnaient derrière des amoncellements de légumes et de laitages, piments écarlates, maïs et beurres dorés, choux et poivrons verts. Les paysannes semblaient détenir tout le mouvement et la vie du pauvre marché. Les commères à larges faces bavardaient avec une volubilité de moulin. Des tziganes cuivrées passaient : de lourds sequins leur tiraient les oreilles. Elles riaient de leurs dents de louve, de leurs seins secoués dans les camisoles crevées.

J'eus le plaisir de faire sensation en flânant au bord des marchandises. Un uniforme français était un événement dans ces quartiers excentriques où nous ne nous égarions guère. La sympathie se manifestait par les interpellations joviales des paysannes à fortes croupes, leurs rires gaillards, les caciulas que les paysans soulevaient à mon passage. Je gardais, à travers ce triomphe, le sourire idiot du monsieur comblé.

— Strada Santeanika ?

On me la montra : une longue rue débouchant sur le quai... Une maison, un jardin, un terrain vague, puis un jardin, un terrain vague, une maison ; toujours cette impression d'inachevé que donne cette grande ville, hors de ses quartiers riches. Elle semble avoir eu la paresse de remplir ses vides et s'étend, indolente, dans la plaine sans fin, en laissant errer librement ses maisons éparses.

La prison ? N° 18. C'est bien cela... Pas de façade, des bâtiments en croix irrégulière où il faut d'abord découvrir une entrée. Il faut ensuite se guider à travers des cours sordides, des corridors jaunes. Une porte s'ouvre enfin sur des éclats de rire et des voix ; un gendarme paraît, tout de suite respectueux :

— Par ici, mon lieutenant...

Ah çà, mais !... Une prison, ça ? Voici la seconde fille que nous croisons, à moitié nue, qui va chercher de l'eau, un broc à la main ; en voici une troisième, des filles mal peintes et tristes, de la fille à dix lei !... Elles ont souri au gendarme, un sourire humble et complice... Et cette porte qui s'ouvre à notre passage, assez pour ne laisser aucun doute sur le lieu... J'interroge.

— C'est un hôtel, me répond pudiquement le gendarme. Nous, nous avons deux ailes. L'hôtel a gardé les deux autres.

Soit... Puisque l'Etat-Major accepte le partage !... On m'introduit dans une petite chambre à cheminée de marbre, une petite cheminée de chez nous, pour pendule à sujet et flambeaux de bronze, mais elle est extraordinairement graisseuse, et le papier tombe des murs. Il y a aussi une table de cuisine et un tabouret dépaillé : c'est le greffe. Le gendarme est parti à la recherche de mes clients. Un instant après, j'entends chuchoter derrière la porte :

— Boutonne-toi, voyons !

Et le premier accusé est introduit. Le gendarme, discrètement, attend dans le couloir.

Je me présente. J'y vais du petit speech liminaire que j'ai préparé : une sincérité totale est de rigueur. C'est seulement dans cette franchise complète, détaillée, que le défenseur trouvera les éléments, etc. Le type m'approuve poliment... Je le regarde dans les yeux :

— Alors ?...

— Eh bien, voilà, mon lieutenant. On était de corvée de nettoyage aux magasins de l'Intendance. Y avait des ballots de couvertures, et comme on gelait dans la carrée, que tous les carreaux ont pété, que tous les matins on se réveille avec les pieds en frigo, j'ai pris deux couvertures, voilà...

— Vous les avez emportées ?

— Ah non ! j'en ai fait un ballot, puis je l'ai balancé par-dessus le mur et j'suis revenu les chercher le soir... Seulement, j'avais pas eu le temps de remettre la pile debout... Le magasinier s'en est tout de suite aperçu... Il a été demander au bureau le nom des types de corvée. On a fait une virée dans la chambre' et on a retrouvé les couvertes sur mon pageot.

C'est simple, trop simple ! Je sens tout de suite que ça va être très difficile à plaider... Afin d'introduire dans l'affaire un élément moral qui lui redonnera de la hauteur, je demande :

— Mais ces couvertures, vous n'aviez pas l'intention de les garder ? En cas de départ, par exemple, vous les auriez rendues ?

Cette supposition l'abasourdit visiblement. Enfin il se met à rire :

— Sûr que je ne me serais pas appuyé le paquet s'il avait fallu recommencer les marches !... Maintenant, mon lieutenant, j'vas vous dire, aller les reporter, ça aurait été le meilleur moyen de se faire paumer !

Evidemment !... J'ai réclamé de la franchise... Je suis servi !... Enfin...

— Vous avez la croix de guerre ?

— Oui, mon lieutenant, deux citations.

— Bon. Vous m'en donnerez le texte.

Il se fouille, étend avec précaution sur la table deux feuilles sales, aux plis coupés, je lis : une mitrailleuse en Champagne, un sergent blessé ramené dans nos lignes. Excellent !

Mon voleur laisse alors voir toute sa pensée :

— Ils ne vont pas retarder ma démobilisation ?... J'ai cinq semaines de prévention. Pour deux couvertes, c'est bien payé.

— Plaignez-vous ! Vous n'êtes pas mal, ici...

Il rit, d'un air entendu.

— Non, bien sûr, mais enfin ça compte tout de même !

— On fera ce qu'on pourra.

Il salue, puis brusquement me tend la main :

— Merci, mon lieutenant.

Et je serre cordialement cette main criminelle.

A l'autre.

L'autre, c'est un Arabe qui n'entend pas un mot de français, mais qui, tout de suite, se lance dans une justification rauque qui lui découvre les dents, et qu'il ponctue de serments, paume ouverte. Je lui fais signe de s'arrêter et de laisser parler le caporal interprète... Il s'agit d'un train manqué au cours d'un déplacement. L'Arabe a rejoint quatre jours après. Ça se nomme désertion à l'étranger, et ça vaut de deux à cinq ans de travaux publics, mais ça peut aussi s'arranger si les juges ont voyagé sur les lignes grecques... Au troisième.

Celui-là, c'est un territorial tout voûté par l'infamie, un brave homme pour qui le Conseil de guerre a toujours étincelé à un horizon d'épouvante, comme la maison de correction dont on menace les enfants de bourgeois. Il s'effondre d'y être livré aujourd'hui.

Dans le civil, c'était chauffeur dans un château. C'était respectueux, bien embouché, ganté. Ça ouvrait aux vieilles dames les portières de voitures démodées, ça avait de si bonnes manières que notre général n'avait point hésité à lui confier le volant de sa Ford. Maintenant, c'est déserteur, cinq jours d'absence constatée, et ça bafouille éperdument, en alignant des références comme dans un bureau de placement. Impossible de poser une question :

— Mon vieux, voulez-vous me permettre ?...

— Tout ce que vous voudrez, mon lieutenant...

— Eh bien, pourquoi êtes-vous parti ? Pourquoi êtes-vous resté cinq jours dehors ?...

Car je ne parviens pas à m'expliquer qu'il ait lâché son filon, puis qu'il ait tourné cinq jours autour de Bucarest, dont les faubourgs sont cependant peu folâtres, avant de se remettre aux mains d'un officier de tringlots qu'il avait fort embarrassé.

Les regards au sol, il répond :

— Un coup de cafard, mon lieutenant, j'avais perdu la tête !...

Je sais bien qu'une tête ne se perd pas si longtemps, et j'insiste. Je recommence, avec plus de conviction, mon petit speech sur la nécessité pour le défenseur de ne rien ignorer de la faute. Je vais jusqu'à déclarer que l'avocat est un confesseur ! Ce dernier mot a raison de ses hésitations. Alors, d'une rhétorique balbutiante, pleine de réticences pudiques, de douloureuses suspensions et de gémissements, je parviens à extraire ces deux propositions :

Il est parti parce qu'il en avait jusque-là de conduire l'auto du général qui l'attachait nuit et jour à son volant.

Il est resté parce qu'il a rencontré une petite...

Le démon de midi, quoi !

Oh ! là, là, là, là ! Comme ça s'emmanche mal !...

Naturellement, je suis seul dans le secret. Les rapports, au dossier, déclarent tous ne rien comprendre à cette fugue prolongée, et le général, outré d'une telle ingratitude, furieux, de surcroît, d'avoir dû confier sa voiture à un conducteur de camion, ne l'a pas raté au virage... Et voilà qu'il me conjure de ne point révéler cette défaillance de la chair, ce réveil brutal de l'éternel cochon ! Sa famille, ses anciens maîtres !... Ça va être facile, sans l'aide de la petite Roumaine, de trouver une explication plausible à ces cinq journées de nouba !... Je le lui fais remarquer, mais il ne veut rien entendre et semble insinuer que c'est moi que ça regarde, maintenant que je suis au courant. Enfin il s'en va, en assurant qu'il n'oubliera jamais, que toute sa reconnaissance... J'aimais mieux la crâne poignée de main du premier.

Et c'est tout !... Je n'ai que ces trois affaires. L'autre avocat, d'ailleurs, n'est pas mieux partagé : une grivèlerie, une désertion, un outrage. Vraiment, Conan avait raison : la machine tourne à vide...

Le gendarme me remit dans la rue, non sans que mon passage, cette fois mieux signalé, n'ait causé quelque émoi aux tristes prisonnières du lieu. Il fallut défiler entre leurs maigreurs, leurs yeux fiévreux. Des filles sans effronterie, minables !... Le gendarme les écartait, en jouant à merveille une confusion égrillarde. Mais il s'épouvanta de ce que je hochais la tête, car il pensait que j'étais mécontent de ce voisinage nuisible au prestige de la justice militaire.

....

L'audience me rappela le baccalauréat et les couloirs de la Faculté.

Ce corridor était, lui aussi, encombré de candidats qui avaient le trac. Ça se voyait à leurs frottements de mains, à la succion des lèvres qui cherchaient de la salive. Derrière la porte close, les premiers appelés étaient déjà en train de plancher. Moi-même, dont ça allait être le tour, je relisais fébrilement mes notes. Car les notes étaient permises : c'était au moins une supériorité sur le bachot. A part ça, tout était pire : il faudrait, comme au bac, parler en public, pour la seconde fois de ma vie, et ce ne serait pas devant le tremblant public d'examen, formé de parents et d'amis plus anxieux que le candidat... Il y aurait cinq juges au lieu d'un, mais l'enjeu surtout m'effrayait épouvantablement ! La gorge nouée, je me disais que ces notes qui ne me semblaient plus avoir aucun sens, ces chicanes stupides que j'avais découvertes devraient sauver trois malheureux bougres d'interminables années de travaux forcés. Si je bafouillais, c'était la vie de ces trois malheureux brisée ! Ce papier, qui tremblait dans ma main, était leur dernière défense contre le bagne !... J'eus, pendant une seconde, le désir éperdu de m'en aller : je ne pourrais pas dire un mot, j'en étais sûr ! Tout au moins, il fallait que je descende dans la cour, que je marche un peu à l'air, que... Je me détournai : les visages des préventionnaires, les képis des gendarmes, fermaient l'horizon. Une tête plus haute que les autres me fit un petit signe : je reconnus mon voleur de couvertures. Je cherchai des yeux mon chauffeur-déserteur : je rencontrai une tête tombée sur une épaule, un *ecce homo* lamentable, et ce fut moi qui lui adressai un encouragement du menton, auquel il répondit par une inclinaison navrée, comme la famille en distribue aux portes des cimetières... Puis j'aperçus le visage levé de l'Arabe qui cherchait à voir, à comprendre : il gardait ce rictus national qui découvre les dents, et donne aux fils du Désert un air de malade à bout de nausées. La vue de mon équipe me ragaillardit quelque peu.

Je reçus un coup de poing dans le dos : c'était Conan, tout congestionné, qui était parvenu à sortir de la salle. Il dit très haut, dans le silence angoissé du corridor :

— Oh ! quelle chaleur dans leur tôle ! Y a de quoi claquer !

Puis il me proposa :

— Amène-toi fumer une pipe dehors. Pas la peine

d'entrer : le déconophone fonctionne à pleins tuyaux, là-dedans !

Je lui objectai que mon rôle d'avocat allait commencer.

— Ah ! c'est vrai ! dit-il, t'es dans la veuve et l'orphelin ! Eh bien, je vais te donner un conseil : réveille-les, ils roupillent, mais ils roupillent mal, parce qu'ils n'osent pas. Alors ça les fatigue... Le type qui les réveillera, soit en les engueulant, soit en les faisant rigoler, celui-là les possédera jusqu'au dernier poil... Là-dessus, je me déguise en courant d'air et je fous mon petit camp. J'en ai assez entendu pour aujourd'hui, j'ai ma ration !... Ah ! dis donc, prête-moi cent lei. Ça portera bonheur à tes clients !

A ce moment, la porte s'ouvrit et l'assistance reflua. Une affaire finissait, et les juges devaient rester seuls dans la salle du conseil pour délibérer. On s'écrasait dans le corridor. L'accusé, un artilleur à écussons rouges, les yeux au sol, parvint à peine à sortir entre deux gendarmes. On n'attendit pas une minute et la porte se rouvrit. Un murmure courut :

— Acquitté, acquitté !

C'était certain. Une délibération si courte annonçait l'acquittement à l'unanimité. La porte ne s'était pas refermée, et j'apercevais les poilus debout derrière la garde qui s'était raidie au présentez-armes. Tête nue, tête levée, ils écoutaient la sentence. J'entendais la voix du président, sans pouvoir, d'où j'étais, distinguer les mots. Je vis enfin sortir l'accusé, quand la voix se fut tue, un garçon assommé de bonheur, confus comme si l'on venait de le décorer ! Il lui fallut traverser les rangs de ceux qui attendaient. Ils lui firent place en le regardant, de quels yeux !... Il s'en allait, avide de retrouver la rue, d'y marcher droit devant lui, tout seul !... Ce ne fut qu'au dernier rang qu'il comprit combien il était mufle avec son bonheur ! Alors, il se retourna pour annoncer :

— Ils sont pas durs...

— Non ?

— Non.

Cela va les aider à attendre...

— Lédard.

Le greffier appelle le suivant. Ce n'est pas un des miens, mais par la porte entrebâillée le gendarme, mon gendarme de la rue Santeanika, m'aperçoit, me fait signe d'entrer, me pousse au premier rang, puis une chaise s'appuie avec instance au haut de mes mollets. Je me retourne : son bras brisqué d'argent est au bout de la chaise ; elle est bien pour moi... Ce que c'est, quand même, que d'avoir fermé les yeux sur le bagne de femmes annexé à la prison militaire !

Je regarde : cette salle n'est qu'une chambre à coucher, tapissée de papier à fleurs. Au fond, derrière une table à couverture brune où sont couchés les sabres, les juges, colonel, commandant, capitaine, lieutenant, sergent. Le rapporteur à une petite table à droite, le défenseur à une petite table à gauche...

— Levez-vous. Vos nom, prénoms ?

— Lédard François.

— Lieu et date de naissance ?

— Amiens, 26 août 1895.

— Vous êtes accusé d'outrages par paroles, gestes et menaces envers un supérieur.

— Mon colonel, je...

— Vous parlerez tout à l'heure. Je vous notifie simplement l'inculpation. La parole est au Commissaire du Gouvernement pour la lecture de son rapport.

Voilà mon adversaire, celui contre qui, tout à l'heure... C'est un lieutenant de chasseurs à pied qui a gardé l'uniforme bleu marine, comme Conan. Rasé, trente-cinq ans au jugé, l'air froid, boutonné, inexorable. Il lit une feuille épaisse, une lecture lente, ennuyée, mais frappée d'un accent toulousain qui donne à ce débit glacé une cocasserie étonnante :

"— Le 13 décembre, à 18 h 30, le maréchal des logis Touchard, se promenant dans la Calea Victoria, remarqua un militaire visiblement pris de boisson et de tenue débraillée. Bien que n'étant pas de service, il l'aborda pour lui faire des observations et l'engager à rentrer à la caserne, après avoir rectifié sa tenue. Le militaire, le soldat de deuxième classe Lédard François du 13ᵉ régiment d'infanterie, lui répliqua : "Tu n'es qu'un crâneur et une vache. Je t'emm... et si je ne me retenais pas !..." Il fit un geste de menace dans la direction du gradé, qui, afin d'éviter un scandale public, n'insista pas et se mit à la recherche des hommes de garde. Avant son retour, des camarades avaient emmené Lédard qui rentra à la caserne sans nouvel incident.

"L'accusé ne nie pas les faits, il déclare ne s'en plus souvenir. La déposition du maréchal des logis, qui figure au dossier, est corroborée par le témoignage du lieutenant roumain Protopopesco, qui figure également au dossier.

"Les chefs de Lédard le représentent comme un soldat discipliné, mais peu énergique."

Le commissaire-rapporteur se rassit après ce rapport sans passion, et l'on entendit le maréchal des logis Touchard, un jeune gars élégant, sous-officier de dragons, bien ganté, qui vint recevoir les compliments du tribunal pour s'être préoccupé, même en dehors du service, du bon renom de l'armée française. Il les reçut, figé dans un garde-à-vous à la fois fanatique et déférent. Lédard semblait avoir vu juste : un crâneur certainement, et peut-être une vache...

Puis le commissaire se leva pour le réquisitoire. C'était là que je l'attendais avec anxiété, là que l'éloquence militaire allait tracer une image durement colorée de ce fantassin dépenaillé, sur qui reposait — comme sur nous tous, nous l'avait-on assez dit ! — l'honneur de l'armée, et qui le piétinait, l'ivrogne, au lendemain même de notre entrée triomphale ! Le lieutenant-rapporteur allait déplorer la douloureuse blessure faite à notre prestige, affirmer que la honte nous atteignait tous, qu'elle atteignait surtout les chefs, parce qu'un tel acte pouvait donner à croire que nous n'étions ni obéis, ni respectés. Alors, ça deviendrait l'affaire personnelle de chaque juge, de chaque officier, car nous plastronnions, il fallait voir comme !... Et le triste individu qui aurait fait perdre la face à ses supérieurs n'y couperait pas du maximum !... Oui, en vérité, je bâtis tout ce réquisitoire, en une seconde, comme si j'avais dû y répondre, comme on essaie de deviner le jeu de l'adversaire. Or, le Commissaire du Gouvernement dit exactement ceci, d'un air sombre, avec un accent rebondissant, mais sans la moindre fougue :

— Messieurs, les faits sont prouvés. Il y a eu réellement outrage public à un supérieur. Je demande l'application de la loi.

Il se rassit encore, et la parole fut à la défense. Effarant !... Un lieutenant d'intendance — j'appris par la suite qu'il était clerc d'avoué —, une manière d'Homais bilieux, avait imaginé de forcer la pitié des juges, en étalant la misère de son client :

— Regardez, messieurs, disait-il, en pointant son index sur le malheureux, regardez cette face de dégénéré ! Vous y lirez un abrutissement héréditaire et les stigmates de l'alcoolisme...

Puis il parla de processus et de prodromes, de vertigo et d'accidents secondaires.

— Ajoutez-y, messieurs, cette disgrâce que toute la tradition gauloise, depuis Rabelais et les Fabliaux, jusqu'à notre grand Molière, a raillée avec verdeur, et que ceux qui en sont frappés ont toujours noyée dans la bouteille : Lédard venait d'apprendre qu'il était, comment dirai-je ?... sganarellisé par sa femme, quand il est entré dans la malencontreuse bodéga..."

Et il parlait, l'olibrius, intarissablement, sans se départir d'une sottise vraiment indécente, jusqu'à l'instant où il s'évertua à battre le tambour patriotique, dans une péroraison gueularde.

Je regardai les juges : ils souffraient autant que moi... Ah ! elle était tout acquise, leur pitié, à ce malheureux qui s'entendait traiter pour son bien d'alcoolique, d'avarié, de cornard, et qui devrait encore dire merci ! Ils n'allaient tout de même pas l'achever !... L'acquittement ne traîna pas, et ce fut à mon tour.

Mes clients furent acquittés tous les trois.

L'Arabe le premier. Il suffit de rappeler, avec tout l'humour dont je disposais, un voyage en chemin de fer grec, les poilus accompagnant le convoi au pas ; la locomotive l'abandonnant, à chaque gare, pour courir à d'autres tâches lointaines, et ne reparaissant que le lendemain ; les arrêts en plein bled pour attendre une noce attardée qui avait donné rendez-vous au chauffeur... Or, mon client était tombé dans une manière d'express, le seul peut-être qui eût établi ce record de ne s'arrêter qu'un quart d'heure dans une gare, celle justement où l'Arabe était descendu chercher de l'eau ! Une telle rapidité était imprévisible et il était excusable de ne l'avoir point prévue... On s'était étonné qu'il ait mis, après cela, quatre jours à rejoindre son corps ! Etonnement légitime, s'il en fut ! Rejoindre dans ces conditions, sans savoir le français, sans connaître la destination du régiment, en usant des seuls convois grecs, et cela en moins de quatre jours, alors que deux formations avaient, comme c'est l'usage, refusé de le prendre en charge, oui, c'était un tour de force !...

Les juges amusés avaient souri, sans défense contre la bonne humeur, n'ayant appris à se défier d'aucune spontanéité. On sortit... On rentra aussitôt : acquitté !

Le chauffeur du général, verdi, vidé par le déshonneur, fondit en larmes à mes premiers mots, une crise violente de sanglots qui lui secouait les épaules, tellement sincère que cela mit sur tous les visages une commisération profonde, et dans ma voix, je l'avoue, un essoufflement d'émotion : "Un honnête homme, dans toute l'acception du terme, messieurs... père de famille... une sœur religieuse dont il m'a montré les lettres touchantes..." Quant aux cinq jours d'absence consacrés à la jeune Roumaine qu'il m'était interdit d'évoquer, je les expliquai par l'affolement ordinaire des braves gens qui ayant commis une faute, une seule faute, sont écrasés par elle, et perdent tout contrôle de soi. La honte, le remords les retiennent au bord de l'aveu, de la flétrissure ! Je montrai le malheureux, tournant autour de Bucarest, décidé à se constituer prisonnier, rôdant aux grilles des casernes et reculant, de tout son instinct d'honnête homme, devant la prison qui allait s'ouvrir. C'était physique, ce recul ! C'était la marque même de la vertu ! N'était-il pas assez puni par la perte d'un poste honorable ?... Les juges le pensèrent et le second acquittement fut enlevé de haute main.

Le triomphe m'inspira une audace incroyable : avec des gestes tranchants, une violence indignée, je refusai, oui vraiment, je refusai de défendre mon troisième client... Je respectais trop les juges pour leur disputer deux misérables couvertures, leur offrir, en excuse du geste tout instinctif d'un homme livré au froid, les mitrailleuses qu'il avait conquises, les chefs qu'il avait ramenés dans nos lignes. Je me donnai les gants de flétrir ceux qui encombraient le conseil de guerre de plaintes dérisoires : "Vous étiez en droit de penser, messieurs, que quatre ans de guerre avaient ouvert l'esprit de certains chefs, leur avaient appris à mesurer la gravité des fautes et la valeur des hommes. Votre sentence dira que six semaines de prison préventive infligées à un soldat d'élite n'ont que trop payé une faute que vous auriez sanctionnée, vous, par un haussement d'épaules et une paternelle semonce !"

Après ce troisième acquittement qui terminait la séance, les juges et le commissaire-rapporteur me félicitèrent flatteusement. Je me crus éloquent, alors que je n'avais été que plaisantin et pompier. Et j'étais heureux, heureux comme un gosse riche après une aumône... Je me sentais une conscience toute chaude d'avoir fait si facilement le bien !... Je dis adieu à mes rescapés avec une douce émotion, une exquise liquéfaction de cœur, et je ne pus m'empêcher de les trouver froids, alors qu'ils n'étaient qu'abrutis...

Ce fut Conan, le soir à dîner, qui mit les choses au point, en découpant son fromage en petits cubes :

— Leur tourniquet, expliqua-t-il, c'est devenu un manège de chevaux de bois. Ils ne le font plus tourner que pour la rigolade ! Toi, ils t'en ont payé trois tours, alors, t'es content... Moi, je dis que c'est se foutre du monde et de tous les pauvres types qui ont absorbé le coup de grâce ! J'encaisserai jamais que le truc qui leur a servi, pendant quatre ans, à écraser des poilus par bataillons, ils en aient fait un presse-nouilles !

V

Huit jours plus tard, dès mon arrivée à la caserne, il me mit brutalement un papier jaunâtre sous le nez.

— Tiens ! prends connaissance, comme dit le vieux.

— Qu'est-ce que c'est ?

— Le programme des fêtes !

Il était chargé : c'était la fameuse reprise en main dont on nous menaçait depuis quelque temps, la vie de caserne que, pour la plupart, nous n'avions jamais connue et qui commençait.

— Cavale, dit Conan, en reprenant d'autorité le papier. Il y a revue de détail dans dix minutes...

Cela, c'était légitime ! Nos hommes, qu'on avait habillés de neuf pour qu'ils tinssent dignement leur rang de vainqueurs, refilaient leur linge aux civils contre des paquets de lei, leurs vivres de réserve aux civiles contre leurs accueils.

Mais en moins de trois jours, la vie devint impossible ! Le commandant rajeunissait. Tous les matins, il dictait une décision de deux pages : états à fournir, piquet d'incendie, théories, revues d'armes, exercices, paquetages carrés, répurgation, alertes de nuit, cours de perfectionnement, bal des punis dans la grande cour, tout ce service dont il avait été privé pendant quatre ans, il s'en gorgeait ! La guerre, il ne nous le cacha pas, nous avait tous gâtés ; elle avait trop longtemps servi d'excuse à un laisser-aller de mauvais aloi. Il était temps de revenir aux saines traditions !

On le rencontrait partout, soupçonneux, fureteur comme un pion. L'avons-nous assez entendue, la formule : "Dans l'intérêt du service", et la menace : "Je vous en rendrai responsable !" Ainsi, la guerre finie, gagnée, on s'efforçait d'exaspérer les vainqueurs, d'empoisonner les quelques semaines qui les séparaient de cette démobilisation que tous croyaient pourtant avoir achetée assez cher ! Ils accueillaient les brimades avec des yeux méprisants, une bouche tordue par la rancœur. Quant à nous, les officiers, il allait falloir tomber sur nos sergents, qui retomberaient sur les hommes, rétablir l'odieux courant de décharge !

Conan, dédaigneusement, laissait tomber, exagérait son allure traînarde, ses roulements d'épaules endormis. Il prévenait les hommes des contre-appels, et quand il allait à l'exercice, tous les matins, avec sa section de mitrailleuses, il faisait, dès l'arrivée, former les faisceaux, sifflait une pause de deux heures, et ses poilus se baladaient librement, bien couverts par un réseau de sentinelles avancées. Sa section était truquée comme un chapeau de prestidigitateur. Jamais un de ses gars n'était disponible pour une corvée : ils étaient toujours, assurait-il, déjà occupés à une autre plus urgente ! En réalité, ils faisaient chauffer du vin, dans la chambrée, sur le poêle poussé au blanc, alors que toutes les autres sections gelaient ; ou bien, on les trouvait aux cuisines, aux douches, embusqués par ordre dans les coins où l'on avait chaud. Quant aux revues, Conan s'était procuré, Dieu sait comment, un lot de linge, d'équipements, de cartouches et de vivres qu'il leur prêtait quand il fallait étaler, et qu'on lui rendait ensuite, religieusement. Jamais il ne manquait un gramme de sucre à sa section, ni une aiguille dans ses trousses. Le commandant était bien forcé de l'en féliciter, et il triomphait modestement, avant de donner, par son petit gloussement, le signal de la muette rigolade qui épanouissait toutes les faces à la sortie des vérificateurs.

Mais ces accès de gaieté étaient rares. En réalité, Conan vivait dans une indignation furibonde, et détruisait, par ses imprécations et ses commentaires, le peu d'esprit militaire qui pouvait subsister entre les murs de sa chambrée. Il y passait en effet le plus clair de son temps à vociférer contre les ordres, à vanter aux hommes la douce liberté des tranchées, la bonne vie d'antan dans les villages d'arrière-front, les virées mémorables qu'il y avait accomplies. Il trompait ainsi sa nostalgie.

On l'avait privé de corvée de bois depuis que des officiers roumains, plus décorés que des Français, avaient escorté jusqu'au bureau du colonel une douzaine de paysans éplorés. Ils s'étaient plaints que Conan, pendant de longues semaines, eût mis en coupe réglée des taillis leur appartenant. Conan avait répliqué :

— J'en prends où il y en a. Et puis, je le paie toujours assez cher pour ce qu'il vaut ! Une saloperie de bois vert !...

Le colonel, un nouveau venu qui le connaissait mal, avait infligé un discours sévère sur le respect de la propriété en pays allié et ami. Il avait même laissé entrevoir qu'il pourrait bien retenir sur la solde du coupable une partie du prix des fagots.

Conan était sorti du bureau tout écumant de rage, en hurlant dans les corridors qu'on ne se paierait point sa tête pour trois bouts de trique, que cela coûterait plus cher et que le colon allait voir du pays !

De fait, il s'était précipité dans une série de cuites énormes, suivies de rixes retentissantes. Le colonel avait aussitôt réuni les officiers pour leur lire, sans commentaires, mais de quelle voix ! un ordre du jour émanant, cette fois, du Quartier Général de l'Armée. Le commandement s'y déclarait navré d'avoir à rappeler certains officiers au respect de leur grade et de leur qualité de Français. Il s'affirmait prêt aux sanctions nécessaires.

— C'est pour moi, le poulet ! annonça Conan, épanoui et glorieux. Et ce n'est que le premier !...

Je savais qu'il n'y avait là ni inconscience ni bravade, mais volonté tenace de lutte, lutte contre l'étroit formalisme militaire, la routine odieuse des casernes où l'on prétendait le plier. S'il ressentait comme des offenses personnelles les mesures les plus générales, c'est qu'elles le blessaient au vif, dans son instinct profond de chef de guerre, cet instinct des routiers qui se débandaient, le combat fini, et retrouvaient au moins la liberté, à défaut de la bataille ! Il était homme à la prendre, à déserter, si les sordides bureaux le poussaient à bout. Je discernais, sous ses bouffonneries, une révolte obstinée qui m'épouvantait. On l'encagerait peut-être, mais ça coûterait quelques dompteurs. Malheureusement, on n'a jamais laissé un fauve digérer tranquillement son dompteur !

Je lui demandai, un soir :

— As-tu réfléchi à ce que tu risquais ?

Il haussa les épaules :

— Je n'ai jamais trouvé de pépin sans savoir où aller le prendre... Et puis, occupe-toi donc d'appren-

dre à nager, mon vieux. Après, tu feras le terre-
neuve !...

Je nageais bien mal, en effet. Je n'avais découvert
qu'une alternative : entrer dans l'esprit du jour et
transmettre impitoyablement les vexations, cela,
afin d'être "couvert", un mot encore qui venait de
reprendre toute sa valeur, ou bien, alors, m'interpo-
ser comme tampon de choc entre les hommes et le
commandant. J'avais choisi ce dernier rôle, sans
enthousiasme, mais le premier n'était pas dans mes
moyens. Cela venait de me valoir huit nouveaux
jours d'arrêts simples, parce que, dans une marche
avec chargement complet, les sacs de ma section
s'étaient trouvés, au départ, scandaleusement
légers sous le poing du commandant qui les soupe-
sait. Ceux de Conan, au contraire, tout rebondis,
tiraient en arrière le dos de ses gars. Le commandant qui avait tenté d'en soulever un avait dû y
renoncer.

— Tu ne sais pas y faire ! m'avait dit Conan,
quand le bataillon s'était mis en route. T'as encore
dégusté !...

Et il m'avait expliqué que ses sacs, à lui, étaient
chargés de sable qui allait s'écouler dans le fossé à la
première halte.

J'avais objecté :

— Et s'il te les avait fait ouvrir ?

Alors, fermant les yeux :

— Justement, ils pesaient six kilos, le poids réglementaire. Je lui aurais dit que les chemises et
les chaussettes de mes types n'arrivaient pas à ce
total-là, et que je ne voulais pas leur faire grâce
d'une demi-livre... Tu comprends, le truc, c'est de
ne rien leur faire fiche, mais en ayant l'air vache !
Y a que comme ça que tu le possèdes, le vieux
jeton !

Hélas, cela demandait une agilité d'esprit dont je
ne me reconnaissais point capable !... En rentrant, je
fus appelé au bureau du bataillon. Je m'attendais à

une algarade solide. On m'apprit seulement que j'étais demandé d'urgence à l'Athénée Palace, bureau de la Justice militaire.

L'Etat-Major s'était installé dans cet hôtel dressé en face du Palais-Royal, un palais où veillaient de gros gardes blancs casqués et panachés comme pour une opérette. Je trouvai le commissaire-rapporteur assis à son bureau. Il surveillait rêveusement la place, en pianotant sur un dossier.

Il me serra la main, et me dit sans préambule, de sa voix lente et sonore :

— Voilà, je vais être tout prochainement démobilisé, et je serais heureux que vous me succédiez.

Il attendit ma réponse, sans impatience, les yeux dans la cour du palais qu'il voyait de son fauteuil, très intéressé, me sembla-t-il, par la relève du factionnaire.

Abasourdi, j'objectai :

— Mais je n'ai aucun titre !... Je faisais des lettres. Je n'ai jamais ouvert un livre de droit !...

— Vous vous en êtes fort bien tiré l'autre jour, me répliqua-t-il. La procédure n'est pas compliquée... Il y en a pour quelques heures à se mettre au courant... Tenez, asseyez-vous là. Vous avez bien une heure !... Lisez ce que j'ai marqué au crayon rouge.

Il me mit dans les mains le code militaire commenté, et entreprit de feuilleter quelques papiers pour ne pas me gêner. Je lus, par politesse d'abord, afin de ne point paraître lui opposer trop de mauvaise volonté, puis je me laissai aller à examiner curieusement, dans le détail, les rouages de la redoutable machine. Au bout d'une demi-heure, je me détournai :

— Mais dites donc, c'est effrayant !

— Quoi ?

— Mais le rôle que vous m'offrez !... Si je comprends bien, c'est le rapporteur qui accepte ou refuse de poursuivre, il choisit la qualification du crime, autant dire la peine ; c'est lui le juge d'instruction, il

80

mène l'enquête où il veut, comme il veut ; il cite les témoins qu'il veut, recueille les dépositions, les résume, les apprécie. Mieux que ça : il propose l'avocat ! Il rédige à la fois le rapport qui expose l'affaire et le réquisitoire qui démolit le type. C'est bien ça, hein ?

Le lieutenant roulait placidement une cigarette :

— Hé oui !...

— Et alors, si au lieu d'un homme consciencieux, il y avait ici un type très service, ou simplement un imbécile, il pourrait comme ça, sans contrôle, avec des juges d'occasion, un avocat d'occasion et un général qui signe, faire tout le gâchis qu'il voudrait ?

— A peu près...

Je fermai le livre :

— Dans ce cas, mon cher camarade, ne m'en veuillez pas, mais...

— Vous refusez ?

— Ah oui ! Une responsabilité pareille !... Et puis, tout de même, avouez que c'est un peu rigolo, parce que j'ai contribué à faire acquitter trois bonshommes, qu'on me prie maintenant de réclamer la tête des autres !

— Soit, dit-il, vous refusez, et s'il vient ici un fanatique ou un imbécile comme vous le disiez, est-ce que vous ne vous serez pas chargé d'une autre responsabilité ? Je suis bien avocat, moi, et je suis ici, parce que je crois qu'on peut y rendre service... Je vous ai demandé à cause de vos plaidoiries. C'est exact !... Je n'ai pas à m'en cacher !... Vous avez dit ce qu'il fallait dire, alors j'avais pensé qu'ici vous feriez ce qu'il faut faire... Il n'y a plus que des broutilles, heureusement. Vous auriez pu tout liquider, sans trop de casse, comme ça doit être fait... Le général signera tous les non-lieu que vous voudrez. Pour ceux qu'on est obligé de retenir, on n'est pas forcé de les assommer...

Je me levai :

— Vous êtes bien gentil, mais il faut au moins un

minimum de compétence, et je ne l'ai pas. Il faut aussi la vocation et je ne l'aurai jamais.

— Bien, dit-il, n'en parlons plus... Autre chose, vous êtes l'ami du lieutenant Conan ? De Scève me l'a dit.

— Oui.

— Eh bien, il lui arrive une mauvaise histoire, une histoire qui aurait pu n'être que drôle et qui menace de mal tourner. En deux mots, voilà : avant-hier soir, au ciné, il prie une dame très chic de lui traduire le texte du film, un film roumain. Je ne sais pas ce qu'il lui a dit ou fait, mais du ciné ils sont allés chez elle. Le mari qui devait être loin, comme toujours, rentre et les pince. Conan le rosse, et à fond, mais le mari est un commandant roumain... Ça fait naturellement un potin du diable ! Le type est au lit, avec des yeux comme ça, des dents en moins... Le général m'a chargé d'enquêter. Si je mets la machine en branle, ça peut le mener loin, ça peut même l'amener ici... C'est que ce n'est pas sa première histoire : il ne dessoûle pas, il se bat dans toutes les boîtes. Et puis, son affaire de bois, il en a massacré des hectares ! Aujourd'hui, un commandant roumain au tableau !... Vous comprenez, tout le monde est à cran !... Moi, je n'ai pas encore bougé : je pars après-demain et ils ne me feront pas revenir. Mais il pourrait bien avoir affaire avec mon successeur !... Ce qu'il y a de plus cocasse, c'est que sa troisième ficelle est en route et que personne ne s'en doute ici. Je le sais par un ami du Ministère. Je vous le dis pour que ça vous aide à le faire se tenir tranquille. Il faut avant tout qu'il obtienne du Roumain le retrait de sa plainte, car il y a une plainte. Elle est là, depuis une heure. Nous ne sommes encore que deux à le savoir : vous et moi. Mais si elle n'est pas retirée, il faudra bien que je la passe en consigne à celui qui me remplacera et il n'est pas dit qu'il cherchera, comme moi, à lui sauver la mise !

Je ne pouvais hésiter, pas plus que ce soir de

patrouille où j'étais parti pour chercher, dans les barbelés, un de mes hommes blessé qui m'appelait. J'objectai seulement :

— Si j'acceptais de vous remplacer, le général ne marcherait pas. Encore une fois, je n'ai aucun titre.

Il comprit, car il se leva :

— Je lui en ai déjà parlé. Venez.

Il m'entraîna le long des corridors de l'hôtel. Nous passions devant des portes où était inscrit : quatrième, troisième, second bureau. Des plantons nous croisaient. Mon guide frappa, me poussa dans une chambre surchauffée... Je n'avais jamais vu le général que coiffé, je ne le reconnus pas, tant il était chauve !

— Mon général, c'est le remplaçant dont je vous avais parlé.

Je me tenais à un garde-à-vous très rigide qui parut plaire. Le général me posa la main sur l'épaule.

— Bon, bon, bon !... Vous êtes étudiant en droit, jeune homme ?

— Non, mon général, étudiant en lettres...

Evidemment, il y avait erreur sur la personne, et je n'étais pas du tout l'homme de la situation. Je jetai au camarade un regard qui voulait dire : "Vous voyez bien !" Quand soudain, je pliai sous une formidable claque cordiale assenée sur mon épaule :

— Ça marchera ! assurait le général... Le droit, les lettres... tout ça c'est cousin germain !

C'est ainsi que je devins commissaire-rapporteur près le Conseil de guerre de la Nième division.

VI

— Enfin, comment ça s'est-il passé, exactement ?

Conan, que je recevais en qualité de témoin dans mon bureau de la Place du Palais, relança sa pipe, en aspirant quelques profondes bouffées, puis il l'ôta de ses dents et répondit :

— Mon vieux, c'est bien simple : tu connais le capitaine de la troisième ?...

Il fit le geste de visser furieusement quelque chose au coin de sa lèvre, afin d'imiter ce tortillement absurde que le capitaine de la troisième faisait subir à ses poils de chat, lorsqu'en ayant saisi les bouts maigres, il les retordait, les roulait en pinceaux, pendant des quarts d'heure, un tic qui l'avait rendu célèbre. Oui, je le connaissais... Un militaire éteint, un excellent homme à regard traînant, chauve, et qui se taisait parce qu'il n'avait, en vérité, rien à dire. De Scève assurait qu'il téléphonait au garde-à-vous quand le colonel était au bout du fil.

— J'ai là sa déposition...

— Alors, expliqua Conan, il m'avait demandé de le piloter un soir. Je l'ai emmené chez Maxim's, au Salon Rose. Vers minuit, je commençais à trouver que c'était marre, d'autant qu'il me disait tout le temps : "Payez. Ce sera plus convenable..." Tu sais qu'il est radin ! A la popote, il gueule comme un enfant de cochon quand ça dépasse deux cents balles par mois... Je me disais : "Il ne se doute pas du prix du champagne qu'il boit ! Quand je lui présenterai l'addition, il réglera les centimes." A part ça, excellente tenue ! Didina était venue me causer. Il lui a fait un sourire poli. Elle a cru que c'était arrivé et elle lui a pris le menton en l'appelant : "Mon gros toutou." Si tu avais vu sa bille ! Elle n'a pas insisté !...

"Bref, vers une heure, on quitte le Corso. Je croyais que cette fois, il passait la main. Pas du tout ! Il s'informe : "Il y a bien le Palais de Glace sur le boulevard Elisabeth ?" Une véritable tournée d'inspection !...

"On s'amène dans la boîte. C'est plein ! Comme je connais tout le monde là-dedans, on nous monte une table au pigeonnier et le vieux s'accoude à la balustrade pour zyeuter les poules, en bas. "Qu'est-ce qu'on prend, mon capitaine ? — Champagne." Cent lei !... Note bien que pour le temps qu'il voulait rester, il pouvait, sans se faire remarquer, s'appuyer une citronnade !... On nous apporte un seau, et d'en bas, Nica me fait signe qu'elle va monter. Je lui réponds de la main que c'est pas la peine. C'était Frida qui dansait, tu sais, la grande Allemande blonde, que Samard, le major du 32e, nous disait que c'était la seule femme qu'il avait connue à avoir des seins vraiment pointus, que c'était pratiquement introuvable... Son tango n'était pas fini qu'ils sont entrés. Une décharge dans les biseautées, pour s'annoncer. Trois types à la caisse, trois au barrage... Ils te vidaient leurs chargeurs, les gars, avec une sacrée adresse, un angle de tir épatant, juste au-dessus de la tête des Roumains qui rapetissaient, mon vieux !... Ça claquait dans les glaces ! Les poules qui cavalaient en braillant ! Notre escalier en était plein. D'autres qui s'écrasaient aux portes, pire que s'il y avait eu le feu. Le vieux youtre du comptoir qui plonge sous son guignol. Ah, ça n'a pas traîné ! Ils ont vidé les tiroirs de la caisse dans une musette, une dernière décharge pour dégager la porte, et au revoir ! Le tout n'a pas duré deux minutes ! Du travail réglé au poil !

" Et rien à faire pour les paumer !... Tu te serais fait trouer sans résultat. D'ailleurs c'était plein de poules, de Roumains dans ton escalier. Pour les faire bouger !... Tout était fini depuis un quart d'heure qu'ils ne décollaient pas. Ils avaient peur qu'ils reviennent !

"Y a pourtant mon capitaine qui a été superbe : pendant que les types faisaient leur carton, il a empoigné une bouteille et il leur a envoyé ça ! Ah dis donc !... Seulement, il a dû apprendre à tirer avec un fusil en demi-cercle. Il a bigorné une glace, mais le poilu qu'il visait ne s'est même pas retourné !... Paraît qu'ils avaient une auto à la porte. Voilà. T'en sais autant que moi.

— Naturellement, tu n'en as reconnu aucun ?

— Je t'ai dit qu'ils avaient leurs caciulas rabattues. On ne leur voyait que les yeux. Et puis, ils avaient décousu leurs écussons...

— Avec quoi tiraient-ils ? Des Saint-Etienne ? des brownings ? des pistolets automatiques ?

Conan lève les bras au ciel :

— D'où j'étais, je ne pouvais pas lire la marque de leurs pétoires !... Des pistolets automatiques, probable.

— Exactement des parabellum. On a retrouvé les balles.

— Puisque tu le sais...

Je le sens cependant alerté, à son indifférence qu'il exagère, à ses yeux qu'il dérobe.

— Tes gars du groupe franc en avaient à peu près tous des parabellum ?...

— Quelques-uns... Mais ils ne les ont pas achetés au marché, tu sais ! Ces parabellum-là, le jour où mes types ont fait connaissance avec, ils n'étaient pas du côté du manche.

Son visage a durci. Il voudrait, je le sens, se fâcher tout de suite, afin d'éviter des questions auxquelles il est sûrement décidé à ne point répondre. Je coupe les ponts :

— Eh bien, voilà. Ça m'embêtait de te le dire, mais on vient d'arrêter trois types, et il y en a deux de chez toi.

— Qui ?

— Grenais et Beuillard.

— Pourquoi ceux-là plutôt que d'autres ?

— Trop d'argent... Des vantardises, et pour Grenais, un tatouage au poignet qu'une fille a aperçu, quand il l'a jetée à terre pour passer.

86

— C'est tout ?

— Oui, pour le moment...

Il se lève :

— Si c'est tout ce que tu as comme preuves pour faire passer des types au tourniquet, tu ne perds pas ton temps, t'auras de l'avancement !

— S'ils n'y étaient pas, ils étaient ailleurs, et ils le prouveront, ce sera facile... Maintenant, dis donc : des gars qu'on a sous ses ordres depuis au moins deux ans, ça se reconnaît à autre chose qu'à la figure... Ça se reconnaît à la taille, à l'allure... Tu n'as pas remarqué, parmi les six, deux qui auraient ressemblé à Beuillard et à Grenais ? Il paraît pourtant que Beuillard est assez grand pour qu'on le remarque...

Il croise les bras, baisse la tête comme pour foncer, et, la bouche tordue :

— Tu veux jouer au petit juge avec moi ! Puisque maintenant ton métier, c'est de faire cafarder, tu devrais apprendre d'abord à choisir ton monde ! Tous les cognes, moi, je les emmerde !

Ah, il tombe mal ! Parce que s'il est au monde une stupidité qui me révolte, c'est ce cri de "Tue-le !" vomi sur le gendarme qui court se battre avec un chien enragé ! Je me suis dressé derrière mon bureau :

— Ainsi, tu trouves très bien qu'une demi-douzaine de dégueulasses assomment une femme à coups de siphon — si tu ne le savais pas, je te l'apprends : on a trépané la caissière —, qu'ils défoncent le ventre à une autre en la piétinant dans l'escalier — une péritonite, elle va en claquer ! Ça te regarde ! Seulement, moi, mon vieux, mon choix est fait ! J'emboîte le pas au cogne, et à fond ! Si je les trouve, tes salauds, ça leur coûtera cher. Alors, cache-les bien !

Ma violence l'a calmé subitement, et c'est avec un haussement d'épaules placide qu'il répond :

— Tu débloques ! Au train où tu vas, t'en auras en rab des bandits masqués !

Puis, ouvrant la porte :

— Seulement, pour Grenais et Beuillard, ça ne tient pas debout...

— On verra !

Il sort, l'air préoccupé, et me laisse tout vibrant de mon indignation victorieuse.

Une grosse affaire, certes, mais si nette, si facile à apprécier. On y est porté par sa révolte, son dégoût, et je m'y suis lancé à corps perdu. Ce ne sont plus les vétilles que j'ai expédiées depuis un mois ! J'ai pourtant déjà fait du bon travail !

La seconde semaine, après mon entrée en fonctions, à propos d'une affaire insignifiante de grivèlerie — deux poilus qui étaient partis, sans payer, d'une bodega en disant : "Souvenir, souvenir" —, le général m'a fait appeler. Le colonel-président lui ayant vanté la clarté de mon rapport, il tenait à me féliciter. Après beaucoup de compliments, ce petit homme à crâne pointu, à grosse voix, à gros yeux, m'a dit, avec cette fausse désinvolture qui est le signe d'un grand embarras :

— A propos, vous pourriez peut-être me donner un renseignement, Norbert. Il s'agit d'un de mes amis qui a une femme... beaucoup plus jeune que lui... et elle profite de ce qu'il est temporairement obligé à de longues absences pour se mal conduire... Connaissez-vous le mécanisme du divorce par procuration ?

Il se trouvait que l'année précédente un de mes sergents, en Argonne, m'avait, à peu près dans les mêmes termes, avec le même tremblement de moustaches, posé la même question. J'avais écrit à un ami, avoué à Paris, afin d'être renseigné. Je pus donc répondre avec une précision qui enchanta le général et lui donna la plus haute idée de ma compétence. Après m'avoir renouvelé l'assurance qu'il s'agissait d'un de ses amis auquel il s'intéressait beaucoup, il avait ajouté :

— Et tous vos pierrots en prévention ? Ça déshonore l'armée, ces oiseaux-là !... Faudra me balayer ça en vitesse !... Je compte sur vous. *Right man in right place*, d'ailleurs.

Il prononçait "riche" avec autorité...

Pour commencer le balayage, je lui avais envoyé, le lendemain, deux non-lieu qui me revinrent signés. Encouragé, je continuai ! Tout ce qu'il y avait à la prison comme outrages modérés à un supérieur, refus d'obéissance provoqués par des imbéciles, abandons de poste fabriqués au prix d'une casuistique insensée, tout cela avait repris le chemin des régiments. Je m'étais même offert le luxe de présenter au général une note sévère, où je rappelais que le Conseil de guerre est une juridiction exceptionnelle, et que la responsabilité des chefs de corps serait engagée, si l'on continuait à l'encombrer de préventionnaires contre qui ne seraient pas relevées des charges suffisantes.

— Evidemment ! s'était écrié le brave homme. Mais, mon pauvre Norbert, c'est pour ça comme pour le reste ! La division est là pour faire leur travail ! C'est le dépotoir, la division !... Ils ne remueraient pas le petit doigt sans ordre ! Je suis débordé, moi !... J'aime qu'on ait de l'initiative, bon Dieu !...

Et il avait signé des deux mains.

Du coup, le pourcentage des arrivées était tombé de 80 pour 100.

Lorsque mes clients partaient, je ne manquais point de me recommander à leur reconnaissance :

— Mon vieux, si tu avais eu affaire à un type plus service, tu n'y coupais pas de Biribi ! T'as passé à la corde !... Allez, file. Que ça te serve de leçon et tiens-toi à carreau !

Ils me faisaient toutes les promesses possibles, comme des gosses qui viennent de couper à une fessée. Et puis, ils me remerciaient, et certains trouvaient des mots vraiment émouvants. C'est grisant, d'absoudre !...

Puis un matin, au petit déjeuner, de Scève avait annoncé :

— Il s'en est passé de jolies, cette nuit ! Six types de chez nous qui ont pris d'assaut le Palais de Glace, revolver au poing. La caisse soulevée !... Il y a des blessés graves, paraît-il... Je le tiens de Conan que je viens de rencontrer et qui n'était pas saoul !

Il avait ajouté, et cela m'avait déplu :

— Pour une fois, cependant, il n'a pas commandé le coup de main, il était au balcon...

Pendant huit jours, j'ai recueilli les dépositions des garçons, des danseuses, des clients. Enfin, le prévôt, hier soir, est entré chez moi, triomphant :

— Je crois que j'en tiens trois !

Je vais les voir.

— Envoyez-moi Beuillard, Grenais et Forgeol, mais séparément, hein !...

C'est vrai que Beuillard est très grand, mais ça ne me surprend pas : je m'y attendais. Ce qui me gêne, c'est que ce soit un soldat comme les autres, comme j'en ai tant vu depuis quatre ans ! Il se présente même très bien, ce grand type : cheveux coupés, bien rasé, molletières propres, souliers graissés, un garde-à-vous sans raideur, l'expression à la fois attentive et impersonnelle de rigueur devant un chef... Tout cela me gêne, oui, pour le traiter d'emblée en bandit, cela, et puis les trois étoiles de sa croix de guerre que je n'ai pas remarquées tout de suite, à cause de la hauteur où c'est accroché.

— Donnez-moi l'emploi de votre temps dans la soirée du 16.

L'homme, sans hésiter, répond qu'après un tour en ville, il est rentré à neuf heures pour l'appel et s'est couché.

C'est exact, mais il s'est relevé.

— Si vous étiez couché, comment expliquez-vous

qu'on vous ait reconnu parmi ceux qui ont attaqué le Palais de Glace à main armée ?

— On m'a reconnu, moi ?

Il sourit avec une ironie respectueuse.

— Oui... A votre taille... Vous ne passez pas inaperçu !

— Si on arrête tous ceux qui ont un mètre quatrevingts, mon lieutenant, rien qu'à la compagnie, j'en connais plus de six !

C'est évident !...

— Autre chose... Vous êtes allé plusieurs fois dans un petit café derrière la caserne d'artillerie ?

— Ça se peut, mon lieutenant. On allait dans plusieurs. Il faisait pas chaud dehors...

— Vous n'alliez pas de préférence dans celui-là ?... Le patron a dit qu'il vous connaissait... Il boite... Vous vous rappelez, maintenant ? Si vous ne vous rappelez pas et qu'il vous reconnaisse à la confrontation, je me demanderai quelle raison vous aviez de vous en cacher.

— Je n'ai pas de raison de m'en cacher, mon lieutenant. Le patron qui boite. Oui, je m'en rappelle. On y allait...

— Vous avez payé, deux jours après l'agression, avec un billet de mille lei. D'où venait cet argent ?

— Une paire de jumelles buls que j'avais vendues à un civil, mon lieutenant.

Je suis refait et je suis un imbécile ! J'avais cru préparer un petit traquenard, et je n'ai réussi qu'à lui donner l'éveil ! Il a répondu, sans la moindre hésitation, et son explication est parfaitement plausible. Tous les gars de Conan, dans leurs coups de main, ont fait provision de parabellum et de jumelles à prisme. Beuillard en a vendu une paire, et le prix est normal... Je ne vais pas lui demander le signalement de son civil : il en a un tout prêt !

— Vous avez dit à plusieurs camarades : "Les gars du Palais de Glace, ils savent y faire et ce sera midi pour les paumer." Vous les connaissez donc ?

— Ça, mon lieutenant, tout le monde le disait. Y avait pas besoin de les connaître pour ça...

— Et le canonnier Forgeol, vous le connaissez ?

— Un peu...

— Vous ne le quittiez pas !

— Oh ! on se retrouvait parfois, le soir...

— C'est assez étonnant !... Il est étudiant en pharmacie. Ce n'est pas tout à fait votre genre, ça !

— Il n'était pas fier... Et puis, j'aime bien à causer avec des gens instruits.

— Eh bien, il est arrêté. C'est lui qui a eu l'idée du coup : il l'a avoué. C'est une excuse pour les autres... C'est bien lui qui vous a entraîné, hein ? Allons, dites-le ! Je vous le répète, il l'a avoué !...

— Dame, mon lieutenant, moi, je ne sais pas ce qu'il a pu goupiller avec d'autres... Mais là, vrai, ça m'étonne qu'il ait fait un coup pareil !

Allons, je ne suis pas de force !... Je le renvoie et je parcours son interrogatoire que me tend respectueusement le gendarme-greffier. Que je lui ai bien signalé tous les croisements dangereux !... Ah, il m'a surclassé, et sans mal ! A moins qu'il ne soit parfaitement innocent et je commence à le croire...

A l'autre ! J'ai perdu la première manche ; je veux quitte ou double. Je sais que je devrais réfléchir, préparer mes questions...

— Appelez-moi Grenais...

Grenais, c'est l'homme au poignet tatoué. Il entre, salue... Un soldat maigre, figure osseuse, hâlée, la bouche large, l'air déterminé.

— Approchez... Faudra mieux cacher ça, une autre fois !...

Brusquement, je lui ai relevé sa manche, jusqu'au coude. Bon Dieu, je me suis trompé de bras !... Le poignet est sale, mais pas le moindre tatouage ! C'est mon greffier qui intervient :

— Montrez votre autre bras.

Lamentable !

L'homme obéit, avec une figure fermée, méprisante... Il y a une grenade tatouée sur ce bras.

— Ça va !

C'est encore mon gendarme qui parle. Moi, je cache ma honte dans mes papiers, et je me tais. Des bribes de romans policiers me traversent l'esprit : "les mains révélatrices". Elles tombent très naturellement sur la couture du pantalon !... "Les stigmates du crime." Oui, j'en suis là ! Je lève les yeux, avec l'espoir obtus de rencontrer un visage hideux, le visage classique de l'assassin hagard et hirsute. Je ne vois qu'un type qui commence à en avoir marre et semble tout disposé à me le dire.

J'articule enfin, sans le regarder :

— La femme que vous avez renversée dans l'escalier du Palais de Glace a vu ce tatouage sur votre poignet. Elle...

— Je n'ai jamais renversé de femme !...

— Alors, comment expliquez-vous ce que je lis ici ? "Il m'a donné un coup de poing dans la poitrine. En tombant, je me suis accrochée à son bras et j'ai vu qu'il avait une grenade tatouée sur le poignet."

— Elle sait ce que c'est qu'une grenade ?...

Cette fois, il a trop parlé ! Sans bien démêler pourquoi, je sens qu'il n'aurait pas dû dire cela. Malheureusement, je ne vois pas comment tirer parti de sa faute. Je me contente de déclarer :

— Sans doute qu'elle le sait, puisqu'elle l'a dit...

En réalité, elle a dit : "un tatouage". Grenais hausse les épaules :

— Si elle l'a dit, c'est qu'on lui a fait dire !... Ce que je sais, c'est que je ne suis pour rien là-dedans, moi, et que c'est charrier un peu fort, après quatre ans de front, de venir vous sortir des bobards comme ceux-là, parce qu'on s'est fait piquer un truc sur le bras ! Comme si y avait que moi à en avoir !...

Je le laisse aller, je le laisse gronder. J'écoute passionnément le son de sa colère. Sonne-t-elle juste ? Je ne sais pas ! C'est comme pour l'auscultation : il faudrait avoir comparé, avoir ça dans l'oreille pour distinguer la fêlure...

Grenais se fouille, jette sur ma table quelque chose qui sonne, sa croix de guerre.

— Je ne la porte plus, ça me dégoûte !

Et il s'en va.

— Dites donc, vous !...

Mon gendarme indigné s'est dressé. Tout de même, l'homme s'arrête, se détourne...

— Allez.

Je capitule, je le renvoie. La tête dans les mains, je me sens brusquement écrasé par l'attente de tous, car, je viens de le comprendre, tous comptent sur moi pour leur apprendre si ces gens-là sont coupables ou innocents. Tout le monde, je le sais, me fait confiance, gravement ! C'est un dogme ici, que la fonction crée la compétence ; grâce à mon titre de justicier officiel, je bénéficie d'un préjugé favorable, jusqu'à ce que j'aie fait abondamment la preuve de mon incapacité, cette incapacité dont je mesure maintenant l'effroyable étendue !...

Ainsi, les deux malheureuses que j'ai vues hier vont mourir, sont peut-être mortes, et ma nullité présomptueuse assure l'impunité à leurs assassins ! Grâce à moi, ils vont pouvoir crâner, bâfrer tranquillement l'argent de la caisse, tandis que la caissière agonise, avec un trou plus large que le poing dans le crâne.

Je l'ai vue hier à l'hôpital : la tête, une énorme boule blanche sur l'oreiller, un faciès de plâtre durci par la paralysie, un nez pincé d'où suintait du sang que l'infirmière essuyait avec une boule de ouate. Je n'oublierai jamais ces pupilles dilatées et fixes, ces râles qui crevaient en bulles sur les lèvres bleues.

— Abcès du cerveau, me dit le médecin. C'est la mort, aux environs du huitième jour.

L'autre, la fille défoncée dans l'escalier, s'abandonnait, la tête remuant sur l'oreiller, la bouche tirée par une contracture qui tendait comme des cordes sous la joue, les cheveux collés par une sueur visqueuse.

Elle répondit d'une voix exténuée, les yeux clos, aux questions de l'interprète, puis le médecin rabattit la couverture sur les genoux, releva la chemise plus haut que les seins et retira la vessie de glace affaissée sur le ventre. Ce ventre était marbré de plaques violacées : les pieds des bandits s'étaient lancés là-dedans, à toute volée, comme dans un obstacle mou qu'on veut rejeter. Les seins, eux aussi, étaient truffés d'ecchymoses.

C'était la première fois qu'on mettait nue devant moi une femme pour me montrer son mal : j'en restai stupide ! Ce corps, ce corps svelte et fin, avait comme changé de sens et de pouvoir. Il ne s'en dégageait que de la pitié et de l'horreur. L'idée même qu'il ait pu inspirer le désir paraissait absurde et sacrilège : on comprenait trop que c'était là de la chair humaine dépouillée de tous les mensonges dont la convoitise l'enveloppe, réduite à sa réalité misérable de pâte à souffrir !... Puis, après la pitié horrifiée qui vous raidit et vous glace, une onde d'indignation furieuse : des seins, un ventre de femme sauvagement enfoncés, la douceur fragile des chairs martelée par les souliers à clous, le coup le plus lâche qui se puisse porter !...

Le médecin avait pris mes doigts qui résistaient, il les avait posés doucement sur le ventre plat, et j'avais frissonné en rencontrant un rideau rigide, une chair de bois qui ne céderait qu'à la mort...

— Péritonite aiguë généralisée... Une laparotomie serait inutile...

Et le médecin avait ramené la couverture.

De l'hôpital, j'avais couru à la prévôté stimuler le zèle des gendarmes. Je voulais mes six bandits, et rapidement !... Toute la soirée, toute la nuit, je m'étais battu contre eux, en imagination, puis en rêve, et cela me semblait à la fois héroïque et facile d'assaillir ces fantômes à cagoule, ces figures abs-

95

traites et farouches... Et voilà que deux, peut-être, viennent de paraître devant moi, démasqués, et ce n'est que le grand Beuillard, l'irritable Grenais ! Ils sont si pareils à tous, qu'ils me laissent avec mon indignation en l'air, sans emploi, une déception imbécile et un doute qui ne me lâchera pas ! Ils m'ont apporté leur figure banale, comme un alibi. Je ne pourrai plus l'écarter ! Je ne parviendrai jamais, je le sais, à me prouver que les pirates assassins dont je me suis construit l'image avec des récits de témoins, avec la trace de coups forcenés, soient les mêmes que le respectueux Beuillard, que Grenais dont voici la croix de guerre qu'il me jetait tout à l'heure au visage...

Il faut pourtant aller jusqu'au bout, et je parcours la plainte que le colonel d'artillerie m'adresse sur Forgeol : mauvais esprit, dévoyé, sournois. Oui... Je connais... Ça ne veut pas toujours dire grand-chose !... Une charge précise, cependant : porté manquant au contre-appel de la nuit du 16, la nuit de l'attentat, et rentré à quatre heures du matin. En somme, on me l'envoie parce qu'il a découché mal à propos. Ça peut tout laisser supposer... même une simple coïncidence !

— Faites entrer Forgeol.

Beau gars ! Très beau gars ! Vingt-deux ans au jugé, des cheveux blonds à ne savoir qu'en faire, un corps nerveux d'athlète, ce que Conan appelle une belle carrosserie, mais, dans l'allure, une souplesse méfiante, une sorte de repli prudent qui détonne avec cette force. Il est taillé pour jouer les avants dans les matches internationaux, mais il doit jouer brute, en plaquant dans le dos, en plaçant des crocs chaque fois qu'il le peut sans être vu de l'arbitre... Je ne puis parvenir à trouver ses yeux. Il ne s'est pas contenté d'ôter son calot pour saluer, il s'est encore incliné.

— Il est bien entendu que vous avez passé la nuit du 16 chez votre maîtresse ?...

— Oui, monsieur le Commissaire.

J'ai tout de suite l'impression que celui-là tiendra moins bien le coup que les autres. Il suce ses lèvres, ses mains tourmentent son calot, comme dans les livres !... C'est un intellectuel. Il est affligé, comme moi, d'un esprit trop agile qui fait le tour de trop de pensées et que cela étourdit, inquiète. Je le sens vibrant, tendu : il prévoit trop de pièges, se fatigue à guetter tous les points d'où pourra surgir l'attaque. Il s'exagère, par éducation, le prix de la logique, et il a sûrement dans l'esprit un système de défense cohérent et complexe qui s'écroulera tout d'une pièce si je le pousse au point faible. Je sens que si je l'amène à se contredire, il se croira perdu, et le sera...

— Vous prétendez ignorer le nom et l'adresse de cette femme ?

— Je l'avais rencontrée le soir, mon lieutenant, comme je rentrais à la caserne. Elle m'a abordé, je l'ai suivie. Maintenant, dire exactement où elle m'a emmené...

— Où l'avez-vous rencontrée ?

— Boulevard Carol.

— Au-dessus de la Calea Victoria, au-dessous ?

— Au-dessus, mon lieutenant.

— Trottoir de droite ou de gauche, en descendant ?

— De droite, mon lieutenant.

— Vous la reconnaîtriez, cette femme, si on vous la présentait ?... N'hésitez pas, voyons ! C'est inadmissible qu'après une nuit passée avec elle...

— Oh oui, je la reconnaîtrais, mon lieutenant.

— Vous n'avez rien remarqué chez elle de singulier ? Etait-elle particulièrement jolie, élégante ?

— Pas particulièrement, mon lieutenant.

— Oui... En somme assez banale ?

— Assez, oui, mon lieutenant.

— Elle ne parlait pas français ! Sans cela, on la retrouverait facilement...

— Non, mon lieutenant.

— Vous aviez bien l'intention de rentrer au quartier, quand vous l'avez rencontrée ?

— Absolument, mon lieutenant.

— Alors, vous n'aviez pas pris d'argent sur vous ?

— Très peu.

— Combien, à peu près ?

— Une dizaine de francs.

— Vous l'avez suivie à son premier signe ?

— Non, mon lieutenant !

— Vous vous êtes arrêté, pourtant ?

— Justement, mon lieutenant, pour discuter, pour lui dire que je ne pouvais pas...

— Dites-le-moi en roumain.

— ...

— Oui, dites-moi cela en roumain ! Elle ne parlait pas français, vous me l'avez dit. Alors, vous avez dû vous expliquer en roumain... et vous n'en savez pas trois mots ! Avouez donc tout simplement que vous vous êtes laissé emmener tout de suite... C'est vrai ?

— C'est vrai, mon lieutenant.

— Pourtant, vous n'aviez pas d'argent, et elle ne vous avait paru ni particulièrement jolie, ni spécialement élégante. Pour quelqu'un de décidé à rentrer pour l'appel, vous êtes facile !

— ...

— Donc, vous remontez le boulevard avec elle... Toujours sur le trottoir de droite ?... Bon. Mais c'est plein d'officiers à cette heure-là, et le sens est dangereux...

— On a pris par la première rue, mon lieutenant.

— Vous n'êtes pas remonté jusqu'à la place Michel-le-Brave ?

— Non, mon lieutenant. On a pris la première rue, justement pour ne pas être rencontré.

— La première rue à votre gauche par conséquent.

— Oui, mon lieutenant.

— Il n'y en a pas !

— Mais...

— Je vous dis qu'il n'y en a pas ! Voulez-vous le plan ?... Autre chose : quand vous l'avez rencontrée, vous étiez évidemment seul ?

— Oui.

— Eh bien, vous êtes le seul soldat de l'armée qui se promène sans camarades, et je vais vous demander pourquoi.

— J'avais quitté les camarades au café, mon lieutenant.

— Lequel ?

— Je ne sais pas exactement. Dans une rue auprès de la poste.

— Des camarades de votre régiment ?... Répondez, voyons !

— Oui, mon lieutenant.

— Alors, comment se fait-il qu'aucun ne vous accompagnait puisqu'ils devaient être, comme vous, rentrés pour l'appel ?

Il tord son calot, jette un regard à droite, à gauche, comme s'il voulait retrouver le sol ferme :

— C'est-à-dire que ce soir-là... non, il n'y avait personne du 16ᵉ... Je me rappelle, maintenant. Ce n'était pas ce soir-là.

— Quel régiment, alors ?... Ah non, ne me dites pas que vous n'en savez rien !

— Cinquantième.

— Cinquantième ? C'est mon ancien régiment... Caserne Fagaras ! Sur votre route ! Ils vous auraient accompagné... Vous n'en sortirez pas !

Je le sens, en effet, traqué. La cadence à laquelle je le pousse, les défaites qu'il vient déjà de subir l'affolent. Je suis sûr qu'il ment, et cette certitude, la première, dans toute cette affaire, me rend de la confiance et du mordant. Je le poursuis, je le débusque :

— Cette femme, vous avez passé la nuit avec elle. Ce n'est pas tout à fait une professionnelle, sans quoi elle vous aurait demandé de l'argent, et vous n'en aviez pas. Elle a donc jugé que vous étiez assez beau garçon pour vous en passer ?...

Il ébauche un sourire, hoche la tête, mais le regard reste tendu, en garde, effrayant d'attention, car il attend le coup qu'il ne devine pas.

— C'est donc le genre de relation que vous deviez souhaiter. Vous ne pouviez que désirer revenir, et quand vous partez, vous ne savez ni le nom, ni l'adresse, ni le prénom de cette femme ! Ni le prénom !... Ce que vous devez regretter d'avoir dit ça, à votre interrogatoire au corps, par excès de précaution, pour faire le vide devant l'enquête ! Cette bévue-là, vous ne pouvez plus la rattraper ! Ce n'est pas courant d'ignorer le prénom d'une femme avec qui on passe une nuit !... Mais rien que ça, mon pauvre ami, ça prouve jusqu'à l'évidence que votre histoire d'inconnue, vous l'avez inventée sur le coup, devant votre colonel, au hasard des questions ! Elle tombe en morceaux !... Vous n'étiez pas chez une femme... Non, ce n'est pas vrai ! Et je vous dirai demain où vous étiez, et je vous le prouverai ! Approchez.

Je me suis levé, j'ai empoigné le col de la vareuse.

— Dites donc : il n'y a pas longtemps qu'ils ont été recousus, vos écussons !...

Je viens de me rappeler la phrase de Conan : "Ils avaient décousu leurs écussons !" et ceux-là sont surjetés au fil noir, du fil neuf, qui n'a pas eu le temps de blanchir.

Il hésite. Cette fois encore, il ne devine pas la direction de l'attaque.

— Non... Pas très longtemps, mon lieutenant.

— Depuis le 17, exactement, et vous les aviez décousus le 16, pour n'être pas reconnu dans votre sale coup ! Allez !...

Il ne bouge pas. Il veut, avant de partir, trouver une parade, une explication, parler !... Il ne le peut pas. Il ouvre la bouche, sa langue humecte ses lèvres... puis il s'en va, très pâle, et se heurte durement au chambranle de la porte.

Trois heures plus tard, j'allais quitter le bureau, quand un brigadier de gendarmerie salua sur mon seuil :

— Mon lieutenant, c'est Grenais et Beuillard qui veulent vous parler pour une communication urgente qu'ils disent.

— Ils sont là ?

— Oui, mon lieutenant.

Ils entrent, saluent, exagérément corrects. Avant qu'ils n'aient ouvert la bouche, j'ai regardé leurs écussons. Eux non plus n'ont point songé à ce détail : les fils font de gros points, très noirs, sur le drap passé... C'est Beuillard qui parle :

— Mon lieutenant, on ne vous en avait pas causé, parce qu'on ne se rappelait plus exactement la date, mais maintenant, on en est sûr : la nuit du 16, c'était celle où on était tous les deux de garde à la poudrière. Alors !...

— Bien... C'est votre commandant de compagnie qui vous avait désignés ?

— Oui, mon lieutenant, le lieutenant Conan.

— Ça va. Je vérifierai.

Leurs talons ont claqué. Ils s'en retournent impassibles, sans que rien trahisse le rire intérieur, énorme, qui les emplit. D'un signe, j'ai retenu le brigadier.

— Le lieutenant Conan est bien allé à la prison cet après-midi ?

— Oui, mon lieutenant.

— Il a vu Grenais et Beuillard ?

— Oui, mon lieutenant. Il a dit : "Je suis chargé de les défendre." On les lui a amenés au greffe, comme d'habitude.

— Parfait.

Je n'eus point la peine de l'envoyer chercher. Au bout d'un quart d'heure, il était là, goguenard, les yeux mi-clos :

— Alors, où en es-tu de ton petit boulot ?

Exaspéré, je lui jetai :

— Tu as eu tort de me faire le coup de la poudrière ! Quand tu m'auras signé la déclaration attestant qu'ils étaient bien de garde le 16, et que j'aurai fait contrôler, qu'est-ce qui se passera ?

Il ferma les yeux dans un accès de jubilation extraordinaire :

— Ben ! il se passera que Bérézin, tu sais mon sergent avec qui je t'ai fait dîner et que tu as ramassé le long du canal accroché à un tringlot, que Bérézin qui commandait la garde, la nuit du 16, te certifiera, autant de fois que tu le voudras, que Grenais et Beuillard n'ont pas décollé d'auprès de lui, cette nuit-là...

— Ils étaient quatre de garde ?

— Oui, les deux autres aussi étaient de chez moi. Je leur en ai causé justement tout à l'heure... Ils te diront comme Bérézin que...

— Ça va ! J'ai compris !...

Il apprécia, en bourrant sa pipe :

— Y a plaisir à causer avec toi !

Tant d'audace me dépassait ! Les deux accusés, le sergent, les quatre hommes de garde, cela faisait sept qui allaient mentir par son ordre. Que l'un d'eux se contredît, hésitât même, le faux éclatait, et on l'écraserait sans pitié, lui l'officier complice d'une paire de brigands !

— Quand faudra-t-il te le donner, mon papelard ?

D'instinct, j'esquivai la réponse :

— Auparavant, je voudrais que tu me dises comment tu as forcé la porte de la prison. Il paraît que tu as raconté aux gendarmes que tu étais chargé de leur défense ? Tu sais comment ça s'appelle ?...

Il me parut avoir grandi, tant il se redressa :

— Je n'ai pas dit que j'en étais chargé ! J'ai dit que je m'en chargeais, ce n'est pas la même chose !... Parce que je m'en charge, t'entends, de les défendre, et pas à coups de bobards, et sans que tu me le demandes ! Tu t'es bien chargé, toi, d'aller faire des excuses de ma part au cocu à quatre galons que j'avais dressé ! Mais cette fois, tu ne me feras pas mettre aux arrêts pour avoir les mains libres, et tu m'y trouveras, en travers de tes sales combines !... Des gars qui te valent dix fois, toi, tes galons et ta peau ! Vous profitez de ce que vous avez retrouvé vos burlingues et vos cognes pour leur tomber sur le poil ! Doucement, les basses !... Ces gars-là, je leur ai appris à ne pas se faire tuer, comprends-tu ? A ne pas se faire baiser par le premier couillon venu, dans ton genre !... Si je les défends ?... Mais le jour du jugement, j'irais plutôt empoigner le colon à sa table, et ses quatre sous-verge par la peau du ventre, pour leur gueuler : "Mais foutez-leur la paix, vingt dieux ! la *paix* qu'ils vous ont gagnée à vous comme aux autres ! Profitez-en ! Faites vos petits rapports, vos petites courses au pognon, à la ficelle, vos petites coucheries à mille lei, mais ceux-là qui se sont appuyés tout le boulot, quand vous aviez les pieds au chaud sous six mètres de rondins, lâchez-les ! Vous n'avez rien gardé ensemble, hein ? Alors, passez la main !...

— Il devient infumable ! déclara de Scève à qui je confiai l'incident. Il y a quand même des choses trop grosses qu'il refuse de voir ! A votre place, je n'hésiterais pas : je lui démolirais son alibi de la poudrière, coûte que coûte ! Ce n'est pas de vous qu'il se moque, c'est de toute la justice de l'Armée !...

Je secouai la tête :

— Comme je le démolirais avec, je ne veux pas prendre l'enquête par ce bout-là !

— Vous savez ce que vous avez à faire !... Dans ce cas, êtes-vous allé voir les filles ?

— Oui, hier à l'hôpital...

— Mais non, pas celles-là ! Les autres, celles qui ont mangé l'argent... Vous ne pensez tout de même pas qu'ils l'ont déposé à la banque ! La police roumaine vous pilotera, dès que vous l'en prierez. Si vous pouvez apprendre du nouveau, ce sera par elles. Vous savez bien que quand des hommes ont fait une saloperie, ce sont toujours des femmes qui en profitent !

VII

J'avais rendez-vous à six heures du matin, avec les deux policiers roumains sur la place Saint-Georges, une petite place ronde, bordée de maisons à un étage. Au centre, une louve de bronze y pique de ses mamelles pointues deux poupées noires assises sur un socle étroit, Romulus et Remus. La neige, patiemment, avait recouvert la ville. Elle y prenait partout cet aspect matelassé, ces blancheurs rondes que lui connaissent seuls les pays où elle tombe pendant des jours, en lourds flocons, sur une terre dure. Tous les angles étaient ouatés, aux marches des perrons comme aux arêtes des toits. J'avais dû faire un détour, car le vent de la nuit avait rebroussé sur ma route un haut talus éclatant qui fermait une rue, et les deux silhouettes noires m'attendaient déjà au pied de la grande louve qui gardait, en équilibre sur son échine, un long pan de neige. Cela surprenait, cette bête avec de la neige sur le dos ! On s'étonnait qu'elle ne se secouât pas...

Les deux hommes, quand je débouchai sur la piatza, tournaient autour du socle pour tromper l'attente et le froid. De longues lévites brunes battaient leurs bottes. Le plus petit était coiffé d'une casquette militaire, à oreilles rabattues, l'autre, d'une caciula chauve, où ne s'accrochaient que quelques touffes de laine. L'homme à la casquette m'aperçut le premier, vint à ma rencontre et se présenta en français :

— Inspecteur Stefanesco.

D'un coup de tête, il désigna son collègue en mâchonnant un autre nom en sco : le grand policier leva mollement la main jusqu'au cylindre pelé qui le coiffait.

Sous la clarté blanche qui pleuvait d'un bec électrique, Stefanesco tendait un visage rasé, énergique, où remuait un regard agile et pénétrant, la bouche serrait des lèvres courtes et dures. L'autre policier me parut une brute paterne et massive ; les pouces carrés qu'il étalait sur ses revers étaient larges à cacher une pièce de cent sous. Je fus, je l'avoue, agréablement surpris : je m'attendais à deux parfaites gueules de faux témoins, et je rencontrais une manière de petit sous-off débrouillard et un placide hercule de foire.

Puis Stefanesco n'était point bavard, ni servile : les présentations faites, il me laissa là et reprit sa promenade. Au bout de quelques minutes, il tira même sa montre, avec une impatience marquée : mon gendarme-greffier se faisait attendre ! Il parut enfin, titubant sur des semelles de neige convexes dont il se débarrassait en lançant des coups de pied aux murailles :

— Je m'étais trompé de chemin, monsieur le Commissaire, et personne à qui demander...

On partit. Les deux Roumains marchaient devant et s'engagèrent dans des rues étroites où le sol clair accusait la noirceur des façades. Au premier carrefour on entendit tinter doucement des sonnailles, et un cheval apparut sur la neige, un cheval brun qui semblait ne rien traîner. Quand il passa, on vit, derrière sa croupe sur une luge précaire, faite d'une planche clouée sur deux ais, un paysan blanc qui nous leva son bonnet de fourrure et, détourné, nous regarda longtemps.

Les policiers s'enfonçaient dans un labyrinthe de ruelles où la neige recouvrait des trous et des pierres. Des porches s'ouvraient, bas et trapus, des corridors où le poudrin s'était engouffré et luisait dans l'ombre. Parfois, la neige amoncelée par le vent murait, jusqu'à mi-hauteur, une porte misérable. Le froid de l'aube nous appuyait aux tempes.

Les deux Roumains s'arrêtèrent au seuil d'un couloir étroit ; la lampe électrique de Stefanesco promena sa lueur sur les murs gras, les dalles disjointes. On entra.

A la première porte à gauche, l'inspecteur heurta durement du poing :

— Police !

La lampe de poche éclairait un disque de bois rongé, crevassé, où de la peinture s'était figée en larmes brunes.

— Police !

L'avertissement, cette fois, fut scandé de rudes coups de pied dans les planches. Alors, prudemment, la porte s'entrebâilla, mais Stefanesco l'ouvrit toute grande, d'une pression d'épaule, et la lumière froide de la lampe tourna, cherchant la fille, glissa sur un morceau d'épaule nue, puis remonta frapper le visage, un visage long, blême, où la bouche ouverte, les yeux dilatés creusaient des taches noires. Je l'entrevis à peine, car aussitôt la clarté l'abandonna, balaya la chambre, puis se fixa sur la table où luisait le cuivre d'une lampe à pétrole. Stefanesco l'alluma, et la flamme rouge monta, charbonneuse, misérable comme tout ce qu'elle éclairait, les bosses des murs rouillés, la table grasse où traînaient des guenilles, où durcissait un morceau de mamaliga, cette coriace galette de maïs qui nous avait tant déçus, car à sa couleur nous la croyions pétrie de beurre et d'œufs.

Le lit ressemblait au traîneau que nous venions de croiser : des planches sur des ais débordants. Un drap gris en pendait, la paillasse mince y creusait, jusqu'au bois, la place du corps. Un rideau d'andrinople rouge tombait d'une étagère, et la lueur du pétrole jouait dans un morceau de miroir fixé au mur par quatre clous. Un de ces taudis qui, sitôt entré, vous font regretter la rue, quelle qu'elle soit, que l'on vient de quitter.

La femme était restée près de la porte, pieds nus sur le carreau, ses maigres jambes découvertes par la chemise courte dont sa main crispée fermait l'entre-bâillement. Visiblement, une peur atroce la rivait là où nous l'avions trouvée, une peur qui arrêtait tout en elle, le mouvement, la voix, le souffle, le regard. On l'eût dite assassinée. Cette panique la trahissait ; elle savait pourquoi nous étions là...

Stefanesco marcha sur elle, et le visage à toucher son visage, il lui parla avec une brutalité effrayante, déchiquetant, à coups de tête rapides, les mots qu'il lui crachait à la face.

— Nou, nou !... répétait la femme.

Les "non" roumains, sourds et prolongés, lui sortaient de la gorge comme des gémissements, et le tremblement des joues les coupait.

— Laissez-la s'habiller !

J'avais reculé, d'instinct, avec mon gendarme jusqu'au fond de la pièce, devant le rectangle noir de la fenêtre. Stefanesco montra, des yeux, à la fille les vêtements en tas sur son lit ; elle endossa son manteau de ville, un manteau de drap brun, traîna ses pieds sous le grabat pour enfiler des savates.

J'entendis un bruit de déchirure : le grand policier arrachait l'andrinople des étagères et remuait de la vaisselle. Il trouva, entre les assiettes, une boîte éculée de papier à lettres et l'ouvrit sur la table. Stefanesco éparpilla des cartes postales, des factures, et, penché, les examina. L'autre tournait autour de la chambre, renversait la paillasse, palpait les robes, mais ne trouvant rien, il revint, lui aussi, près de la table. Alors, Stefanesco se fouilla et aligna, sur les papiers épars, trois photos, celles de Beuillard, de Grenais et de Forgeol qui avaient été prises, l'avant-veille, à la prison. Il appela la femme, avec de nouvelles menaces qui sonnaient étrangement dans la maison endormie : les reconnaissait-elle ?

Toute courbée, elle regardait avec une intensité extraordinaire : on sentait qu'elle eût voulu à tout prix les reconnaître, à tout prix servir, désarmer... Elle dut avouer, en se relevant :

— Nou !...

Mais subitement, elle parla, des paroles pressées que les policiers écoutaient, impassibles.

— Elle connaît des Français, traduisit Stefanesco, mais ils sont habillés en jaune et portent un manteau rouge...

Les chasseurs d'Afrique...

— Elle dit encore, ajouta négligemment le policier, qu'ils lui ont demandé de l'argent et qu'ils l'ont battue...

— Leur nom ?

Il haussa les épaules, puis s'en alla ouvrir la porte :

— Je vous prie, monsieur le lieutenant. Rien d'intéressant ici !...

Dehors, l'aube grise glissait des toits dans la rue brumeuse où passaient des ombres. Des lampes, comme celle que nous venions de quitter, rougissaient les vitres des bodegas. Je hâtai le pas afin de rejoindre Stefanesco.

— Pourquoi avait-elle donc si peur ?...

— Peur qu'on l'emmène...

— Sans motif ?

Le Roumain, de nouveau, haussa les épaules, l'air maussade. Je compris alors que pour la femme, comme pour lui, l'innocence ne comptait pas, n'empêchait rien, et qu'en nous voyant entrer, elle n'avait point redouté sa punition, mais son malheur, un malheur toujours menaçant et qui n'avait point besoin d'être justifié.

On envahit deux autres chambres sans plus de succès, et ces échecs énervaient mes guides. Puis, ce fut, dans une soupente, où il fallut rester tête basse, une fille mafflue, tavelée, un visage de graisse où la sueur de la nuit délayait les fards de la veille. Celle-là, Stefanesco l'empoigna si fort que la chair du bras se gonflait en bourrelets blêmes entre ses doigts. Je le vis tordre ce bras, doucement, avec une lenteur sournoise...

— Allons, lâchez-la !

Je le dis, parce qu'il fallait le dire, par dégoût, mais sans pitié. La douleur rendait la femme plus hideuse encore, et il faut que les laides souffrent beaucoup pour devenir pathétiques ! La grimace de celle-là n'était que répugnante... Le policier, en la lâchant, la repoussa violemment contre le mur : sa grosse épaule, en cognant, fit un bruit mat de chute. Une odeur affreuse emplissait l'étroit bouge, des relents douceâtres de mort et de papier d'Arménie.

Je me souviens aussi d'une tzigane impudique et bronzée, toute droite, dans un pagne de négresse, et qui ne nous vit pas, tant elle était ivre, qui ne sentit pas, sur son épaule brune, s'accrocher les ongles de Stefanesco. Elle oscillait, seulement, sous les bourrades, sans qu'il fût possible de rencontrer ses yeux, des yeux de statue, vides de regard.

Cependant, le jour était venu, et avec lui, pour moi et mon gendarme, la honte, car on s'arrêtait à notre passage, et on se détournait sur nous... A la lumière, Stefanesco et le grand policier apparaissaient minables et louches, avec leurs lévites effrangées, les grimaces de leurs bottes, mais à leur allure décidée, tout le monde comprenait qu'ils étaient les chefs de l'expédition et que nous, les uniformes, ne faisions que leur emboîter le pas.

Tout à coup, mon gendarme qui, en arpentant le trottoir, semblait poursuivre une méditation solitaire, déclara :

— Ces femmes-là, vues le soir et le matin, on ne croirait jamais que c'est les mêmes !...

Très juste ! C'étaient celles qu'on croisait fardées sur la Calea, le regard attisé par la voilette, celles qui nous arrêtaient en posant sur notre main la caresse tiède de leurs gants. Lorsqu'elles emmenaient un client, elles le conduisaient dans des chambres meublées de divans, capitonnées de tapis éclatants. Mais lorsque, le travail mécanique achevé, elles rentraient chez elles, c'était dans ces chambres-cavernes, qu'on eût dites creusées dans des falaises de craie, parce qu'elles étaient glacées et nues comme nos sapes de Champagne. Là-dedans, elles laissaient tomber le harnais du métier, le vêtement, l'attitude, les crayons de rouge, et il ne restait plus que ce qu'on avait trouvé, de la chair grise et hâve, de la chair aux fibres cassées par le pétrissage des poignes. Sinistre !... Non, je n'oublierai jamais que c'étaient les mêmes !

Les policiers s'étaient arrêtés devant une maison plus haute et peinte en brun : un hôtel. Le tenancier sortit de sa cage vitrée, un gros homme sale, avec des cheveux sur les oreilles, répondit tout bas aux questions de Stefanesco, puis il nous précéda dans l'escalier étroit où se déclenchait, à tous les étages, le bruit des chasses d'eau. Au quatrième, il nous arrêta devant une porte, le 14, et descendit, après avoir beaucoup salué.

Stefanesco frappa. Il frappa, il ne cogna pas, ne cria pas : "Police." De l'intérieur, une voix de femme répondit :

— Entrez.

— Une Française ! m'annonca l'inspecteur. Et il s'effaça pour me laisser pénétrer le premier chez ma compatriote.

Les murs disparaissaient sous les éventails de papier, les photos de clients, les calendriers à femmes roses, les rosaces de cartes postales. La commode et la cheminée étaient un bazar de bibelots poussiéreux, du vase chinois de loterie foraine au service à liqueur dépareillé. Sur une sellette, une femme de plâtre peint souriait à des cerises qu'elle levait entre deux doigts. Je vis tout cela avant d'apercevoir le lit que me cachait une porte d'armoire ouverte.

— Mademoiselle Georgette, présenta Stefanesco, avec déférence.

Elle nous regardait surprise, mais point effrayée. Le regard qu'elle me jeta était expert et froid. Elle me parut très grosse, dans sa chemise de nuit à cascades de dentelle, mais toutes les Françaises étaient grasses dans ce pays de femmes minces. La figure eût semblé bonne fille, sans la bouche facilement crispée, et les yeux. Dès qu'à mes premiers mots elle eut compris pourquoi j'étais là :

— Ah, monsieur, ce n'est pas trop tôt ! C'est honteux, ce qui se passe !... Je vous en prie, asseyez-vous... Va-t'en, moumoute ! Laisse ta chaise au monsieur !... Mais ils réclament de l'argent à tout le monde ! Ils m'en ont demandé. Vous pensez si je les ai reçus ! Je leur ai dit : "Pour des Français, c'est ignoble votre conduite !" Seulement, il y a des femmes qui se laissent dominer, et celles-là !... Avec nous, les Françaises, ils n'osent pas, parce qu'on sait leur parler, mais les Roumaines sont terrorisées, monsieur ! J'en connais une à qui ils ont cassé des dents !... Bien sûr, vous me direz qu'il n'y a que quelques voyous, et que tous les autres sont parfaitement corrects. Je le sais bien, mais vous pensez, l'effet que ça peut faire !...

Elle parlait avec de grands gestes indignés, assise sur son séant. La cigarette qu'elle avait lâchée fumait, près d'elle dans une soucoupe. Stefanesco écoutait avec attention, le gendarme-greffier approuvait, jugeant qu'elle s'exprimait bien, le grand Roumain, qui ne comprenait pas, regardait les photos aux murs.

— Vous n'en soupçonnez aucun d'avoir assailli le Palais de Glace ?

— Je ne vais jamais au Palais de Glace, monsieur. Quand je suis arrivée à Bucarest en 1912, c'était comme institutrice. Je venais d'avoir mon brevet supérieur...

Stefanesco abattit brusquement les trois photos sur son lit. Une resta cachée par un pli du drap :

— Les connaissez-vous ? demanda-t-il.

Offusquée, elle lui jeta un coup d'œil noir, mais prit les cartes :

— Non, je ne connais pas...

C'étaient les photos de Grenais et de Beuillard.

Le policier tira le drap, et la troisième carte apparut. Mlle Georgette la prit :

— Ah, celui-là !...

— Vous le connaissez ?

— Je pense bien. La petite brute !

Elle considérait, avec une rancune qui lui tirait le coin des lèvres, le sourire impudent de Forgeol qui avait crâné devant l'objectif.

— Ah oui, je le connais, et je ne suis pas la seule. Vous pouvez demander à Foïtza Petresco et à Nica Lahovan ce qu'elles ont enduré avec lui ! Un soir, chez Capsa, il voulait que je l'emmène... J'ai refusé. Il m'a dit : "Si c'est de l'argent que tu veux, j'en ai..."

— Vous dites Nica Lahovan ?...

Stefanesco écrivait.

— Oui... Il m'a montré un billet de mille lei. Je lui ai répondu : "Vous m'en donneriez dix fois autant, je ne veux pas avoir affaire à vous !" Alors, ce qu'il a pu me dire ! Je ne voudrais pas le répéter... Et tout bas, en riant, comme il rit là-dessus ! Je lui ai dit : "Vous êtes un lâche, d'insulter une femme !" Alors, sous la table, il m'a pincé la cuisse, mais pincé en tordant ! Je ne peux pas vous le montrer, mais j'en ai encore la marque, et il y a trois semaines de ça ! J'ai crié. Il a fait l'étonné : "Vous vous êtes fait mal ?" Le sale sournois !... Je n'ai pas voulu faire d'histoires, parce que c'est un café bien tenu. Pourtant, je lui ai dit tout bas : "Je te retrouverai ! — Pas ce soir, qu'il m'a répondu : je suis attendu. Une autre fois..." Il est parti. Je ne l'ai plus revu.

— Cela se passait quand ?

Stefanesco, le crayon levé, attendait.

— Je sais que c'était un dimanche soir...

Le policier tourna les pages de son agenda :

— Vous disiez trois semaines ? Ce serait le dimanche 21 ?

— Attendez... Ce n'était pas le 14, j'étais à Giurgiu avec un ami... Ce n'était pas non plus le 28 : j'étais indisposée, je ne suis pas sortie. Oui, ça ne pouvait être que le 21.

Trois jours après l'assaut !...

— Depuis, vous ne l'avez pas revu ?

— Non.

— Vous n'en avez pas entendu parler ? Vous ne savez pas quelles femmes il a fréquentées ?

— Mais si ! Je me rappelle bien qu'Irina m'a dit qu'elle l'avait vu avec Ileana Sartul qui dansait au Corso. Ileana, je l'ai vue avant-hier, chez Maxim's, mais elle était avec un officier, un petit à figure rouge.

— Je vous remercie...

Elle s'écria :

— Je donnerais cher pour que ce soit lui !

Elle criait cela, dans ce lit, toute gonflée d'une rage froide, son gros visage tendu par le souvenir des anciens affronts. Sûrement, Forgeol, avec des mots de France, l'avait remise à son rang de France, elle, la Française qui faisait prime chez les Roumains. Sans aucun doute, elle les appelait "mon cher", leur racontait Paris et son éducation distinguée ! N'admiraient-ils pas, de confiance, tout ce qui venait de chez nous, même ça !... Elle avait, pendant des années, bluffé sans discrétion. Et Forgeol était venu, armé des noms ignobles qu'on leur jette, et il les lui avait décochés, en souriant...

— Je m'excuse de vous avoir dérangée.

Elle remua, minaudant et fondant en sourires :

— Mais, par exemple, monsieur ! C'est moi qui suis confuse de vous avoir reçu dans ce désordre et dans une tenue, vraiment...

Penchée, afin d'ouvrir son décolleté, son regard

pudibond et égrillard conviait le mien à la découverte de sa spacieuse poitrine. Je ne l'aurais pas crue si commerçante...

Cinq minutes plus tard, nous débouchions en plein boulevard Carol, dans la grande foule du matin, employés se hâtant vers leur bureau, femmes courant au marché, officiers roumains et français descendant au quartier. Je m'arrêtai net :

— Vous avez l'adresse de cette Ileana ?

Stefanesco frappa sur la poche de sa capote :

— Oui.

— C'est loin ?

— Du côté de Cotroceni.

Toute la ville à traverser !

J'arrêtai la calèche d'un scoptzy. Ça me coûterait cinquante lei, mais ça supprimait pratiquement mon escorte ! A neuf heures et demie, la voiture nous arrêtait devant la maison meublée, où, d'après le carnet d'adresses de Stefanesco, logeait la danseuse Ileana Sartul.

Là encore, j'entrai le premier dans un long vestibule. La jeune femme qui m'ouvrait recula, en nous voyant, vers une porte fermée, puis elle cria : Stefanesco, sans un mot, venait de lui sauter aux épaules ; il la poussait, chancelante, à reculons, l'assenait au mur, l'y maintenait comme clouée, à bras tendus.

Une porte, au fond du large couloir, s'ouvrit toute grande :

— Tiens !...

C'était Conan, en pyjama, et qui regardait, les bras croisés.

Si absurde que cela paraisse, je ne fus qu'à demi surpris de m'y heurter de nouveau. Je finissais par trouver presque naturel de le rencontrer à tous les tournants de cette affaire où nous luttions l'un contre l'autre. C'était peut-être qu'au fond de moi-même, je le redoutais partout... Peut-être aussi, Mlle Georgette m'avait-elle, sans que je m'en sois douté, préparé à cette entrevue : "un officier petit, à figure rouge"... Pieds nus sur le parquet, il semblait plus petit encore, et dans ce pyjama clair, plus rouge que jamais !

— Entrez donc par ici pour vous expliquer. Vous serez mieux !

Ce ne fut que dans la chambre qu'il sembla me reconnaître pour m'ordonner :

— Fais-les foutre le camp et reste. On va régler ça !

— ...

— Je t'ai dit de les faire foutre le camp, ou je les vide !... Et puis, toi, lâche la gosse !

Stefanesco le toisa de son regard noir en resserrant sa prise sur l'épaule nue d'où le peignoir avait glissé. Alors, Conan, ramassé, bondit, tête en avant, une terrible tête dure qui frappa la première. Je n'éprouvai, pendant une seconde, qu'une stupeur qui me paralysait devant la rapidité de ce corps d'ordinaire si lent ! Poings, pieds, tête redoublaient leurs coups avec une vitesse furieuse et précise ; les avant-bras tournaient comme des bielles, les jambes avaient pris un battement de pistons. Il donnait vraiment l'idée d'une effrayante machine d'assaut...

Je lui saisis le poignet au vol, il se dégagea d'une torsion, et son coup d'épaule m'envoya dans le mur. Mais Stefanesco, acculé dans un angle et qui encaissait bravement, profita de la diversion pour crier un ordre, et Conan l'abandonna pour bondir à l'autre bout de la chambre, à la poursuite du grand Roumain qui emportait Ileana hurlante. Il contournait le lit quand il trébucha et s'abattit : Stefanesco venait de lui lancer une chaise dans les jambes. Il se releva aussitôt, mais la porte où il se rua ne s'ouvrit pas ; l'autre, du dehors, la bloquait de sa masse. Puis l'on entendit tourner une clef. Conan, du regard, mesura l'épaisseur de l'obstacle et ramena tranquillement autour de ses hanches les débris de son pantalon de zéphyr rose. Un instant, il redressa la tête : dans la rue éclatait un coup de sifflet strident, le policier qui arrêtait une voiture pour y jeter sa prisonnière. Conan revint vers nous :

— Vous êtes trois beaux salauds, et l'autre, en bas, ça fait quatre !... Toi, le bel officier, compliments ! Tu fais un métier choisi ! Dire que quand on te voit quelque part, à présent, faut toujours se demander quelle saleté est en l'air !

Mon greffier, un gendarme respectueux, et disert, tenta d'expliquer :

— C'était un simple renseignement, mon lieutenant, que ces messieurs, l'inspecteur Stefanesco...

— Vous, le cogne, bouclez-la !... Toi, là-bas, Chosensco, tu peux te vanter de m'avoir possédé, et d'être le premier !...

Il regardait, avec un commencement d'estime, le Roumain qui essuyait du sang sur sa joue.

— Ta chaise, c'était envoyé ! Je retiens le coup !

Puis il conclut d'un ton subitement las :

— Tout ça n'empêche pas que vous me dégoûtez tous !... Et maintenant, videz pour me laisser mettre mon grimpant.

Stefanesco, penché à la fenêtre, appelait déjà pour qu'on vînt nous déverrouiller. Conan qui ne le quittait pas des yeux réfléchissait tout haut :

— Les mouches, si ça ne venait pas immédiatement après l'étron, ça serait parfois un métier à culot !...

A moi, il me promit, quand je passai la porte :

— On en recausera demain, de cette petite affaire !...

Il se trompait : le lendemain, il partait en escorte de convoi jusqu'à Pitesci, où je n'eus aucun mal à le faire envoyer. Je m'en débarrassais ainsi pour une bonne quinzaine, car je n'en voulais à aucun prix à l'audience !

"Soldat Grenais Edouard, du 268e R. I.

"Grenadier d'une magnifique bravoure, toujours volontaire pour les plus dangereuses missions. Lors du coup de main du 23 septembre, a fait, à lui seul, quatre prisonniers, dont un lieutenant bulgare, et les a ramenés dans nos lignes. Déjà titulaire de trois citations."

"Soldat Beuillard Henri, du 34e R. I.

"Passé sur sa demande au groupe franc, y a toujours fait preuve d'une intrépidité et d'un sang-froid au-dessus de tout éloge. Au cours de l'attaque du 12 février, a donné l'exemple d'une admirable ténacité. Alors que sa compagnie débordée aux ailes se repliait par ordre, a répondu à son adjudant : "Je n'en ai pas encore tué mon compte, je reste !"

Le lieutenant qui défend mes brigands lit bien ! Il sait détacher le mot décoratif, et comme dit Conan, pousser la moulure. Il a déjà lu que le soldat Moreau, le quatrième assaillant que nous ont livré les aveux d'Ileana Sartul, blessé à la main droite, a réussi à abattre deux Allemands de la main gauche ; que Dufour s'est évadé de l'hôpital, avec 40° de fièvre, pour ne pas rater un coup de main, que Girard, un as de la liaison, atteint d'une balle qui lui avait brisé une jambe, s'est traîné sur un kilomètre, pour remettre à leur destinataire les ordres dont il était porteur. Des natures ! Des gars d'attaque, d'assaut !

Tout à l'heure, je prononçais un réquisitoire d'homme sensible, où j'évoquais les malheureuses en train d'agoniser à l'hôpital Regina Maria. Maintenant, le défenseur me répond que l'établissement pillé, comme les victimes, ne sont dignes vraiment que d'un minimum d'intérêt ; que le métier de fille, comme celui de tenancier de boîte de nuit, comporte des risques connus. Si les inculpés avaient choisi, pour y faire leur descente, une maison vouée au même commerce, mais de plus basse qualité, tout le monde eût trouvé la chose courante et négligeable !... Quant à l'argent de la caisse, c'était le fruit d'un travail très spécial, et il était permis de n'en point déplorer exagérément la perte !... Conan n'eût point dit autre chose.

Les juges écoutent attentifs. Il est vraiment adroit ce défenseur ! Il s'efforce de ramener l'agression aux proportions banales d'une rixe de quartier réservé. Il parle de pistolets qui n'ont blessé que des glaces, d'une fille piétinée, mais peut-être d'abord par ses danseurs en fuite. Une autre a eu le crâne fracturé : un coup de siphon, d'après le médecin légiste. Mais personne n'a vu donner ce coup !... La caisse a trois marches, la caissière y était assise sur un haut tabouret : n'est-il pas beaucoup plus logique de croire qu'à l'instant où elle a été renversée, sa tête est allée malheureusement s'enfoncer à l'angle du bar ?...

Des officiers, cités comme témoins à décharge, sont venus rendre hommage à la bravoure des accusés : soldats d'élite, ont-ils dit. De fait, ils sont alignés, impassibles, parfaitement corrects ; depuis deux heures que dure l'audience, leur garde-à-vous n'a pas fléchi ! Ils se tiennent aussi bien que les douze hommes en armes, debout, au repos, derrière eux.

Trois ans de prison à chacun... Avec les remises de peine, ils ne feront pas dix mois de rab !... Ce n'est pas cher ! Pourtant, lorsque Conan est rentré de Pitesci et qu'il a appris la sentence, il a craché sur le parquet ciré du mess :

— Trois ans pour avoir vidé une caisse à maquereaux !... Ces gars-là, tu leur as crié depuis 14 : "Bien tué ! Bien assommé ! Continue, tu m'intéresses !..." Et puis, quand tu n'en as plus besoin pour te cacher derrière, que tu ne trembles plus du maigre des fesses dans ta belle culotte de cheval : "A la chiourme !... Mais ne vous en faites pas, si on remet ça demain on vous réhabilitera tout de suite pour vous repousser devant !"

Son coup de poing fit sonner vingt couverts :

— La v'là leur paix ! C'est quand les lopettes et les mufles ont le droit de piétiner de vrais hommes pour se venger dessus de leurs quatre ans de coliques. Une belle dégueulasserie !

VIII

J'étais allé, ce matin-là, au jardin du Cismigiu. Sur le lac, un disque de glace d'une seule coulée, un orchestre émiettait des valses dans le vent. Les patineurs étaient nombreux, femmes enveloppées de fourrures, dont on ne voyait que les yeux noirs, officiers roumains à shakos pâles. L'éclat de la neige voisine verdissait bien un peu les manteaux et jaunissait les uniformes, mais on l'oubliait à cause de l'aisance élégante, de la rapidité facile, miraculeuse de cette foule qui roulait comme une poignée de billes dans une assiette. Le tournoiement des croisés et des huit, les brusques voltes, le bruit égal et rond attiraient comme un vertige. On remarquait une femme, l'irréprochable ligne d'un corps penché, un délicat visage : on tentait de la suivre des yeux, mais elle se perdait dans le tourbillon sombre, dans cette cohue agile comme un bal de moucherons.

Nous regardions de loin, nous autres Français. Pas un de nous ne savait patiner, et notre prestige en souffrait ! Aussi, penauds, envieux, nous évitions de trop séjourner autour du lac, de laisser paraître notre curiosité, notre dépit. Nous avions presque l'impression d'être frustrés, car on nous avait tant habitués à l'admiration que nous étions tentés de l'exiger en toute circonstance. Or le rôle de spectateur n'est point admirable, et il nous pesait !...

Ceux qui disent que le Français aime à dénigrer son pays ne l'ont certainement jamais rencontré à l'étranger ! Là, il devient insupportable à force de chauvinisme ! Beaucoup d'entre nous, qui n'étaient pas des sots, ont fait alors, à Bucarest, figure d'imbéciles, pour l'inégalable candeur avec laquelle ils vantaient leur patrie, et le dédain poli qu'ils manifestaient à l'égard des supériorités locales. Cela parvenait même à nous rendre, en corps, parfaitement ridicules. Pourquoi, par exemple, le dimanche, nos deux musiques se croyaient-elles tenues de jouer devant le Cercle Militaire ? Nos quelques pistons et trombones, échappés aux ravins des Balkans, y élaboraient la *Mascotte* devant une assistance sympathique d'abord, puis étonnée, puis moqueuse. Car c'était d'une misère indécente les explosions de cette vingtaine de gars ! Nous, nous écoutions ça pieusement, presque avec défi : musique française ! Les Roumaines profitaient de ce qu'on ne voyait pas leur bouche enfouie dans les fourrures pour rire éperdument, et nos petites amies avaient beau nous avertir avec gentillesse qu'après les musiques allemandes, les nôtres paraissaient un peu... sommaires, pas un de nous n'en convenait.

Ici, en tout cas, nous n'existions pas ! Un de nos riz-pain-sel était bien descendu sur la glace, mais il ne savait qu'aller droit devant lui, et pour n'être pas gêné, il opérait seul, dans une sorte de ruisseau. Il se retournait en s'aidant d'un arbre !... Les Français de tous grades le regardaient du bord, férocement.

Je découvris Conan accoudé à une barrière, la tête sur les poings, et lui montrant notre champion titubant :

— Tu viens ? On va le prier de sortir !

Il haussa les épaules :

— Laisse-le, puisqu'il s'amuse...

Cette indulgence m'inquiéta. Je le regardai : je ne lui connaissais pas cette figure morne, ces yeux immobiles.

— Ça ne va pas ? Un coup de cafard ?

— Ça va très bien !... Une qui est bien roulée, tiens là-bas...

Mais le ton n'y était pas. Au bout d'un instant, il annonça avec une indifférence exagérée :

— On commence à en parler dur de la libération, hein ? Ce matin, au bataillon, on a rempli nos fiches...

Puis, tout à coup, cessant de feindre :

— Qu'est-ce qu'on va en faire, dis donc, des types

qui ne sont bons qu'à se battre, et qui s'en sont aperçus ? Y en a, tu sais !... Pas beaucoup, mais y en a...

Il me livrait une angoisse, je ne lui rendis qu'un mot, un de ces mots commodes qu'on a toujours sur soi : s'adapter.

Il le médita, puis me montra un chien qui passait :

— Oui ?... Demande donc au kleps, là, de s'adapter à la salade ? On l'a entraîné à la chasse et la chasse est fermée. On le fouaillera jusqu'au sang s'il plume une poule... Alors, faudrait qu'il dépose son instinct comme une crotte ? Enfin...

Il tourna le dos au lac, fit quelques pas dans une allée étroite où la neige n'était que peu piétinée. Je le suivis, il s'arrêta quand je l'eus rejoint :

— Suppose qu'il y en ait d'assez francs pour s'avouer, je ne dis pas qu'ils la regrettent, mais qu'ils n'ont vécu que là... Faudra qu'ils s'en cachent comme d'un chancre. Et pourtant ils n'ont pas demandé à y aller !... Et puis, toute leur provision de culot, ils n'en auront plus le placement. Ça les étouffera. Ils crèveront de congestion...

Il reprit sa marche en frappant les arbres de sa canne : des pans de neige nous tombaient dans le cou :

— En bourrant ton Roumain, avoua-t-il, j'ai pensé à la police. Seulement, ça me dégoûte trop !...

— A propos de police, dis-je...

Et pour le distraire, je lui contai ma dernière affaire : un sergent, une Roumaine, son mari. Le sergent avait eu peur et avait abattu le mari... Il refusa de s'y intéresser :

— Qu'est-ce que tu veux que ça me foute, ton rempilé ?... Enfin, pendant que tu fais ça, tu ne fais pas autre chose ! Venge la morale, va, protège la vertu des femmes, ça vaudra mieux que d'assommer Grenais et Beuillard, de faire esquinter par tes flics roumains la pauvre petite garce qui les a donnés...

Pour ne point accuser le coup, j'achevai mon récit :

— Comme il avait été menacé et que le mari a une sale presse, il s'en est tiré avec deux ans.

— Ben, dit-il simplement, ça met le cornard d'ici à pas cher le kilo !...

Je ne le revis plus de trois longues semaines. Un à un, les régiments quittaient Bucarest, s'embarquaient, une fois encore, pour une destination inconnue. L'Etat-Major partit le dernier.

J'avais rempli un fourgon timbré J. M. de mes liasses de paperasses jaunes. Je me souviens d'un jour entier d'attente dans une gare de triage, au-dessous d'un grand pont de fer, où des femmes penchées faisaient des signes à mes camarades qui gardaient obstinément la tête levée. Des manquants étaient signalés dans toutes les compagnies. On me les ramènera un par un, quand on les aura découverts sous les portemanteaux de leurs maîtresses...

Un chemin de fer... Des journées de convoi, d'une lenteur ! Cinq jours pour 600 kilomètres, enfin le sixième jour, dans une plaine plantée de choux verts, deux coupoles d'or s'étaient levées à l'horizon : Saint-Alexandre Newsky, Sofia.

Nous étions sans doute des vainqueurs trop râpés pour qu'on nous exhibât dans une capitale de vaincus. On nous avait donc cachés à Gorna Bania, à dix kilomètres de Sofia. "Gorna Bania", paraît-il, veut dire "bains chauds". J'ai vu ce qu'on appelle pompeusement "les thermes" dans ce hameau à villas et c'est à peu près ignoble ! Tous les plus gros Bulgares viennent perdre, dans une piscine carrée, nus absolument, un peu de leur graisse jaune. La piscine est à 35°, mais la source qui jaillit dans une petite fosse est plus chaude de dix bons degrés. Alors, les plus durs de peau s'entassent là-dedans, serrés, et cuisent dans ce court-bouillon. Ils en sortent pourpres, crachant de la sueur, flapis, jambes en losange, et un garçon crasseux les soutient, les étrille devant les autres, sur l'étroit quai de pierre. Pas un n'a honte de sa graisse suante, de sa laideur ! Ils les étalent cyniquement, bestialement, et après qu'ils ont cuvé leur sulfure, allongés sur de petits lits de caserne où ils soufflent sans mot dire, ils repartent, par le petit tramway, vers ce Sofia qui nous est encore consigné. Les thermes sont la seule attraction du pays !

J'hésitais à en tâter, et j'arpentais un matin, sans me décider à y descendre, les bords carrés de l'eau fumante, quand j'en vis sortir Conan, un Conan velu, zébré de cicatrices en peau plissée — ses cinq brisques de blessures — et qui m'accueillit avec toute sa belle humeur retrouvée :

— Tu ne fais qu'arriver ? Nous, il y a déjà huit jours qu'on rigole ! Vus de près, mon vieux, les Buls sont marrants !...

Je ne savais trop comment interpréter cette appréciation, et je me demandais encore : "Qu'est-ce qu'il a déjà bien pu faire ici ?" quand il revint, habillé, le béret sur l'oreille, un ruban neuf à sa Légion d'honneur. Tout de suite, il me conta ses premiers souvenirs bulgares : des filles, du raki, rien de grave... Puis il me demanda en riant :

— Tu ne me trouves pas changé ?

— Quoi ? Tu as maigri depuis que tu prends les eaux ?...

— Mais non, ballot ! J'ai engraissé !... J'ai engraissé de ça !...

Il me tendit le bras : j'y vis un troisième galon d'argent.

— Mon capitaine !

— Ne débloque pas et amène-toi. Amène-toi surtout ce soir : je t'ai attendu pour fêter ça... Oui, ils me l'ont tout de même donnée, ma ficelle... Deux mois peut-être avant de me fendre l'oreille, mais ça s'arrose tout de même !

Cela s'arrosa le soir, dans la salle d'école que ses mitrailleurs, avec amour, avaient décorée de guirlandes et de petits drapeaux de papier. Ils y avaient même traîné un piano. Conan présida la réunion avec dignité, si bien que de Scève, un peu narquois, me fit remarquer son excellente tenue :

— Le voilà, le moyen rêvé pour qu'il se tienne peinard jusqu'à sa démobilisation ! A sa Légion d'honneur, ça lui a fait le même coup : une crise de majesté qui lui a bien duré trois semaines !...

Il prit son temps, puis ajouta :

— Ça valait plus !... Il est souvent empoisonnant, mais si le mot héros a un sens !...

Des groupes s'étaient formés dans la salle : le plus bruyant entourait le nouveau capitaine. Un camarade tapait sur le piano, des chansons commençaient... De Scève ouvrit une fenêtre, car la fumée de trente cigares nous embrumait. Assis sur le rebord, il me demanda :

— Vous ne l'avez pas connu au front, vous ?

— Non.

— Alors, puisque vous n'avez pas vu son corps franc, vous ne saurez jamais ce qu'est une véritable troupe d'hommes de guerre : c'était à la fois magnifique et effrayant !...

— Combien étaient-ils ?

— Cinquante. Il les avait choisis parmi tout ce qu'il y avait de gouapes à la division. D'ailleurs, vous avez fait la connaissance de quelques-uns... Ce joli monde cantonnait dans un village de l'arrière et il les soumettait à un entraînement terrible sans que jamais un seul ait tiqué. Et des trouvailles !... Toute la division a défilé devant son fameux réseau à sonnettes, que ses hommes traversaient sans faire tinter un seul des grelots qu'il avait accrochés à ses fils de fer. C'était prodigieux de les voir là-dedans, prodigieux de douceur, de souplesse !... Lui les regardait se désarticuler, et il constatait :

"Les Buls peuvent toujours accrocher des boîtes

de singe à leurs barbelés, tiens !" Puis il me confiait modestement : "Je l'ai pris dans Victor Hugo, le truc... On nous l'avait lu à l'E. P. S..."

Je riais. De Scève ajouta :

— Il avait d'ailleurs souvent, en mon honneur, des réminiscences classiques aussi imprévues. Un jour je l'ai surpris en séance d'exercices pratiques. C'était féroce et muet : des luttes, des bonds aux gorges, de terribles moulinets de crosses, des balancements de couteaux de chasse qui entraient en vibrant dans les planches des cibles.

"Tout ça, m'expliqua-t-il, c'est épatant, parce que ça ne fait pas de bruit. Seulement, si t'as besoin de prisonniers, t'es refait. Tu les trouves tous esquintés !... Ce qu'il faudrait, c'est le filet des gladiateurs romains que j'ai vu un jour au ciné : avec ça, t'aurais le Bul comme une fleur et vivant !"

"Si vous aviez été dans son secteur, vous l'auriez vu arriver, de sa marche indolente, balancée, avec son air endormi, bonasse, sa bonne tête d'assiette de Quimper, un peu rouge, car, avec ses gars, il s'était mis au pinard plus que de raison... Il serait monté à votre observatoire... Là, il regardait le terrain, sans rien dire, pendant une heure, quelquefois plus long-temps. Eh bien, Norbert, il y avait quelque chose de merveilleux : ses yeux possédaient un instinct infaillible, un instinct de gouttes d'eau, pour découvrir la ligne de plus grande pente, pour suivre, sans jamais dévier, les dépressions presque insensibles, où ni les regards, ni les balles de l'ennemi ne pour-raient le trouver ! Il photographiait tout cela, dans sa tête, patiemment, et il s'en allait en injuriant cordia-lement les hommes qu'il rencontrait. A vous, en vous serrant la main, il vous aurait dit : "Ce soir tu verras du beau boulot."

— Et vous l'avez vu ?

— Oui... Le 10 février, vers neuf heures, je me suis aperçu tout à coup que ma tranchée débordait d'hommes, un débordement soudain, comme celui d'un ruisseau après l'orage, mais je ne les avais pas entendus venir.

"C'était une nuit sans lune, mais avec des étoiles, et en Orient, ça suffit. Je distinguai parfaitement leurs silhouettes dégagées : vareuses, souliers de repos, musettes, pas de fusils. Ils s'étaient tous plaqués contre le parados afin de ne point gêner la circulation, et Conan me les présenta : "Des gars qui ne reniflent pas, qui ne toussent pas, qui ne déchirent jamais leur fond de culotte à un barbelé." Puis il me fit admirer leurs casques dépolis, leurs poignards dans une gaine de drap, leurs grenades OF, enveloppées de papier comme des œufs. Ce fut à moi, évidemment, pas à eux, qu'il fit ses recommandations : "N'aie l'air de rien... Pas plus, pas moins que d'habitude ! Des fusées comme les autres soirs, ça ne me gêne pas ! Si un de tes types tire un coup de fusil de trop, ce sera à moi qu'il en rendra compte." Puis il se retourna vers ses gars, et leur rappela qu'ils étaient des hommes, des vrais, et cela avec la précision énorme que vous lui connaissez. Enfin, il dit : "On y va ?" et d'un seul coup, sans un raté, sans un dérapage sur le parapet glissant, la ligne tout entière sauta. Trois groupes aux trois chicanes et ils avaient disparu dans la nuit... Je savais que Conan n'irait pas par le ravin. Il ne m'avait pas caché que j'avais "salopé" le passage, avec mes patrouilles. Il se proposait d'aborder la montagne par ces rainures, ces replis qu'il avait repérés l'après-midi. Je vous avoue que j'ai hésité à lancer ma première fusée. J'avais tort. Pas un mouvement sur ces croupes nues que la lueur éclairait pourtant maussadement, dans ce paysage de pierre dont le magnésium fouillait tous les recoins. Je vous garantis qu'ils savaient se planquer !

"J'attendis deux heures, deux heures d'affût... Vous savez, on a la vue et l'attention comme dans un tunnel, toutes pointées vers l'issue, vers le point que l'on guette. Il commençait à pleuvoir, une de ces pluies d'hiver grec, soudaine et drue, qui allait crépiter sur ces casques... Au bout de ces deux heures, je pensais qu'il avait échoué, pour une de ces mille raisons qui font manquer un coup de main, quelques chevaux de frise, un guetteur trop éveillé... Le secteur était d'ailleurs d'un calme ! Une mitrailleuse, vers le piton Socrate, qui tirait une bande toutes les cinq minutes, comme chaque nuit. Je regardai l'heure : minuit moins cinq... Peut-être dix secondes après, la crête d'en face s'embrasa, une explosion telle que je crus à une mine : cinquante OF qui venaient de tomber dans la tranchée bulgare et d'y éclater ensemble.

"Si vous n'avez jamais assisté à des combats de nuit, sur ce front-ci, ou dans les Vosges, vous ne pouvez pas réaliser exactement ce que ça peut être, une attaque à minuit, en montagne : c'est volcanique ! Un sommet incandescent, un cône de feu qui tonne, les explosions renvoyées par les échos dans un fracas d'écroulement, un cataclysme tel qu'on ne peut croire que des hommes en soient cause !... Ajoutez-y ce que vous connaissez, les tranchées, à droite, à gauche, qui s'allument en cordon fulminant, les fusées rouges qui se croisent, comme si l'on jonglait avec des torches, le barrage, un barrage mal aligné, d'ailleurs, qui ne devait guère gêner Conan pour revenir. Car il revenait... Son coup de main était achevé, et je m'en apercevais à un détail saisissant : la tranchée qu'il avait attaquée s'était éteinte, et cela faisait un large trou noir dans le secteur bulgare. De chaque côté, les lueurs longues des fusils, les jets de feu des mitrailleuses, les gerbes des grenades qui éclataient le long des parapets, mais là, rien !... Rien que le beau travail de Conan !

"Il sauta, à minuit et demi, tout près de mon P. C. Vous l'avez vu parfois en colère, mais vous ne pouvez pas vous figurer sa fureur cette nuit-là : apoplectique, les yeux hors de la tête, les poings crispés qui tremblaient à la hauteur des joues tout prêts à se détendre dans les visages... Effrayant !... Il répétait :

"Salauds ! salauds ! salauds !" mécaniquement, comme s'il avait haleté. Je crus un instant qu'une solide défense ennemie l'avait rejeté, mais pas du tout ! Un de ses sergents m'expliqua, à voix basse, que le lieutenant n'était pas content parce qu'ils avaient tout tué dans la tranchée, chacun comptant sur les camarades pour rapporter les prisonniers demandés. Conan, vraiment affolé cette fois, avait couru dans le boyau, dégringolé au fond des sapes, sans pouvoir y trouver un vivant ! Il répétait à deux pas de moi : "Salauds ! Ils ont tout bousillé, tout !..." Et me prenant à témoin de sa modération : "Deux ! je ne leur en demandais que deux !"

— Eh ben, vous autres, là-bas, c'est fini votre messe basse ?

Conan, debout près du piano, commençait à nous injurier cordialement pour nous être tenus si long-temps à l'écart de la fête et de Scève conclut à mi-voix :

— Un petit bonhomme terrifiant !...

IX

12 avril.

— Introduisez l'accusé !...

Mon gendarme de greffier ne se défera jamais de ces formules qui fondent pour lui le grand style de la justice ! J'ai dû menacer pour qu'il veuille bien m'appeler "mon lieutenant" au lieu de "Monsieur le Rapporteur". C'est un excellent homme... au sens habituel d'imbécile chevronné. Il calligraphie des bourdes, et y met l'orthographe. J'avoue qu'il me

jette hors des gonds et que je le lui laisse voir, souvent... Alors, c'est le grand jeu : il dit qu'il a trois
enfants, qu'il est homme de devoir, et ne veut pas
descendre au-dessous de sa tâche, qu'il ne peut se
passer ni de ma confiance, ni de mon estime, qu'il
n'acceptera pas d'être une gêne pour la bonne marche du service... Ces proclamations l'émeuvent pro-
fondément : il pleure, après ça, dans tous les dossiers !... Je n'ai plus qu'à lui faire des excuses avec
l'envie de le mordre !

Comme il ne manque pas une occasion de parler
faux, il a donc dit noblement à ses deux camarades
qui attendent à la porte : "Introduisez l'accusé." Du
coup, ils sont entrés en ôtant leur képi. Devant eux,
"l'accusé", Erlane Jean, déserteur à l'ennemi.

Mais c'est un gosse !...

A mon premier regard qui l'a photographié, je sais
que pour moi, cette affaire-là, quelle qu'elle soit, est
close, jugée ; que l'image effrayante de celui qui
entre prévaudra contre tout, contre la raison, le
devoir, le dégoût même, que son visage et son corps
s'imposeront à moi, tyranniquement, pour me faire
justifier ou nier tout ce que j'apprendrai de mon âme
et de sa vie ! Cet aspect-là ne se discute pas ! Ceux
qui l'ont appelé déserteur, soldat même, ne l'ont
donc jamais regardé ? Ou bien alors, jusqu'où sont-
ils tombés pour poster de force, à vingt mètres
d'hommes décidés à les tuer, des enfants, aussi visiblement enfants que celui-là !...

Ses poignets surtout m'hypnotisent, des poignets
bleus, plats et si minces ! Ils sortent, dérisoires,
d'une vareuse trop courte. Je lève les yeux : un visage
de garçonnet, diaphane, exténué, comme Reynolds
en a peint ; la noirceur dilatée du regard y élargit une
frayeur atroce. Et il est blond, non pas de cette blon-
deur adulte qui semble tordre des fils de métal, mais
ses cheveux trop fins ont cette nuance fragile des
mèches que l'on coupe dans le premier âge comme
souvenir, en prévoyant : "Il foncera."

Je baisse la tête sur son dossier : il ne contient encore que l'avis laconique des autorités bulgares qui, dociles à une clause de l'armistice, trop heureuses aussi de nous humilier, en promenant depuis Roustchouk un Français entre leurs gendarmes, nous l'ont livré, dès qu'il a pu marcher ! Il a passé six mois dans leurs hôpitaux...

— Vos nom, prénoms ?

— Erlane Jean-René.

— Votre âge ?

— Dix-neuf ans.

— Le commandant bulgare de Roustchouk vous a arrêté et vous dénonce comme déserteur.

— Je n'ai pas déserté, mon lieutenant. Je me suis perdu en faisant la liaison...

Il ment. De toute évidence, il ment ! Ses yeux, sa voix le trahissent ! Je n'ai rien encore pour le lui prouver, ni plainte de son chef de corps, ni plan directeur, où, en trois coups de crayon, je lui aurais biffé sa défense. Mais je savais d'avance que je n'en ai pas besoin : il suffirait de le regarder, de lui faire peur davantage encore, de dire : "Taisez-vous, ce n'est pas vrai !" pour qu'il s'affole tout à fait, qu'il abandonne cette croulante excuse et qu'il crie : "Je ne l'ai pas fait exprès. Ne me faites pas de mal !"

— Puisque vous n'avez pas déserté, pourquoi n'avez-vous pas cherché à rejoindre au moment de l'armistice ? Pourquoi êtes-vous resté caché en Bulgarie ?

— J'étais malade, mon lieutenant, et puis, je me doutais qu'on me croyait déserteur, alors...

— Comment cela pouvait-il vous arrêter, si vous ne l'étiez pas, si vous pouviez le prouver ?...

Il se tait, il avoue en se taisant. Heureusement mon greffier, que je vois la plume en l'air, ne sait pas transcrire les silences. Mais je sens maintenant qu'à la moindre question imprudente, le prisonnier se videra d'aveux et que la plume de mon gros gendarme repartira à fond... Ça, je ne le veux pas ! Je vais le renvoyer. J'en ai le droit strict, car il ne s'agit, aujourd'hui, que d'un interrogatoire d'identité... Et puis, son effarante jeunesse m'a démonté ! J'ai besoin de réfléchir, de comprendre... Un renseignement, encore, pour savoir de quel côté viendront les coups, par qui sera établie demain la plainte réglementaire :

— Quand vous avez... quitté votre corps, vous apparteniez à la 6e compagnie du 88e. Qui la commandait ?

— Le lieutenant de Scève, mon lieutenant.

— Bien.

Et je fais signe qu'on le remmène.

De dos, un dos grêle subitement cassé par une quinte de toux brisante, toux de coqueluche où les reprises sifflent, de dos, il est encore plus terrifiant de faiblesse ! Son cou maigre hors de l'évasement ridicule de sa vareuse, la minceur longue du corps sous les plis bleus !... Et cependant, il ne me paraît point taré, rachitique : simplement un adolescent trop grand et trop mince... Le major qui l'a déclaré bon pour le service l'a pu faire sans forfaiture ; mais s'il a dix-neuf ans sur sa plaque d'identité, il n'en a que quinze au visage... Et à l'âme, combien ?... C'est toute l'affaire !

De Scève, son commandant de compagnie ?... Là, au moins, il a de la veine ! Il pouvait tomber sur un militaire !... De Scève, heureusement, arrive après-demain de Bucarest.

14 avril.

Je ne m'étais pas trompé sur Erlane. Je ne pouvais pas me tromper ! J'ai, tout à l'heure, découvert la question qu'il fallait pour détendre son esprit, son visage crispés, pour le jeter tout entier dans une crise de confiance :

— Avant votre service militaire, vous n'aviez jamais quitté votre famille ?...

Car, c'est là, pour moi, ce qui explique tout ! On l'a, de toute évidence, pris dans la couveuse pour l'envoyer au front. A moins d'être une brute, on ne peut le regarder sans songer à sa mère !

De se sentir compris, deviné, ça l'a d'abord laissé stupéfait, bouche ouverte. Puis, en hâte, oubliant tout, le gendarme, le dossier ouvert sous mes poings, il a parlé, parlé fiévreusement, par saccades, avec des arrêts, des reculs, de brusques réticences exigées par la pudeur, par la honte, et sa vie que j'écoute, que je recompose est bien, à peu près, celle que j'attendais.

Une mère veuve, riche, une grand-mère, deux sœurs autour d'un enfant trop sage qui ramasse les poupées abandonnées par les filles... Très difficile à élever : gastro-entérite et broncho-pneumonie. Aussi, des saisons à la mer, en montagne, des médecins. On s'affole pour un rhume. Il saigne du nez tous les jours, et chaque goutte de sang qui fuit de ce corps pauvre est une torture pour sa mère.

Dix ans : M. l'abbé, un jeune prêtre comme précepteur... Piété exquise, savourée pendant toute l'adolescence, piano, aquarelle, visites à de vieilles dames, tennis avec les jeunes filles qui méprisent ses poignets trop fragiles, le rudoient pour ses gentillesses câlines.

La guerre... Il a seize ans : enthousiasmes, fleurs aux blessés, vers patriotiques envoyés aux "Annales", services solennels, où l'on chante, au grand orgue, "Ceux qui, pieusement, sont morts pour la Patrie", communions hebdomadaires pour la victoire... Il a dix-sept ans : il est "volontaire", volontaire chez Mme de X... et ces demoiselles de la Croix-Rouge, à la cantine de la gare. C'est lui qui centralise les dons de cigarettes et de tabac, qui va les distribuer par les portières des trains sanitaires...

Dix-huit ans : sa classe est appelée !... Alors, commencent des démarches candidement éhontées pour le faire réformer. Les médecins, les colonels de recrutement, l'évêque, les officiers de la famille qui se battent sont sollicités. Sa mère donnerait toute sa fortune, sa vie pour qu'il soit exempté ! Elle se révolte, pendant des semaines, contre la pensée monstrueuse que le "petit Jean" pourrait, non point faire la guerre, on n'y pense pas, mais quitter la maison, être mélangé à des garçons brutaux ! La chambrée, les gros souliers militaires, la gamelle, le sac, les marches lui apparaissent comme des tortures sans nom... Elle n'a pas même la prudence de se taire, et son indignation passionnée soulève la réprobation de sa famille, lui vaut de la part des vieilles demoiselles patriotes de sévères rappels à l'héroïsme. Les médecins s'en délivrent avec des certificats dérisoires : "Faiblesse de constitution", "Tachycardie", "S'enrhume avec beaucoup de facilité". Un jour elle le conduit jusqu'à la porte de la mairie ; elle fait sourire les gars en casquette. On le jette nu, dans un atroce relent de sueur, aux gendarmes qui le toisent, aux médecins qui le palpent, et le major déclare : "Rien au cœur, rien au poumon. Bon pour le service armé", et il ajoute en frappant la poitrine étroite : "Ça vous fera du bien. Ça vous développera, le grand air, l'exercice !"

Et le voilà précipité au milieu des hommes qui le méprisent tout de suite pour sa maladresse, sa politesse. Je ne leur donne point tort : il ne peut être qu'odieux aux hommes, ou en attirer quelques-uns... On le brime : il achète des protections avec de l'argent. Sa mère s'exténue de démarches pour l'embusquer, elle écrase tous les gradés de cadeaux. Elle le suit de dépôt en dépôt, loue une chambre en face du quartier, et de cinq à neuf, le plaint, le console, le dorlote jusqu'au jour où il va faire partie d'un renfort pour le front, et c'est là qu'afin de gagner au moins le temps du voyage, elle réussit à le faire désigner pour l'armée d'Orient, pour cette Salonique où la guerre est, dit-on, moins dure. Il arrive sur le Vardar, secteur de Burmuchli. Je connais le coin !

Je ne crois pas qu'il existe au monde plus sinistre lieu que ce morceau de Macédoine. Partout des crêtes en scie, des montagnes coupantes, des haillons de pierre déchirée, un long amphithéâtre de rocs gris fer. Tout y est cassé, éclaté, craquelé, brûlé !

Sa mère est à 2 680 kilomètres de lui — il a eu la puérilité de faire le calcul ! Ces quatre chiffres mesurent son abandon ! Car personne ne l'accepte : ses camarades qu'il irrite le rudoient ; ils l'appellent "la gonzesse" et lui disent des saletés. Ses chefs ne cachent pas leur dédain du piètre soldat qu'il fait. Ne l'ont-ils pas vu décomposé de peur sous les bombardements ?... Un soleil effrayant pleut sur les rocs : la tête bout sous le casque. Il souhaite passionnément mourir. L'aumônier, dont il servait tous les matins la messe, et qui était le seul à qui il pût se confier, le seul qui lui donnât le courage de durer, l'aumônier, paludéen, est évacué.

Et un soir, c'est une patrouille à Slop, une patrouille commandée par de Scève qu'il admire, de Scève qui est de son monde et qui connaît sa mère, mais ne lui en a jamais parlé, car il ne lui parle que pour le service. Il descend donc à Slop, la nuit, le long du taillis, sous les mûriers. Les Bulgares y viennent le matin... Tandis que les autres explorent une fois de plus les maisons d'où ils arrachent encore quelque pauvre butin, il entre, lui, dans l'église bombardée.

Il y trouve, parmi les ruines du toit, les saints arrachés de l'iconostase, les chasubles d'or déchiquetées. Le sol est jonché de vitraux en miettes, de pages arrachées aux missels. La cloche gît en morceaux : elle a crevé largement la voûte en tombant. Il s'attarde à fouiller tout cela de sa lampe électrique...

Il m'avoue qu'il a été tenté de laisser repartir la patrouille, de rester dans l'église fracassée à prier, à

pleurer dans les ruines. Il était tellement las, tellement à bout qu'il espérait, de tout son cœur, mourir
là, comme on meurt dans la "Légende dorée" quand
on le désire beaucoup et qu'on a mérité sa mort.
Mais de Scève, au départ, est entré dans l'église et l'a
rappelé, rudement... Le lendemain, Erlane "s'éga-
rait" en portant un pli à l'aspirant de la compagnie
de mitrailleuses.

Car, brusquement, comme réveillé, il vient de
renouer ce pitoyable mensonge à sa longue sincérité ! Se doute-t-il que ses confidences n'ont fait que
me prouver à quel point sa désertion était inévitable ?... Il faudrait pourtant l'avertir de ne point
recommencer cette démonstration...

Je déclare donc d'un air indifférent :

— Ce que vous venez de me dire n'intéresse pas
directement l'affaire et ne figurera pas au dossier. Je
vous déconseille même de le répéter devant le
Conseil de guerre. Vous indisposeriez sûrement vos
juges.

Il ébauche vers moi un geste court des deux
mains :

— Merci de vos conseils, mon lieutenant, merci
beaucoup... Je voulais aussi vous demander, mon
lieutenant, si j'avais bien fait d'écrire à mon cousin
qui est procureur à Lyon, et puis, j'ai dit à ma mère
d'aller trouver...

Qu'il est maladroit !... Il me désarme, mais il doit
en exaspérer d'autres !...

— Je ne suis pas votre avocat, au contraire... C'est
à vous de juger quelles démarches vous devez tenter.

— Mais, croyez-vous, mon lieutenant, que je
puisse espérer...

Je lui ai déjà montré deux fois la porte. Il ne s'en va
pas : il veut un espoir pour les longues heures de
prison, il le mendie avec un regard d'une anxiété
telle, que je trahis :

— Tâchez de prouver que vous vous êtes égaré
involontairement...

Comprend-il que je lui donne là un mot d'ordre ?...

15 avril.

De Scève est arrivé hier soir de Bucarest.

Je l'ai trouvé au mess, assiégé, comme hier le vaguemestre aux tranchées. Il distribuait des nouvelles de la grande ville dont tous, ici, gardent la nostalgie. Il avait même, je crois, accepté d'aller saluer, de la part de camarades, deux petites amies inconsolables et une fiancée. Il apportait des lettres écrites par les amies et des gâteaux confectionnés par la fiancée... Je n'ai pu, évidemment, lui parler d'Erlane, mais, dès ce matin, je lui ai téléphoné. Il m'a fait répéter :

— Erlane ? Vous dites bien Erlane ? Il est retrouvé ?

J'ai eu l'impression que sa voix durcissait dans l'appareil...

— Oui. Je l'ai déjà interrogé. Mais je ne veux rien faire sans vous avoir vu. Vous étiez son commandant de compagnie. Si vous aviez un instant...

— Très bien. J'arrive.

Et il a raccroché.

Quand il est entré, brusque, nerveux comme je ne l'avais jamais vu, il m'a serré distraitement la main :

— Alors, on l'a rattrapé, ce petit salaud ?

— Oui.

— Et qu'est-ce qu'il dit ?

— Qu'il s'est perdu dans le secteur en faisant la liaison.

De Scève hausse les épaules :

— C'est tout à fait lui, ça ! L'excuse la plus absurde, la bourde la plus épaisse, vous pouvez être sûr qu'il vous les servira... C'est outrageant, vous ne trouvez pas, un mensonge bête ?

136

— Et c'est forcément un mensonge ?...

De Scève rit, de son petit rire muet :

— Cette fois, je vous préviens que votre conscience sera en repos ! Vous ne trouverez pas le plus petit doute à ramasser !... Les lignes bulgares étaient à plus de trois kilomètres des nôtres et, pour les atteindre, il fallait de la constance ! Il s'est égaré !... Quand vous aurez le plan sous les yeux, vous m'en direz des nouvelles !

— Et s'il a vraiment déserté, comment l'expliquez-vous ?

Il me regarde, étonné :

— Comment ? Mais vous ne l'avez donc pas vu ?... Vous ne lui avez pas parlé ?... Comment je l'explique, sa désertion ? Mais parce que c'est le type le plus lâche, le plus veule qu'on puisse imaginer ! Je l'explique par son oreiller de caoutchouc, un oreiller qu'il gonflait tous les soirs et que ni les blagues des hommes ni moi-même n'avons jamais pu lui faire lâcher. "Je ne pourrais pas dormir sans lui, mon lieutenant." Il me répondait ça, avec sa tête penchée, son sourire de jeune chrétien aux lions... Mais, mon pauvre vieux, il désertait cent fois par jour ! Il s'arrangeait toujours pour laisser son travail aux autres !... D'ailleurs, il s'y prenait de telle sorte, que ça leur faisait mal de le voir, et ils préféraient encore faire sa besogne ! Si vous vouliez être sûr qu'un pli n'arriverait pas, vous n'aviez qu'à le lui confier !... En désespoir de cause, j'avais fini par le coller au balayage et à la fosse aux ordures. Il devait y jeter du chlore : eh bien, il a réussi à tomber dedans !... Et avec ça, lèche-bottes, toujours dans vos jambes : "Est-ce comme ceci, mon lieutenant ? Est-ce mieux qu'hier ?" Uniquement pour vous forcer à vous occuper de lui !... Il m'a fait écrire par sa mère des lettres insensées ! Et : "il n'a pas connu son père, vous lui en servirez" et : "il vous admire tant" et : "le moindre encouragement de votre part le rendrait si heureux !..." Vous sentiez des gens collants et tenaces, des mendigots de privilèges et de faveurs, à qui il ne pouvait entrer dans le crâne que M. Jean Erlane soit traité comme le fils d'un de ses fermiers !... Et quand il tombait un obus à cinq cents mètres !... Lui tombait dans les sapes, il n'y descendait pas : il en était tout de suite remonté d'ailleurs, à grands coups de pied aux fesses... Il n'y a qu'un soir, qu'il m'a épaté : le soir où il n'est pas rentré ! Qu'il ait pu aller seul chez les Buls, tous ceux qui le connaissaient en sont restés bleus ! Il en a regrimpé dans notre estime !... Huit jours plus tard, on a malheureusement su ce que ça nous coûtait, sa promenade !

J'étais atterré : de Scève avait parlé avec une aversion, une rancune qui lui tordaient les lèvres : il haïssait certainement Erlane... et je le comprenais ! Erlane, scandaleusement incapable, ahuri, grotesque, servile comme tous les faibles, stupidement menteur comme tous les enfants, ne pouvait qu'humilier un chef comme de Scève, faire tache dans sa compagnie, l'exaspérer par sa couardise. Je l'admettais ! Mais je savais aussi de Scève capable de regarder au-delà de sa répulsion, de ne pas juger en caporal, et de conclure comme moi, que si Erlane avait été détestable soldat, puis déserteur, la faute en était d'abord à ceux qui avaient écrasé un gamin sous un fardeau qui accablait déjà des hommes. Je le lui dis.

— Nous sommes parfaitement d'accord, répliquat-il. Un gamin, ou mieux, un petit garçon très bien élevé qui ne se salit pas, ne dit jamais de gros mots, aime bien sa maman, et qui, un beau soir, fait casser la tête à trente-sept pauvres gars d'une compagnie, grâce aux renseignements qu'il donne aux types d'en face !...

— Ce n'est pas encore prouvé !

— Je le prouverai dans mon rapport. D'ici là, si vous le voulez, vous en tirerez tous les aveux possibles, et sans mal !

Il cravachait sa botte, nerveusement, les sourcils rejoints. Puis il me fixa brusquement :

— Voulez-vous que moi, je le fasse avouer devant vous ?

Il comprit à mon regard combien je m'étonnais de son acharnement, car il expliqua :

— Ces trente-sept hommes que je l'accuse d'avoir fait tuer, j'en étais le chef responsable. Je puis, je dois donc lui en demander compte le premier. Cela vous permettra d'ailleurs de donner son vrai sens au rapport que je vous enverrai.

Je ne pouvais qu'accepter la confrontation. Mais en envoyant chercher le prisonnier, je savais qu'il était perdu, que de Scève lui arracherait toute la vérité. Et j'étais sourdement heureux que cette besogne se fît sans moi. Tout se passerait entre de Scève qui avait le droit, lui, d'être inexorable, et le greffier à qui j'avais fait signe, et qui préparait une feuille blanche... Je demandai, cependant, tandis que nous l'attendions :

— Vous ne l'avez naturellement jamais revu, depuis la nuit du 26 ?

— Jamais.

J'espérais encore qu'en le retrouvant si décharné, si misérable, de Scève ne pourrait se résoudre à l'écraser. Le pitoyable infantilisme de ce corps, de ce visage, le frapperait peut-être comme il m'avait frappé ! Je n'avais plus que cet espoir...

Il entra, et le garde-à-vous raidi qui lui remontait les épaules lui donnait l'attitude tragique d'un enfant qui attend un coup et ne pourra point le parer. C'était cela que j'avais voulu montrer à de Scève, et il ne le vit pas !... J'affirme qu'il ne vit pas Erlane tel qu'il était, cet adolescent, à thorax long et étroit, aux bras interminables. On l'avait tondu, à la prison, et ses cheveux ras accusaient encore sa pathétique jeunesse, tout le provisoire de ses traits fragiles, de ce visage puéril et effaré. De Scève, je le compris, portait en lui une image ancienne d'Erlane qui lui cachait le pitoyable prisonnier, et c'est à cette image qu'allait le regard tout de suite implacable qu'il posa sur lui et qui ne le lâcha plus :

— Le lieutenant-rapporteur me dit que vous prétendez vous être perdu au cours d'une mission de liaison ?...

Erlane se retourna tout d'une pièce vers celui qui parlait ; je le vis se raidir, il écoutait avec des prunelles d'hypnotisé.

— Vous savez bien que c'est faux, continua de Scève, et que c'était impossible ! Je vous avais envoyé porter un pli aux mitrailleurs du mamelon de la Macédonienne, à cinq cents mètres à peine de mon P. C. Vous n'aviez qu'à suivre la tranchée Socrate, puis le boyau des Mûriers. Cela vous y menait tout droit...

— Le boyau... était... bombardé, mon lieutenant.

La panique de la voix étranglait les mots au passage. De Scève sourit, méprisant :

— En effet, il tombait quelques 105... Dans ce cas, vous n'aviez qu'à prendre par la crête : vous étiez rendu en cinq minutes ! Au lieu de cela, je vais vous dire ce que vous avez fait : vous êtes sorti par la chicane, vous avez traversé le plateau, vous avez descendu dans le ravin et vous l'avez suivi, sous bois, jusqu'au gué du Rocher en Scie. C'est là que vous avez passé le torrent... Puis, vous avez remonté la vallée, escaladé le piton des Vautours jusqu'à leur petit poste : là, vous les avez appelés, en allemand. Ils sont venus...

La bouche d'Erlane tremblait : il voulait visiblement interrompre, nier : il n'y réussit pas !

— Mais ce n'est pas tout, continua de Scève. Un déserteur est heureusement une aubaine rare, alors on vous a conduit, sans douceur, hein ? à Makukovo d'abord, mais vous ne vous y êtes pas arrêté... On vous a emmené immédiatement, beaucoup plus à l'arrière, à Guevgeli, au quartier général de la division bulgare... Vous vous souvenez : une grande maison tout près du hangar du Zeppelin ?...

Erlane le regardait, avec plus de stupeur peut-être encore que de désespoir. Et de Scève lui jeta dans un haussement d'épaules :

— Là on vous a interrogé, menacé... et vous avez dit tout ce qu'on a voulu !

Erlane remua. Sa tête fit "non".

— Vous n'avez pas trahi ? Allons donc !... Vous êtes bachelier, vous savez lire une carte et vous avez parlé de façon très précise. Vous avez promené l'officier de renseignements, mètre par mètre, dans notre secteur ! Vous avez pointé, sur son plan, tout ce que vous saviez ! Vous lui avez appris que la cote 1203, qu'il croyait tenue par un bataillon, n'était occupée que par une compagnie, la vôtre. Ce renseignement, vous le donniez le 27, et le 30, après un bombardement de dix heures, la position était attaquée par tout un régiment. Sur cent vingt-deux hommes, vos camarades, il y en a eu trente-sept de tués ! Tué l'aspirant Dorange qui avait votre âge, tués les deux sergents de la troisième section, tué Gervais, votre camarade de la liaison, et trente-trois autres pauvres garçons, des pères de famille, des jeunes gens dont le dernier vous valait cent fois !... Quant au commandant de compagnie, assommé à coups de crosse, il s'est réveillé prisonnier dans ce bureau de renseignements de Guevgeli où vous aviez préparé ce beau travail !

Chose extraordinaire, c'était lui qui, indigné par ces souvenirs, ne se maîtrisait plus. Il criait, frappait mon bureau du poing. Au contraire, depuis qu'on l'accusait d'un crime inexpiable, de cette trahison que les poilus eux-mêmes, si indulgents aux fautes militaires, ne pardonnaient point, Erlane semblait reprendre une tremblante assurance. Il n'avait point interrompu, mais sa tête niait, niait sans cesse. Il dit enfin d'une voix essoufflée :

— Non, mon lieutenant... non, je n'ai pas donné de renseignements !... pas de renseignements... non !

De Scève le toisa :

— On vous en a demandé, je le sais ! C'est dire que vous en avez donné.

Erlane avala de la salive, secoua encore la tête avant de pouvoir parler, et affirma :

— Je n'en ai pas donné, mon lieutenant... On m'en a demandé mais je n'en ai pas donné... non, mon lieutenant !

De Scève croisa les bras, et avec un impitoyable mépris :

— Mais regardez-vous donc, mon garçon !... Vous suez la lâcheté. Vous ! refuser de trahir ? Alors que vous ne veniez que pour cela !... Mais le dernier des caporaux bulgares vous aurait fait vendre une armée, en vous menaçant d'un coup de botte !... Vous tueriez votre mère, vous marcheriez sur le Christ, et pourtant vous êtes dévot, si l'on vous le demandait revolver au poing. Vous êtes de la race des renégats, vous entendez !

Il fit un pas vers Erlane dont la tête répétait "non", mécaniquement, à moins que ce ne fût un tremblement nerveux causé par l'affreuse scène. De Scève ne se possédait plus, mais il s'en aperçut à temps, et vint à ma table, plus pâle encore que l'accusé. Les mains qu'il posa sur le rebord frémissaient :

— Excusez-moi, Norbert, dit-il. Je n'ai pas été maître de moi... Je tiens pourtant à vous dire ceci : que la désertion à l'ennemi et la trahison vont de pair, et que cette histoire-là a coûté trente-sept morts, sans parler des souffrances physiques et morales qu'elle a values aux vingt-cinq autres qui ont été pris par les Bulgares. Je ne pourrai que le répéter dans mon rapport.

Il me serra la main et sortit brusquement, sans avoir jeté un regard au prisonnier.

— Je n'ai pas donné de renseignements, mon lieutenant. Non, je n'ai pas donné de renseignements, non !...

Il répète cela d'une voix monotone, obsédante. Sa litanie se précipite, s'exaspère, monte, aiguë comme un cri, et, tout d'un coup, peut-être parce qu'il a rencontré mon regard, mon regard qui a changé depuis que de Scève a dit "trente-sept morts", tout casse, la voix et le corps qui s'affaisse sur les jambes molles, comme un mannequin bourré de chiffons, un corps qui gît en tas, par terre.

X

Le lendemain, j'attendis toute la matinée le rapport de de Scève. Heureux de ne l'avoir point trouvé au courrier, je m'accordai un après-midi de détente. J'avais besoin, vraiment, de voir autre chose que ce Gorna Bania sordide, sa douzaine de maisons éparses sur un pâtis lépreux. Je descendis donc jusqu'à la route de Sofia, et je sautai dans le tram.

Il passe à la lisière du Parc Boris. J'y entrai. Le jardin sentait l'abandon de la guerre et de la défaite. Les pelouses hirsutes étaient devenues prairies, le petit lac mangeait librement ses rives, les courts de tennis moisissaient. Pas un bel arbre... Pas un bel arbre, d'ailleurs, dans tout ce pays, un arbre qui ait plus de quarante ans. Les Turcs les ont tous sciés au ras du sol, avant de partir... Ce parc sera peut-être beau dans un siècle : aujourd'hui, les arbres jeunes y sont étriqués et bêtes, avec leur tête ronde. Il n'a qu'un charme, de se relier insensiblement à la forêt, aux sapins de la Montagne. Ses allées deviennent vite des sentiers. A les suivre, on ne trouverait pas une grille de square, mais la Vitocha, et derrière elle, le Balkan.

C'était le terrain de chasse de Conan. Il courait assez peu la gueuse à Bucarest où il n'y avait qu'un coup d'œil à jeter pour séduire. Ici, il fallait découvrir les femmes, les poursuivre, les prendre, et cela n'allait point tout seul ! Les Bulgares étaient des vaincus qui se tenaient bien ! Ils nous ignoraient, semblaient ne pas nous voir dans leurs rues, assis à leurs cafés, déambulant dans leurs jardins. La ville n'était peuplée que de leurs officiers, de beaux grands garçons à casquette plate. Leurs longues capotes leur battaient les jambes. Bien gantés, ils exposaient des carrures qui ne m'impressionnaient plus, depuis qu'un tailleur bulgare avait voulu avantager ma vareuse en la matelassant de ouate à la poitrine et aux épaules, en la renforçant à la taille d'une armature de baleines. Je savais que pour 500 levas on pouvait s'offrir des thorax aussi rebondis, des pectoraux aussi herculéens.

Ces gaillards sortaient tout le jour du cercle militaire, une énorme bâtisse Munich 1900, y rentraient, et c'était, sur le perron, l'animation d'un seuil de ruche. Ils enrageaient d'avoir pour vainqueurs des gens si peu décoratifs, car nos corvées veules, les saluts excédés de nos hommes, nos uniformes râpés manquaient par trop de prestige !

Si les conquêtes galantes étaient rares et difficiles, cela tenait d'abord à ce que les Bulgares, peuple paysan et militaire, ont pour capitale une ville plus austère qu'une sous-préfecture française bien pensante. Il restait pourtant quelques professionnelles, et puis nous étions riches, fabuleusement riches, au cours du change. C'était de quoi suffire aux premiers besoins, si justement les officiers bulgares n'avaient consacré leurs loisirs à faire, autour de nous, le vide le plus parfait. Une femme, surprise en flagrant délit de conversation avec un envahisseur, était soigneusement repérée et le lendemain, la police s'en mêlait... Or, la police bulgare ne passe point pour tendre !

Celles dont le regard, au passage, accrochait un regard français s'enfuyaient dès que l'on faisait mine de les vouloir aborder, et elles ne se retournaient qu'après avoir entraîné leur poursuivant dans des quartiers impossibles, soit vers les faubourgs tziganes de l'ouest, si sales que les officiers bulgares n'y hasardaient point le miroir de leurs bottes, soit dans les cimetières ou les terrains vagues de la banlieue. Beaucoup de camarades s'appuyaient ainsi des courses de quatre ou cinq kilomètres, sans avoir pu risquer un mot, sur la foi seule d'un regard qui n'était parfois que curieux. D'autres se fiaient à des intermédiaires crasseux et s'en allaient non sans émoi au fond d'invraisemblables coupe-gorge, pour y trouver la masse écroulée de quelque énorme Juive.

Conan, lui, n'avait point accepté de changer sa méthode. Il s'emparait sans hésiter d'un bras plaisant, quand on avait eu l'imprudence de répondre à son sourire ! Et tandis que la Bulgare, affolée, tentait de se dégager, il expliquait en sabir qu'il était vainqueur, que ce serait à lui qu'on aurait affaire en cas de litige, que nous étions, nous, les Français, riches, aimables, et omnipotents, le tout ponctué de jurons et imprécations bulgares dont il avait eu soin de se munir. Sa colère, si l'élue exagérait la résistance, éclatait. Effrayée, elle se laissait, à l'ordinaire, entraîner.

Malheur, alors, aux officiers buls qui les regardaient, lui et elle, avec trop d'intérêt ! Il allait à eux, les arrêtait d'un geste, et leur demandait ce qu'ils désiraient. Comme la réponse tardait à venir, il l'apportait lui-même : il leur déclarait qu'il les savait fort braves contre une femme, mais que s'ils tentaient de causer à son amie, par la suite, le plus léger ennui, ce serait lui qu'ils trouveraient ! Pour leur avoir botté les fesses à Soko, Guevgeli et autres lieux, il était tout prêt à remettre ça ! Et devant ce gamin congestionné qui avait si étonnamment l'air d'un bull-dog, avec ses yeux exorbités, sa bouche élargie montrant les dents, sa grosse tête sans cou ramassée dans ses épaules larges, devant ce Français qui les pressait jusqu'à leur marcher sur les pieds, les grands Bulgares stupéfaits ouvraient leur ligne et reculaient devant le scandale d'une rixe.

Conan laissait toujours son adresse à ses amies : elles pouvaient ainsi l'appeler en cas de danger. Un jour, une petite tzigane était venue l'avertir que l'une d'elles se rendait, encadrée d'agents, au commissariat. Il y était tombé en même temps que l'inculpée et l'on avait vu beau jeu ! Il avait crié, en faisant sonner le bureau sous ses coups de poing, qu'il était le maître, qu'ils avaient reçu la pile ! Ce n'était pas maintenant, c'était six mois plus tôt, qu'il fallait les défendre, leurs femmes ! Et des excuses, tout de suite ! Ah ! il savait être vainqueur celui-là !... On l'avait d'ailleurs parfaitement compris : on lui avait rendu sa dame avec des saluts et des sourires.

Toutes ses colères, cependant, s'exhalaient maintenant en discours. Il n'avait pas donné un coup de poing, depuis son départ de Bucarest. Le capitaine se tenait, décidément, beaucoup mieux que le lieutenant !...

Je le rencontrai fort occupé à faire grimper un scarabée le long de sa canne, un pen-bas noueux rapporté de Bretagne, et auquel il tenait plus qu'à sa montre.

— Salut, me dit-il, sans cesser d'observer la montée de la bête verte qui s'arrêtait, inquiète, dès qu'il faisait tourner entre ses doigts le bâton de chêne. Tu vois, m'expliqua-t-il, on dirait qu'il est militaire, tellement il est intelligent !... Dès qu'il va être en haut, il redescendra du même côté, comme nous au col de Kustendil, quand le vieux nous l'a fait passer et repasser trois fois, avant d'être fixé sur le bon versant !...

— En a-t-il encore pour longtemps ? demandai-je. Quand il aura fini, on fera un tour...

Il le secoua, le jeta au sol et le regarda :

— Tiens, dit-il, il est tombé sur le dos ! C'est le plus sale coup qui puisse lui arriver. Il crèverait sans pouvoir se retourner...

Alors, avec beaucoup de patience, en lui tendant une aiguille de sapin, il le remit sur pattes et consentit à se promener.

Je lui appris que j'avais un déserteur à l'ennemi :

— Faut le trouer, assura-t-il. Je suis volontaire pour commander le peloton.

Je ne sais pourquoi, j'essayai de lui expliquer qui était Erlane. Il m'écouta très attentivement, en ruminant, tête basse :

— Dans ce cas, dit-il, faut le renvoyer à sa nourrice !... Je sais ce que c'est que la frousse, mon vieux ! Je l'ai vue ! Les types qui ont la pétasse, mais là, la vraie, ils ne sont plus responsables ! J'en avais un dans ma section, avant d'aller au corps franc, un gros bouffi, quand ça tombait un peu trop pour son goût, il se couchait sur le ventre, au fond de la tranchée, et tu pouvais toujours lui masser les entrecôtes à coups de talon, pendant des heures, lui faire des piqûres fortifiantes avec ta baïonnette dans le gras des fesses, même lui chatouiller le dedans de l'oreille avec le canon de ton revolver, il bougeait pas, le frère !... T'aurais appuyé sur la gâchette, il n'aurait ni plus ni moins bougé ! Quand tu vois ça, c'est la bonne preuve. Ça ne dépend pas de lui ! Y a eu erreur : t'as cru qu'on t'envoyait un bonhomme, on t'a envoyé une fausse couche de cinquante kilos. Alors tu la retournes...

— Tu la retournes ?...

— Oui... Je l'ai fait évacuer pour entérite. Les obus le purgeaient... Essayer de faire se battre ça ? C'est comme si dans une corrida, au lieu du taureau, tu lâchais le bœuf gras. Tu te rends compte ? Lui faire sauter la gueule ? Comme si t'écrasais un crapaud. Inutile et sale...

Mais j'objectai alors qu'Erlane avait trahi. Si les Bulgares en avaient exigé des renseignements — et, comme nous, ils savaient cuisiner les déserteurs —, Erlane avait sûrement livré tout ce qu'il savait. Il le niait contre l'évidence !

Conan balança nonchalamment sa tête entre ses épaules carrées :

— Pas forcé !... A se taire, t'avais les types à cran et les lopettes. Un type qui a les foies, ça lui serre le kiki à ne pas pouvoir dire "pain", mais surtout ça lui fait perdre le septentrion !... J'en ai vu à qui tu pouvais toujours montrer un plan directeur : ils le regardaient d'un air tellement abruti, que tu comprenais tout de suite, qu'à moins de vouloir te gourer à fond, valait mieux pas insister ! Tu leur aurais demandé : "Et là, y a-t-il une plantation de bégonias ?" Ils t'auraient dit oui, oui à ça comme au reste, oui, tout le temps, pour pas te contrarier !...

Je lui racontai la confrontation d'Erlane et de de Scève. Il écouta, en ciselant avec son couteau un cor de chasse sur la poignée de sa canne.

— De Scève, apprécia-t-il enfin, c'était un gars qui avait l'œil à tout ! Sa tranchée était tenue comme une confiserie. Jamais t'y voyais rien traîner ! Je crois bien, même, que ses poilus se brossaient, et avec des vraies brosses ! En tout cas, ils ne craignaient personne pour l'astiquage !... Alors, il n'a pas encore compris comment il a pu être fait comme un rat le jour où le Conan d'en face lui est tombé sur le poil ! Il croit que le Bul a été conduit par la main. C'est plus flatteur !... Moi, j'en sais rien !... Ce que je sais, c'est qu'on trouvait, chez les konozoff à Ferdinand, de sacrés courageux types, et qu'on m'a souvent demandé de faire une virée chez eux, pour leur rendre une politesse, après qu'ils avaient trop bien réussi un de leurs coups de main... Voilà ! Là-dessus, amène-toi... Je parie que tu n'as pas encore mis le pied chez les tziganes ? Alors, mon vieux, tu ne peux pas parler de poules bien balancées !...

XI

Conan s'ennuie, et il a, pour mes péchés, imaginé de venir s'ennuyer dans mon bureau. Il arrive, traînant ses semelles, tête basse, bras tombants, s'affale sur une chaise, et trace, du bout de sa canne, des demi-cercles sur la poussière du plancher. Parfois il se lève, s'en va à la fenêtre, fixe longuement la rue vide et revient à mon bureau brouiller mes papiers d'un doigt dégoûté et las. Il sait mettre dans tous ses gestes une veulerie telle, il en rayonne une telle puissance de flemme qu'il décourage même mon gendarme, cependant zélé. Aussi, lorsque, après avoir dissous par son manège mes réserves de conscience professionnelle, il ordonne d'un ton excédé : "Allez, lâche ça et amène-toi !" il est rare que je ne le suive pas à travers les rues, quitte à lui faire payer de mon humeur exécrable sa victoire et les heures de veille qu'elle me coûtera.

Ce matin, il me dérange franchement ! Je veux interroger Erlane. Je l'interrogerai pendant six heures, s'il le faut, mais je saurai, et de façon certaine, s'il a trahi ou non ! Ce soir, je le dirai à de Scève avec qui je dois me promener à cheval. Pour cela, il faut d'abord expédier Conan. Soudain, une idée me traverse l'esprit :

— Dis donc, tu en as interrogé, toi, des prisonniers buls ?

— Pourquoi ?

— En as-tu interrogé ?

— Si j'avais autant de pièces de cent sous...

— Bon ! arrivais-tu à les faire parler ?

Du coup, il se lève :

— Si j'arrivais !... Ah ! bon Dieu, ils comprenaient tout de suite que s'ils ne parlaient pas cette fois-là, ils ne parleraient pas souvent après !...

— Et alors, quelles sont tes méthodes ?...

Il rectifie, offensé par ce mot pion :

— Il n'y a pas de méthodes, il y a la façon...

— Mais les Buls pouvaient l'avoir aussi ?

— Quoi ?

— La façon...

— Dame ! s'ils voulaient vraiment faire causer nos types, ils devaient faire comme moi, leur mettre sous le nez de quoi leur plomber la gueule !

Je lui explique alors ce que je veux apprendre d'Erlane. Lui, m'assistera comme expert. Il accepte.

— Envoie-la chercher, ta demi-portion.

Erlane entre. Conan, les yeux presque clos, l'examine un instant, avec une attention aiguë, puis, tout de suite, sans le moindre égard pour ma personne et ma charge, il s'en empare :

— Dis donc, vieux, quand tu t'es amené au petit poste bul, après avoir, comme de juste, balancé ton équipement et levé les bras en l'air, on t'a mené à la sape de l'officier ?...

Erlane le regarde. Cette bonhomie placide — Conan gratte avec application un peu de cendre de cigarette tombée sur sa cuisse — l'étonne, puis l'effraie : je le vois à ses yeux. Il s'attend à un déclenchement de piège. Il murmure cependant :

— Oui, mon capitaine.

— C'est là qu'on t'a interrogé ?

— Non, mon capitaine, à l'arrière...

— Alors, ton Bul ne savait pas y faire, prononce Conan sentencieusement. Rien ne vaut un tour d'horizon sur le terrain... Donc on t'emmène à l'arrière... Ils rigolaient quand tu passais, hein ?... Je te demande s'ils rigolaient ?

Le ton a durci à tel point, et si vite, qu'Erlane sursaute :

— Oui, mon capitaine.

— Bon, reprend Conan de sa voix nonchalante. Donc, à l'arrière, à Guevgeli, hein, Norbert ? on te conduit à l'officier de renseignements. Il est assis à une table, il a étalé dessus son plan directeur...

Conan s'est levé, il vient à mon bureau, aligne des dossiers en carré...

— C'est bien ça, hein ?... Un seul officier, deux ?

Erlane le regarde, avec des yeux fascinés. Il murmure :

— Deux...

— Alors, poursuit Conan, voilà comment ça s'est passé : l'officier t'a dit : "Vous allez répondre ou je vous tue !"

Son poing a jailli à la face d'Erlane et ce poing serre un parabellum qui s'arrête à une ligne des yeux hagards, une feinte terrible qui enfonce la tête du gosse, l'abat en arrière comme si le cou venait de casser.

— Avoue-le que tu as parlé, avoue-le, salaud !...

Il a empoigné Erlane à l'épaule, il l'a plié, il le tient sous son regard, sous son arme... Cela ne dure pas une seconde. Il le lâche, remet son pistolet dans sa poche et revient à moi en haussant les épaules !

— Non, il n'a pas parlé, regarde-le !...

Erlane tremble, mais d'un tremblement extraordinaire, un long frisson convulsif qui monte à chaque respiration, le grandit, un tremblement brutal comme si deux mains, rivées à ses épaules, le secouaient ! Seul, le visage, hideux, reste fixe ! La bouche écartelée découvre les dents et les gencives, un rictus affreux qui ride les joues, les entaille de plis profonds, les yeux déments ne voient plus...

— Il va tomber dans les pommes, annonce Conan... Assis-toi... De la gniole !

Il en verse lui-même dans un quart qu'il introduit entre les dents serrées. Puis il va à la fenêtre et fait une cigarette...

— T'as eu de la veine d'avoir la frousse ! Ça peut arranger ton affaire !...

Il est revenu devant Erlane que secouent encore des hoquets suffocants. Il lui appuie la main sur l'épaule.

— Maintenant tu peux y aller, va ! T'as rien à

cacher ! Avec des nerfs comme t'en as, on n'est pas responsable ! On ne se commande pas... Quand il t'a eu montré son revolver, l'officier, tu t'es jeté à genoux, tu as supplié, hein ?... Tu criais... je ne sais pas, moi : "Pardon ! Ne me tuez pas !" Hein, tu te rappelles ?...

Il parlait avec une extraordinaire douceur, et Erlane approuvait, approuvait, à petits coups de tête fiévreux : le choc avait brisé ses dernières hontes.

— Et puis tu as piqué ta crise, comme tout à l'heure, pire encore, hein ? T'es tombé ?... Tu t'es réveillé en prison ?... Maintenant, dis donc, il n'y avait pas que toi à parler. Pendant que tu te traînais sur les genoux, qu'est-ce qu'il te racontait l'officier ?

— Il me repoussait, murmura Erlane.

— A coups de bottes, hein ?

— Oui...

— Et l'autre, il a parlé ?

— Oui... en allemand.

— Parfait ! tu sais l'allemand... Alors ?...

— Alors il a dit : *Lassen Sie ihn in Ruhe !... Er wird nur Unsinn schwatzen !... Er verreckt vor Schreck !"*

— Je ne sais pas l'allemand. Traduis ! Allons, traduis !

Erlane se courba davantage :

— Cela veut dire : "Laissez-le. Il ne dira que des sottises. Il a trop peur..."

— Non, rectifia froidement Conan : "Il crève de peur."

Et montrant la porte :

— Fous le camp ! Je t'ai trop vu !

— Un instant, dis-je. Il faut que j'enregistre et qu'il signe.

Conan retourna à la fenêtre, l'ouvrit, s'y pencha de telle façon qu'il fut beaucoup plus dans la rue que dans le bureau, pendant toute la durée de l'interrogatoire. Quand le prisonnier fut parti, il se retourna :

— J'aimerais mieux ne plus le voir, comprends-tu ? Je l'aurais sorti !... Seulement, les types qui ont foutu un flingue dans les pattes de ça, au lieu d'un cierge, ils avaient l'œil américain !

A ce moment le greffier entra :

— Le courrier, monsieur le Commissaire.

Il le déposa sur ma table et sortit.

Conan s'était brusquement épanoui.

— Monsieur le Commissaire ! Il t'a pas raté, hein, le cogne ! Je sens le respect qui me monte !... Tiens, tu reçois des canards de France et tu ne me le disais pas ? Tu me les passeras tous les jours. T'as compris, hé, commissaire ?

Il s'en empara, et fit sauter les bandes.

Parmi les nombreuses enveloppes jaunes qui s'éparpillaient sur mon bureau, toutes timbrées d'une République assise et coiffée de rayons de brouette, je trouvai une longue et lourde enveloppe blanche. Je l'ouvris :

"Monsieur le Commissaire-Rapporteur,
"Je viens de relire, pour la centième fois peut-être, la lettre de Jean..."

Qu'est-ce que c'est que ça ?... Jeanne Erlane !... J'aurais dû m'y attendre !... Je ne vais pas la feuilleter, la retourner, comme ça, pendant dix minutes, non ?... Puisque je ne la lirai pas ! Je sais bien que je ne la lirai pas, que je ne veux pas l'entendre crier !...

Ah, ce n'est pas crâne ! Je suis de ces pleutres à qui la pitié retourne l'estomac, de ceux qui, devant un blessé, s'attendrissent sur leurs fibres sensibles : "Je ne peux pas voir ça ! Ça me rend malade ! " J'ai pourtant une excuse : je sens, depuis le début de cette affaire, le dégoût m'envahir. J'ai le cœur sur les lèvres : si je me le chavire à fond, avec cette lettre, je plaque, je donne ma démission de tourmenteur de gosses... et ce sera tant pis pour lui, tant pis pour elle !

Alors, je fais le simulacre de lire. J'évite d'appuyer les yeux sur les lignes. Je parcours, en pêchant un mot de-ci, de-là... Pourtant, même ainsi, je n'échappe pas à tout : "Je le croyais prisonnier ; je vous en conjure, aidez-moi à comprendre !..." "Quand je le trouvais tout tremblant au pied de son petit lit..." "Votre maman à vous, monsieur le Rapporteur..." "Cette minute de votre retour qui la paiera de tout ! Et moi..."

Je rassemble les feuilles...

— Alors, demande Conan, elle t'aime toujours, la petite ?

Je le regarde, j'hésite un instant, puis je lui tends la liasse :

— Tiens, lis ça...

Je viens subitement de comprendre que cette lettre ne doit pas être traitée ainsi, qu'elle doit être lue... et puisque je ne peux pas la lire...

Conan, lui, la lit avec une attention scrupuleuse qui me remplit de honte. Il scrute tous les mots, comme les signes d'un plan directeur. Puis il replie les pages avec grand soin, ajuste celles qui dépassent, et me les rend.

— Moi, j'ai pas connu ma mère, dit-il pensivement, et il y a des jours où ça m'emmerde !...

De Scève m'attendait, en fumant, devant l'écurie de l'escorte. Dès qu'il me vit, il sauta en selle et nous partîmes au trot, par la grande route cavalière qui s'arrête au pied de la Vitocha.

En sortant de Gorna Bania, un break nous croisa : il conduisait au bain sulfureux une charge de femmes. Des visages durs et rêches de paysannes, des tailles lourdes, mal étranglées dans des corsages à baleines, des capotes à brides, secouées aux cahots...

De Scève, attentivement, les considéra :

— Des hommes entichés de chamarres militaires et de reflets de bottes, des femmes à ce point insoucieuses d'élégance, ce contraste-là me ferait réfléchir si j'étais délégué à Versailles !...

Puis ce fut à mon tour de subir son examen :

— Votre bête a la bouche dure. Pétrissez donc vos

rênes comme une pâte élastique : vous la sentirez fondre sous vos doigts. Vous devez arriver à ce que l'encolure se redresse, en se raccourcissant, comme une lorgnette... Pour cela, faites passer la main droite en avant de la gauche, les doigts serrés sur les rênes, et ainsi de suite. Essayez...

On trotta sur cent mètres, et de Scève qui ne m'avait pas lâché du regard, reprit :

— N'abusez donc pas des à-coups de jambes, vous l'affolez !... Il n'y a rien comme ce bavardage des genoux pour faire perdre à un cheval son entrain, son perçant. A bref délai, c'est le rein creux, l'encolure cassée, la gueule en l'air !... Laissez bien tomber les jambes, à leur place naturelle... Ne fermez pas ! Ça ne lui fait pas plus d'effet que sa sangle ! Un contact permanent mais léger... Pour partir, attaquez durement des deux, attaquez à fond. Mais relâchez les rênes, voyons !

J'avais toujours su gré à de Scève, qui montait magnifiquement, d'accepter la compagnie d'un écuyer de mon espèce, car je me tenais à cheval comme un polichinelle sur un baril ! J'acceptai donc avec humilité ses conseils détaillés, tout en m'étonnant qu'il entreprît si tard mon éducation.

Brusquement, il mit sa bête au pas.

Le sable était profond. La grande avenue aux feuilles neuves s'allongeait, très droite, devant nous, jusqu'au pied de la montagne émeraude. Le soleil pleuvait à travers le brouillard de la jeune verdure. A notre droite, l'herbe très verte descendait jusqu'au fond d'un ravin, où un ruisseau brillait entre des saules. De Scève leva sa cravache, et montrant la voûte légère de feuillage tendre :

— Le printemps ! le premier depuis cinq ans !...

C'était vrai ! Printemps de 15, de 16, de 17, de 18 : offensives de printemps, saison des grandes tueries ! Les pensées et les visages qui s'assombrissaient sous le soleil éclatant. Le froid qui changeait de sens et venait du dedans...

Des officiers bulgares descendaient l'allée. Ils prirent le trot pour nous croiser. Je m'appliquai à ne me ranger que de justesse. Ils passèrent, sans paraître nous voir, en affectant de rire et de parler gaiement. Il n'eût pas été nécessaire d'en faire beaucoup pour se colleter ! De Scève hocha la tête :

— Ils tiennent bien le coup !... Soyez sûr qu'au fond d'eux-mêmes, ils sont mortellement inquiets : ils sont menacés de tout perdre. Demain, on en licenciera 90 %, et on les lâchera, sans un léva en poche, dans un pays ruiné, vaincu, famélique. Conan les appelle des crâneurs : ils sont assez crânes, en effet !...

Nous marchâmes un instant en silence, dans le tintement des gourmettes, le bruit mou du pas dans le sable. Puis la route s'infléchit, et je ressentis une impression soudaine de froid et d'obscurité : nous venions d'entrer dans l'ombre de la montagne. De Scève poursuivait sa pensée :

— Oui, ils sont très chic ! Nous autres, en France — pas vous, nous, les militaires —, nous n'aurons qu'à prendre modèle sur eux et à crâner, avec le même sourire, un sourire un peu moins tranche-montagne si possible. Car on nous méprisera vigoureusement, hein, Norbert ?... Des inutiles, des incapables, des attardés ! Nous rappellerons de si sales souvenirs !... Et puis, rien qu'en existant, nous affirmerons qu'une guerre reste possible, et on nous accusera de la regretter, de la préparer en la souhaitant... Mon vieux, vous verrez que même les femmes nous lâcheront ! Le capitaine de hussards fera tapisserie au bal de la sous-préfecture ! Tout ça, c'est épatant : ça trempera les jeunes, et ça maçonnera la caste !...

Nous longions le pied de la montagne, cette Vitocha isolée dans la plaine, l'air têtu, obstiné, tout hérissée de broussailles. Le vent qui en descendait s'était glacé aux neiges du sommet. De Scève me précédait d'une demi-longueur : je le voyais à ma droite, mince, droit et grave. Maintes fois, il m'avait parlé de sa carrière, mais toujours avec la nonchalance ironique d'un amateur. Je savais pourquoi, ce soir, il prenait décidément position, pourquoi il rentrait dans le rang et professait sa foi... Il devait me remettre son rapport sur Erlane, un rapport qui ne pourrait être qu'inexorable. Conan, lui aussi, m'avait parlé de l'après-guerre, mais autrement...

Conan !... Le souvenir de son expérience du matin, de son geste terrible sous lequel Erlane s'était vidé d'aveux, me poursuivait. Je voulus le raconter à de Scève ; il m'écouta avec une impatience marquée :

— Qu'il n'ait point trahi, par un paroxysme de lâcheté, c'est possible après tout !... Les juges apprécieront... Mais cela ne me fera pas changer une ligne de mon rapport. Je n'y expose que des faits... Je vous ai donné mes raisons, elles restent les mêmes. La désertion sape le fondement même de l'armée. Je suis de l'armée, je la défends !... Que son avocat lui trouve des excuses, moi, chef, c'est l'acte que je juge !...

Je répliquai :

— Ce n'est pas digne de vous cela, de Scève. Vous n'êtes pas un commandant Bouvier ! Vous n'allez pas appuyer, sans regarder, sur un article du code pour déclencher automatiquement le tir !...

— Vous ne comprenez plus rien, mon vieux. Un petit couard vous masque tout. Je le regrette !...

Il haussa les épaules, puis se coucha sur l'encolure et partit à travers le plateau, ventre à terre. Jamais il n'avait, si brutalement, rompu une discussion. Je n'eus pas, d'ailleurs, le loisir de m'en étonner, car je fus aussitôt emporté derrière lui par ma jument remplie d'émulation, et la pensée de la bûche inévitable accapara mon attention tout entière.

Je vis défiler des arbres, des buissons... Je vis de Scève se pencher davantage, puis se retourner. Je l'entendis me crier :

— Baissez-vous !

Je le fis juste à temps pour ne pas m'ouvrir le cou à un fil téléphonique très bas, notre téléphone de campagne tendu, à travers la plaine, sur ses petits poteaux de bambou.

Quand nous la longions, cette lande m'avait semblé plane : en réalité, ce n'était que trous et bosses ! Jamais, jusque-là, je n'avais mesuré la force d'un cheval, la formidable détente de ses reins, la brutalité de ses élans. Des fossés, des haies, se présentèrent : ma jument les sauta. C'était, à l'instant du saut, la soudaine plongée en avant, le heurt contre l'encolure, puis, après la détente, un maussade rejet en arrière, la tête presque à toucher la croupe, l'arrêt brusque d'un wagon, lorsqu'il vous envoie dans la cloison.

Heureusement, je n'eus jamais le temps de tomber complètement, car la damnée bête se démenait de telle sorte que ses mouvements contradictoires me remettaient en selle. Sans pudeur, j'avais empoigné une touffe de crins d'une main, le pommeau de la selle de l'autre ; je ne les lâchai qu'après que ma monture se fut arrêtée d'elle-même et eut commencé à brouter tranquillement l'herbe rase.

J'étais arrivé au bord du champ de courses. A cinq cents mètres à peine, la première haie ouvrait la série graduée des casse-gueule. De Scève, déjà, avait pris du champ et revenait sur l'obstacle, mais son demi-sang se faisait prier et galopait de trois quarts, en présentant la hanche. Par prudence, je mis pied à terre. Ainsi, j'étais certain de n'avoir point à me mêler au steeple.

De Scève franchit des haies, des fossés, des banquettes. Sa bête, cependant, ne prenait point goût au jeu : deux fois, ses fers sonnèrent contre les barrières, et devant la rivière, elle refusa, le mauvais refus, l'arrêt brutal, les quatre pieds qui patinent, le cavalier qui monte au-dessus de la selle, décollé, projeté, et ne se rassied qu'au prix d'un effort de jambes et de reins qu'on devine énorme.

Il la ramena trois fois à l'éperon, à la cravache, et quand la bête se bloquait, il la châtiait rudement. La main tordait les rênes comme un garot, sciait les lèvres ; les longues jambes lardaient le ventre à grands coups d'éperon. A la troisième reprise, de Scève empoigna sa cravache par le bout et écrasa les naseaux, un geste de charretier !... Dans un concours hippique, la foule l'eût injurié, en criant : "Assez !"

Si je ne le criai pas, c'est que je n'étais attentif qu'à son visage, un visage crispé, buté, élémentaire... De Scève, corps et âme, était à cheval ! Pour lui, rien n'existait plus au monde que ce trou par-dessus lequel il voulait passer. Il le voulait de tout son être, avec une violence de passion qui me consterna. Je le sentais vraiment à un sommet de sa vie. Ce saut était devenu pour lui un acte décisif : il sauterait ou se tuerait ! Et cela me semblait dérisoire !... Pendant que sa bête, les yeux fous, bavait, tête braquée, je me souvins d'une histoire qu'il m'avait contée : cet écuyer de Saumur, agonisant, qui ramenait vers sa poitrine la main d'un ami debout à son chevet, et murmurait, avant de rendre l'âme : "Jamais ainsi !" suprême recommandation de ne jamais tirer sur les rênes en ramenant les mains... Quand de Scève reprit du champ pour la quatrième fois, je sentis que ce fossé d'eau sale resterait creusé entre nous !

Le cheval sauta, mal !... Les jambes fauchées par la barre, il roula, projetant le cavalier contre les rondins qui coffraient la butte. Je courus : de Scève restait étendu à plat ventre, sans mouvement. Avant que je l'aie atteint, il se releva lourdement sur les genoux, se remit debout. Je lui rapportai son képi :

— Vous vous êtes assommé ?

— Non. C'est l'épaule et le bras qui ont porté...

En boitant, en se brossant, il retourna au cheval qui s'était relevé et dont les flancs faisaient le soufflet. Il mit le pied à l'étrier, mais sa main meurtrie empoignait mal l'arcade du trous, sequin. Il se détourna :

— Je vais vous demander de venir à mon secours, Norbert.

Je le mis en selle. La bête, sous son genou, tourna, repartit au pas vers le fond du champ. Il recommençait. C'était dans l'ordre !...

Une fois encore j'entendis le galop accourir, et les "hein, hein, hein" de la bête à bout de souffle, les grincements rythmés des cuirs. Puis j'entendis de Scève qui parlait :

— Allez ! allez ! allez !

Le mot accompagnait chaque foulée comme un autre halètement. La bouche contre l'oreille du cheval, le cavalier l'affolait de cette obsédante litanie, qui montait plus aiguë à l'approche de l'obstacle. Le demi-sang attaquait le sol avec rage, un galop bas, jambes rondes, crochant dans la terre noire, un galop de panique qu'il précipitait désespérément, comme pour s'interdire toute possibilité d'arrêt...

— Allez ! allez ! allez !... Hop !

Le cheval s'enleva, atterrit sur le haut de la butte, correctement, et sauta de nouveau sur la piste. Arrêté derrière l'obstacle, il mâchait du savon, en tremblant, et le gant du cavalier qui le flattait était tout blanc d'écume.

On repartit au pas vers Gorna Bania dont on apercevait les tuiles dans les arbres. Comme de Scève tenait ses rênes de la main gauche, je me forçai à demander :

— Votre bras ? Ça vous fait mal ?

— Rien. Une contusion... Seulement, je ne puis pas fouiller dans ma poche, et j'y ai quelque chose pour vous, le rapport. Voulez-vous le prendre, ou préférez-vous que je vous l'envoie par mon ordonnance ?

Je le pris sans mot dire, puis je me laissai dépasser. Je ne rejoignis de Scève que pour l'aider à mettre pied à terre...

— Alors, qu'est-ce qu'il t'a dit, le noble vicomte ?...

Conan sortait des thermes, et il était toujours,

après le bain, d'excellente humeur. Mais quand je lui eus rapporté le refus de Scève, il m'entraîna, en jurant.

De Scève nous reçut dans son bureau, sans dissimuler la surprise un peu narquoise que lui causait notre démarche solennelle.

— Voilà, expliqua Conan. Cette vieille noix de Norbert n'a probablement pas su te dire ce qu'il fallait te dire, à propos de son déserteur en sucre filé... Moi, je l'ai vu ce matin... Incapable de vendre même le plan de Paris aux Buls ! Alors, faut laisser tomber !... Tu me diras que je me mêle de ce qui ne me regarde pas ?... Oui et non : tous les coups que j'ai réussis, je les ai réussis parce que je savais le dosage de frousse des types, des miens et de ceux d'en face. A la guerre, c'est celui qui s'y connaît le mieux en frousse qui a le bon bout. Moi, je m'y connais, et quand je viens te dire : "Erlane, c'est le trouillard pur jus, le trouillard cent pour cent", tu dois me croire !

De Scève affecta de rire :

— Mais, je te crois tout à fait, et après ?...

Conan, étonné, le regarda :

— Après ?... Y a pas d'après !... Après, tu lâches le gosse, et tu fais autre chose.

De Scève jouait avec son coupe-papier, un long poignard macédonien :

— Tu parles d'or, dit-il. Parce qu'il est allé, en plein combat, se jeter dans les bras des Buls, je lui dois, quoi ? un billet de chemin de fer, pour l'envoyer rejoindre sa mère ?... Avec ces principes-là...

— Laisse sa mère, répondit Conan, ça ne me fait pas rigoler ! Je te le répète, au combat, puisque tu parles de combat, il n'y a que le résultat qui compte ! Les principes, comme tu dis, la théorie, faut savoir s'en foutre... Et le résultat, pour l'avoir, faut trier. Les toubibs t'ont trié les bancals et les poitrinaires. C'est à toi de trier les lâches, les vrais, ceux de naissance !... Qui veux-tu qui le fasse, puisque personne ne les a vus au boulot ? Tu ne l'as pas fait : il t'a pété dans la main. Tu devais t'y attendre... A cause de ça, tu veux le bousiller : c'est toi qui as tort !

De Scève se leva et dit sèchement :

— Ecoute, mon vieux, c'est inutile de discuter. Nous ne pouvons pas nous entendre, et je vais t'expliquer d'un mot pourquoi : je suis militaire, et toi...

— Moi, interrompit Conan subitement redressé, je suis peut-être ce qu'on appelle un guerrier !... T'as raison, ça ne peut pas coller ! Mais je te préviens que tu ne la tiens pas encore la peau du gosse !

XII

Qui trouverai-je comme avocat à Erlane ?... Ah ! si Conan ne bafouillait pas dans toutes les circonstances officielles !... On m'a parlé d'un séminariste qui a son bachot... On m'a dit : "Vous le trouverez au couvent des Franciscains français."

Je traversai un large jardin ras. Dans les parterres bordés de buis, de courtes plantes grasses dessinaient des cœurs ou des M. Des statues pieuses, hissées sur des socles de briques, s'abritaient sous des niches de zinc. Le frère portier m'avait dit :

— Vous serez obligé d'attendre un peu : il est au salut.

On chantait, en effet, dans une petite chapelle au bout d'une charmille, sous des tilleuls. J'entrai. Les murs verdis se perçaient de quatre étroits vitraux en grisaille ; on y apercevait le balancement léger des branches. Les statues de plâtre peint étaient si maigres et si pâles qu'on en oubliait leur laideur. Les moines, agenouillés dans le chœur, sur une marche de bois, devant un retable dédoré, chantaient. Je ne voyais aucun visage, rien que le triangle brun du capuchon sur le surplis, la couronne de leur large tonsure. L'officiant, dans sa chape de brocart, était tout décapité par la prière. A droite du petit autel, un soldat, en capote fanée, balançait amplement l'encensoir qui, à chaque bout de son oscillation, lançait un nuage léger de fumée bleue. C'était certainement celui que je venais chercher.

On chantait les litanies, à la française, avec une faute d'accent par mot, et les appels se succédaient, soutenus par le chevrotement grêle de l'harmonium. Je regardai mon avocat : il tenait les yeux fixés sur l'ostensoir, sur le verre brillant de la monstrance où luisait l'Hostie, des yeux à lunettes, au-dessus d'un nez de tapir, un visage chevalin, assez niais, mais que la foi parvenait à rendre émouvant. Après tout, pensais-je, qu'est-ce que je viens lui demander ? De voir au-delà des autres, de distinguer ce qu'ils ne voient pas, ce qu'ils ne veulent pas voir... Il a peut-être de l'entraînement !...

Le salut terminé, il revint éteindre les bougies, et, à chacun de ses passages devant le tabernacle, il fléchissait à fond, dans une génuflexion qui ne trichait pas, qui heurtait le genou contre le bois. Il recouvrit la nappe d'un couvre-autel de drap vert timbré d'une petite croix de ganse jaune, et après une courte prière à la grille de la sainte table, il sortit, non sans me donner au passage un regard de déférente approbation pour ma présence.

Je le rattrapai dans l'allée :

— Je suis commissaire-rapporteur au Conseil de Guerre, et je viens vous demander de défendre, à la prochaine audience, un garçon accusé de désertion à l'ennemi.

Il balbutia, tout de suite affolé :

— Mon lieutenant, je n'ai jamais parlé en public... et puis, je ne connais rien à...

— On ne vous demande pas de phrases. Vous n'aurez qu'à parler avec tout votre cœur, toute votre pitié... D'ailleurs, je ne devrais pas vous dire cela, mais si vous avez besoin d'un conseil...

Je le regarde : sa grande bouche en détresse remue, mâche de l'anxiété. Ses gros yeux, derrière les verres bombés, me rappellent ceux du cheval de de Scève bloqué devant le fossé. Il est très malheureux :

— Mon lieutenant, non... Je ne pourrais pas... Une responsabilité pareille !... Et puis, encore une fois, je n'ai jamais parlé...

Bon !... Il faut le laisser à ses bougies, au petit ménage de l'autel... Tout de même, il ne l'emportera pas en paradis !

— J'aurais cru, mon ami, étant donné votre vocation, que vous accepteriez au moins d'essayer... Je vous souhaite de n'avoir jamais à engager votre responsabilité au confessionnal !

Il devient très rouge, mais sa tête refuse toujours, obstinément.

Pourtant, il m'arrête devant la statue de saint Michel, un saint Michel de faux bronze, exécutant, sur le dos de Satan, ce pas des patineurs dont Raphaël porte la honte, et il me dit :

— Mon lieutenant, vous pourriez peut-être voir le père Dubreuil du 58ᵉ. C'est un missionnaire des Missions étrangères. S'il acceptait...

S'il acceptait, ce serait une aubaine pour Erlane ! Je ne connais pas le père Dubreuil, mais je sais d'avance que le prestige d'un prêtre sur les officiers du tribunal donnerait un singulier poids à sa plaidoirie.

Je le demandai le lendemain au corps de garde du 58ᵉ.

— Il doit être aux patates, me répondit le sergent. Je vais l'envoyer chercher.

— Inutile. Conduisez-moi.

Chemin faisant, j'appris que le père Dubreuil était missionnaire en Océanie. Il disait la messe, le dimanche, dans un manège bulgare, avec un petit calice et des burettes qui ressemblaient à des jouets d'enfant pieux. C'était l'aumônier officieux du régiment, et ses chefs le laissaient très libre, mais il mettait son point d'honneur à ne couper à aucune corvée. Pour l'instant, il était aux patates.

Je le reconnus à sa barbe, une vraie barbe, pas de ces barbes récentes de prêtres en guerre, de ces barbes en hérisson noir, mais une large et soyeuse barbe en éventail. Je le reconnus encore à ce qu'il ne chantait pas la chanson vraiment inchantable de l'assemblée qui formait le cercle autour d'un tas de pommes de terre germées.

— Dubreuil.

Un peu lourd, l'air d'un vingt-huit jours, du ventre, mais une bonne bouche... Il ôte son calot : il est tondu à l'ordonnance. Sympathique !

Je l'entraîne, car toute la corvée, couteau suspendu, nous observe :

— Voilà : le général vous a désigné pour défendre au Conseil de guerre un gamin de vingt ans qui est accusé de désertion à l'ennemi. Je vais vous expliquer...

Je lui dis tout ce que je sais, tout ce que je devine, tout ce que je pense. Il écoute, tête basse, mains croisées et murmure :

— Ce ne sera pas commode !... Je ferai tout mon possible, mais ce sera bien peu, mon lieutenant !...

— Vous seul pouvez quelque chose... Avant tout, vous pouvez le remonter : il est à plat. Allez-y dès ce soir, et dites-lui tout de suite qui vous êtes... Demain, rendez-vous à la gare à sept heures. On ira voir sur place, si ça peut tenir debout, son excuse, si ce n'est pas absolument impossible qu'il se soit égaré dans le secteur.

C'est une idée de Conan, cette expédition.

— Tu comprends, m'a-t-il dit, un plan directeur, c'est pas le terrain ! On ne se rend bien compte que sur place. Emmène-moi, je te piloterai, et ça pourrait donner du fil à retordre à de Scève !...

J'ai bien soupçonné son offre d'être intéressée : il a sûrement envie de revoir une de ses anciennes cagnias ! Pourtant, c'est une dernière chance, et je ne dois pas la laisser échapper. J'ai donc fait signer au général une commission rogatoire et un ordre de transport pour nous trois...

Conan est arrivé le premier à la gare. Je lui annonce que nous aurons un compagnon, et comme il professe sur le clergé des opinions extrêmes, il me dit :

— Les curés, c'est comme les sous-off corses, c'est tout bon ou tout mauvais. Comment qu'il est, le tien ?

— Regarde. Le voilà.

Le père Dubreuil, en effet, se hâtait à grands pas.

— Je vous ai fait attendre, mon lieutenant...

— Non. Vous êtes à l'heure.

Conan, qu'il a salué aussi raidement que faire se peut, l'observe... et lui tend la main. Puis, il nous entraîne sur le quai, et à peine assis dans le compartiment, il tire de sa poche une corde mince, et fixe solidement la poignée de la portière...

— Vous avez vu Erlane, hier ?

— Oui, mon lieutenant.

— Alors ?

Le père Dubreuil se tait, regarde ses genoux, immobile. Conan et moi, nous le guettons. Il hoche la tête et répond enfin :

— On hésite même à dire que c'est un enfant...

— Non, tranche Conan, c'est une fausse couche !

C'est vrai, ce qu'a dit le missionnaire ! Erlane n'a pas même la consistance d'un caractère enfantin, cette personnalité cohérente qui fait d'un garçon de dix ans un homme à échelle réduite. Les années ont déposé en lui, comme des alluvions, des choses d'homme, sur un fond tenace de puérilité. Et ce mélange déconcerte, gêne... Il a sûrement gêné le père comme moi-même.

— A-t-il toujours la colique ? demande Conan.

— Il s'est plaint d'entérite, mon capitaine.

Et Conan, accoudé sur ses genoux, suggère :

— Je n'ai pas de conseils à vous donner, mais si j'avais à le défendre, je la ferais valoir, cette cliche-là, parce que ce n'est pas la colique, c'est la frousse, mais la frousse-maladie qui vous fait s'en aller un bonhomme en eau, les os, le cerveau, tout !... Les types qui l'ont, y a plus qu'à les ramasser avec la pelle et le petit balai. On en trouvera peut-être un jour le microbe... Non, mais !...

Une main, du dehors, essaie de tourner la poignée de portière qu'il a si bien ficelée. Il abat la vitre et, tout le buste sorti, il chasse, avec des injures indignées, deux paysans bottés.

— T'as vu ça ! Et les wagons à vaches, pour qui que c'est ?...

Quand le train s'ébranle, il tire un jeu de cartes :

— Un poker ? Vous jouez ?

— Parfois...

Il joue, en tout cas, fort bien, bluffe avec une sérénité, un calme respectueux qui arrachent bientôt à Conan des cris d'admiration.

J'offre des bastos ; le père refuse :

— C'est des cigarettes pour enfants de Marie, ça, mon lieutenant.

Et il bourre une pipe noire et courte.

La campagne bulgare défile, plane, bordée au loin par une haute ligne de montagnes pâles. Conan lui jette un coup d'œil :

— Choux verts, piments... Piments, choux verts... Des types qui boulottent ça à longueur d'année ne peuvent être que des salauds...

Puis il vit un lapin débouler :

— D'ici, on l'aurait avec du six.

— J'aimerais mieux du quatre, déclara le missionnaire.

— Vous chassez donc ?

— Là-bas, c'est plein de lièvres.

Conan réclama aussitôt des détails sur la chasse

en Polynésie. Le père tuait des cochons sauvages, des pluviers. On parla des cannibales.

— Il en reste aux Fidji, assura le père, à Kandabou, à Tabé-Ouni. L'an dernier, encore, un de nos missionnaires a été mangé. Ils s'en déshabituent pourtant petit à petit, surtout depuis qu'ils gagnent quelques sous à l'exportation du santal...

— C'est un arbuste ? s'informa Conan avec intérêt.

— Le santal blanc est même un grand arbre, répondit le père, un arbre à cime arrondie qui pousse dans la montagne.

Puis il parla des pirogues et des arbres à pain, des cocotiers, des tortues marines et des récifs de corail. Nous l'écoutions, sans nous lasser, car nous étions encore, tous les deux, à l'âge où l'on croit aux îles...

— Ils sont polygames ? demanda Conan qui eût visiblement aimé à poser des questions plus précises.

Le père répondit en riant avec bonhomie :

— Il se passe là-bas, au grand soleil, ce qui se passe en Europe entre quatre murs...

— Ça doit quand même suffoquer, au début ? insista Conan de plus en plus curieux.

— On est vite blasé, mon capitaine ! On comprend surtout très vite qu'on a bien fait de venir...

— Pour leur apprendre à se cacher ?...

— Surtout pour leur faire des piqûres de 914, répondit le père Dubreuil avec une grande simplicité. Ils sont presque tous syphilitiques.

Conan rebattit les cartes...

Le soir tombait quand nous descendîmes à Kalinovo. La gare bombardée avait été réparée avec des tôles arrachées aux abris du secteur proche. L'herbe poussait entre les rails, car la ligne n'était raccordée que depuis peu. Les deux employés à casquette plate nous regardèrent, étonnés, et, sitôt sorti, Conan s'orienta. Il montra, du bout de sa canne, une montagne violette, au-dessous d'un ciel encore limpide et profond. Un vol de vautours montait et descendait derrière la cime, si lent, si régulier, que l'on eût dit que, de l'autre côté du morne, quelqu'un jonglait avec les oiseaux noirs, les relançait dans le soir calme.

— Les lignes ! dit Conan.

Le bout ferré de sa canne suivait à l'ouest, le long de la pente, une longue estafilade grise qui se perdait à l'angle d'un col. Je proposai :

— On ira demain ? C'est au moins à deux heures d'ici ! Il fera tout nuit. Que veux-tu voir ?

— Demain, je reprends le dur, répliqua Conan. Et puis, oui ou non, ton zèbre s'est-il trotté la nuit ? Oui ?... Alors c'est la nuit que tu dois y aller, si tu veux piger ! C'est pleine lune : on y verra comme en plein midi !...

Il piqua droit sur la montagne. Nous n'avions qu'à le suivre.

Nous nous taisions. La guerre était encore si proche que nous retrouvions brusquement, comme si elle fût restée attachée au terrain, notre âme des soirs de relève, cette angoisse active qui tenait tous les sens à l'affût, cette impression d'une présence hostile et cachée qui guettait notre montée. Le silence, même, inquiétait sourdement, comme jadis, la quiétude trompeuse des secteurs... On eût entendu, sans grande surprise, l'espace brusquement gronder...

Conan montra, à notre gauche, une ombre qui serpentait :

— Le boyau des Rats.

Puis sa canne se rabattit vers un pli de terrain où blanchissaient quelques masures :

— Burmuchli, annonça-t-il. Tu parles si les fokkers ont tapé dedans !

Le râle gras d'un crapaud énorme, assis dans une plaque d'eau figée, pâteuse comme du plomb fondu, nous fit sursauter. Conan lui jeta une pierre. La bête se traîna lourdement sur le ventre, au fond de l'ornière.

— Vise-le, dit Conan, s'il n'a pas la dégaine d'un qui serait en patrouille !

Le sol montait. Devant nous, la courbe de la montagne semblait celle d'une longue draperie qui traîne. Le bleu du ciel se décolorait, et une grande panne de nuage fauve y allongeait comme une île oblongue. Conan se détourna :

— C'est l'heure du Zeppelin !...

Le Zeppelin de Guevgeli !... Le soir éveillait sa pulsation sonore, le timbre de ses moteurs devenait plus clair quand il prenait de la hauteur, puis les "bromm" des bombes jalonnaient le cours du Vardar...

— Un gourbi ! dit Conan, on approche !

Il montrait un trou noir, béant, à notre droite. Le coffrage avait fléchi, et le toit de rondins s'incurvait... Les sacs à terre, pourris, étaient plats et crevaient de partout.

Les grenouilles s'éveillaient, derrière nous, dans les marais, et leur chant, que traversait parfois le raclement sourd des crapauds, emplissait le crépuscule d'un étrange grelottement. Des scarabées bourdonnaient, quelques-uns nous heurtaient, et le choc cassait net leur note vibrante de violoncelle.

La montée était subitement devenue plus rude. Conan grimpait devant moi, à larges enjambées, et je m'essoufflais à le suivre ; le père Dubreuil fermait la marche et perdait du terrain. Soudain, nos ombres s'allongèrent : la lune se levait, et avec elle, la montagne.

Comme nous marchions vers l'ouest, le contre-jour du couchant l'avait jusque-là laissée dans l'ombre, mais sous la clarté pleine qui la fouillait, elle m'apparut aussi stérile, aussi âpre que jadis quand la chauffait l'écrasant soleil de midi. Je la revis pelée, coupante, ravinée, semée de pustules de roc, poussant partout des éperons, striée comme des coulées de lave. Derrière les premières crêtes, on en devinait d'autres, une effrayante succession d'autres crêtes... Hier, on était voué à la titanesque besogne de les prendre d'assaut, l'une après l'autre, celles qu'on voyait, celles qu'on ne voyait pas, toute la chaîne !...

On lui montait à même le flanc, et c'était rude ! Pas plus de pensée possible, maintenant, que les soirs de relève, sinon celle du bon caillou où poser le pied, le caillou qui ne roulerait pas. Si deux pierres s'entre-choquaient, je ne pouvais retenir un stupide haut-le-corps d'inquiétude.

Soudain, je ne vis plus Conan : il venait de sauter dans la tranchée, la première tranchée française.

Il l'arpentait à présent, devant moi. Son béret de chasseur roulait comme une boule noire le long du parados ; souvent un éboulement le forçait à remonter.

Je me détournai pour attendre mon avocat : derrière moi la montagne semblait s'être déchirée en essayant de se soulever. Sa retombée avait formé des saillies surplombantes, des entablements chaotiques, ouvert des failles profondes, des enfoncements de cavernes. Des rocs, à quelques pas, des rocs plats, d'énormes dalles descendaient en s'imbriquant : on eût dit les tuiles de quelque toit géant.

Le long du parapet de pierraille, j'eus vite rattrapé Conan. Je l'appelai :

— Où nous mènes-tu ?

Il continuait à serpenter au fond de la tranchée et il ne répondait pas. J'aperçus une lueur qui marchait devant lui : il venait d'allumer sa lampe électrique.

— Amenez-vous, ordonna-t-il.

Il éclairait l'entrée d'une sape qui s'enfonçait dans le granit, à six mètres au moins de profondeur. Des pierres blessantes pointaient dans les parois de l'escalier, du mica étincelait. La lueur glissa sur les degrés de terre rongés par les pluies, pénétra

171

jusqu'au fond de l'abri, y heurta quelque chose qui brilla d'un éclat froid.

— C'est pas la peine d'y descendre, c'est plein de flotte...

En éteignant, Conan ajouta :

— C'était le P. C. de de Scève.

Je me figurai Erlane en remontant les marches, entrant dans la nuit, non point dans cette magnifique nuit de printemps, mais dans une nuit d'hiver et diluvienne, où la terrible pluie des Balkans emportait tout, dissolvait tout, les secteurs et les âmes.

Quand il avait regardé par-dessus le parapet, c'était ce paysage de Golgotha qui lui était apparu à travers le rideau de pluie glacée, dans la lueur rouillée des fusées. Si j'avais pu l'emporter, cette montagne, à la semelle de mes bottes, pour la montrer aux juges, ils auraient peut-être compris qu'un gosse abandonné là-dedans, au cœur de ce Balkan sinistre, tout seul, gravissant le torrent qui dévalait dans la tranchée, ait pu perdre son chemin, ou même son pauvre reste de courage !

— Où sont les tranchées bulgares ? demanda le père Dubreuil.

— Trois mille deux par le ravin, deux mille sept à vol d'oiseau.

Les chiffres précis tombèrent comme une condamnation. L'écart entre les lignes mesurait l'absurdité de l'excuse qu'Erlane invoquait toujours : on ne prend pas l'une pour l'autre deux tranchées séparées par plus de trois kilomètres d'une telle montagne !...

— Amenez-vous, répéta Conan.

Il sauta sur le parapet et marcha vers l'est. La montagne s'y étalait en un plateau où courait le sillon plus pâle d'un boyau. Au bout d'un quart d'heure de marche, nous nous arrêtions au bord d'un ravin abrupt. La lune y pleuvait sur des cimes d'arbres, un torrent grondait au fond. Conan nous entraîna jusqu'à un rocher qui surplombait le vide :

— Ben voilà, dit-il de sa voix somnolente, pas besoin d'aller plus loin pour piger. Là, à 300 mètres, c'est le mamelon de la Macédonienne. C'était là que de Scève l'envoyait porter un pli aux mitrailleurs.

Il montrait une sorte de ballon, un sommet arrondi, si proche, dans la nuit transparente, que je croyais voir le bout de sa canne l'effleurer. Je murmurai :

— Il n'était tout de même pas possible de manquer ça !...

— Il n'y avait pas de lune, mon lieutenant, répliqua vivement le père Dubreuil. Ce soir, oui, cela semble impossible, mais par nuit noire !...

— L'embêtement, fit remarquer Conan, c'est qu'il avait, pour y aller, le boyau là-bas, le boyau des Mûriers qui l'y menait par la main...

Sa canne désignait, à cent mètres en avant, une ligne d'ombre qui se perdait tout de suite dans un pli de terrain, mais le bâton la prolongeait, en marquait méticuleusement les coudes, avec une sûreté parfaite.

— Le boyau était bombardé, mon capitaine.

— Dans ce cas, il n'avait qu'à suivre le réseau, sur la crête... Et puis, une ou deux salves de 105, vous appelez ça un bombardement, vous le père anthropophage ?... A propos d'anthropophage, j'ai la dent, moi !... Passe-moi la musette !

Il y trouva un quignon de pain, des rondelles de saucisson, et la bouche pleine :

— C'est d'ici que je suis parti, il y aura un an le 12 juin... Trois beaux Fritz qu'on a ramenés, cette nuit-là !...

Il mâchait, avec son pain, des souvenirs que nous entendions mal ; puis, en secouant les miettes sur sa vareuse, il annonça :

— On va aller voir les Buls !...

Nous descendîmes une pente criblée de lune, de la terre crayeuse, presque éblouissante. J'allumai une cigarette. Conan se retourna :

— Tu vas nous faire repérer, toi !

Puis, comme le pas lourd du père Dubreuil faisait rouler des pierres le long de la sente :

— Non, mais, quel chahut ! fit-il blessé dans son vieil instinct de silence. Si je vous avais emmené en patrouille vous, qu'est-ce que je vous aurais passé !...

Nous étions arrivés dans une sorte de cuvette que bordaient des boursouflures de rocs.

— A supposer, dit Conan, qu'il ait foutu le camp par le plus court, c'est par là...

Il donna quelques coups de canne à des choses qui traînaient :

— Attention au barbelé, il en reste.

Je me détournai : largement dépassé, le mamelon de la Macédonienne se dressait derrière nous, avec une rigueur de borne. Le père Dubreuil se retourna aussi et me regarda tristement. Il sentait, comme moi, que chaque pas qui nous en éloignait, ôtait à un malheureux une chance de vie !

Au bout du plateau, nous retrouvâmes, béante, la coupure du ravin qui contournait tout ce pan de la montagne :

— Cette fois, annonça Conan, rien à faire. Faut descendre dans le fossé !

Il se laissa glisser le premier, en se tenant aux racines. Il dévalait avec une rapidité de chute. Nous nous débattions encore dans les griffes des acacias qu'il allumait sa pipe, en bas, à cinquante mètres au-dessous de notre prudente descente.

— Il en a vu, tiens, ce bois-là ! nous confia-t-il quand nous l'eûmes rejoint sous le couvert. Y a un an, à cette heure-ci, il n'aurait pas fait bon s'y balader comme maintenant ! Des Buls t'y attendaient dans tous les trous ! Seulement, quand tu tombais dans le nid, sans qu'ils t'aient entendu venir, tu parles d'une omelette !...

Le père Dubreuil demanda :

— Vous ne pensez pas, justement, qu'Erlane ait pu tomber dans une patrouille ?

174

— Il a toujours affirmé, répliquai-je, qu'il n'a rencontré personne.

Conan hocha la tête avec une pitié sincère :

— Le pauvre chien !... Il aurait dit, dès le début, qu'il s'était fait paumer au bord du ravin, il ne trouvait personne pour le contredire ! Les Buls y venaient assez souvent pour lui fournir un alibi...

Il nous précéda, en écartant les branches basses. La lune jouait doucement sur le sol, à travers l'ombre légère des arbres. Elle reluisait sur les feuilles cirées des mûriers. Le torrent, dont nous entendions la rumeur à notre droite, blanchissait par intervalles à travers les troncs noirs. Un brusque détour l'amena à nos pieds. Conan s'arrêta.

— C'est là que j'ai refait une patrouille de Buls, une nuit où on y voyait moins clair qu'aujourd'hui ! Dans la flotte, qu'on s'était couché avec les gars, mais c'était en août, y en avait pas beaucoup et elle était bonne... Cinq, qu'on a descendus à la première décharge, cinq et un prisonnier ! On l'a fait remonter en vitesse et c'est dans ma cagnia que je me suis aperçu qu'il avait le ventre crevé, quand il est tombé à mes pieds, avec le poing sur son trou, pour empêcher ses boyaux de foutre le camp... C'est le seul à qui j'aie regretté d'avoir botté le train pour l'emmener !

Sa voix, dans la nuit, dans ce bois muet, prenait une force, une résonance étranges. On eût dit qu'il n'en contrôlait plus le volume, que les mots lui échappaient, comme en rêve, quand ils retentissent avec une sonorité de porte-voix.

Il repartit le long du torrent, dans la pénombre bleue.

— Sommes-nous encore loin ?

— T'en as encore pour une vingtaine de minutes.

— Ce n'est pas la peine d'aller plus loin, va ! La preuve est faite !

J'abandonnais !...

Il était tellement évident, désormais, que seule la volonté tenace de fuir avait pu amener Erlane jusque-là !

Vaincu, lui aussi, le père Dubreuil murmura :

— Ce n'est peut-être pas la peine, en effet...

Mais Conan ne s'arrêta pas :

— On ne va pas plaquer maintenant ! Faut que vous voyiez où il a accosté, votre pèlerin !

On marcha encore, longtemps, me sembla-t-il, sous le murmure des arbres. Les pièces de lune qui en tombaient tachaient de lumière nos visages et nos mains. Au-dessus de nos têtes, parfois, battaient de grandes ailes réveillées par notre pas. Conan nous arrêta, une seconde fois, au bord du torrent ; sa lampe aiguisa les dents d'un rocher qui semblait une touffe de stalagmites :

— Le rocher de la Scie... C'est le gué. Attention, ne foutez pas le pied dans la flotte, elle ne doit pas être chaude.

Il rabattait la lueur sur un chapelet de pierres plates que le torrent recouvrait d'une mince pellicule d'eau rapide. En février, quand Erlane avait passé, il devait avoir eu de l'eau jusqu'au ventre.

Sur l'autre bord, on quitta le ravin pour une vallée escarpée, une sorte de raillière croulante. Depuis le temps qu'on marchait, il me semblait impossible qu'on ne fût pas déjà arrivé. Ça prenait les allures d'une mystification !

— Ah ça ! y est-on ?

Conan leva le doigt. Il me montrait, devant nous, un piton qui s'enlevait à brusques arêtes, une sorte de pyramide tronquée, au bout d'une longue falaise noire :

— Le Piton des Vautours. C'était là leur premier poste.

Il fallut longer le pied du rempart de granit, aborder le bastion par derrière, y grimper le long d'une pente raide où la pioche des Bulgares avait, de loin en loin, entaillé quelques marches.

Quand on fut en haut, Conan regarda l'heure :

— Depuis le P. C. de de Scève, ça fait une heure quarante qu'on marche. Pour un type qui ne connaît pas la route, qui n'y voit pas, qui a les foies et les Buls devant, faut bien compter trois fois autant...

Je refis mentalement l'interminable trajet ; je revis le plateau, l'escarpement, la descente dans le ravin, le long cheminement à travers les broussailles et l'enchevêtrement des branches, les pierres plates du torrent, la raillière et l'assaut de la muraille. J'y ajoutai l'ombre, l'affreuse peur, la pluie, les menaces de mort embusquées à chaque pas : rien ne l'avait arrêté !... Je lui en voulus soudain, cruellement, de l'impossibilité où il me mettait de le défendre, de m'avoir amené de si loin pour me faire battre par l'évidence, et comme de Scève, lorsqu'il avait constaté sa désertion, je me prenais à lui supposer du courage. C'était le condamner ! Je le savais et pourtant, je ne pus retenir ma rancune :

— Il fallait vraiment qu'il en eût envie !...

Mais Conan qui s'était assis en propriétaire, les jambes pendantes, sur le parapet de la tranchée bulgare, Conan secoua la tête et expliqua, en bourrant sa pipe :

— Ben moi, mon vieux, j'en sais rien !... Sûrement, quand on vient de faire la balade, on se dit : "Fallait qu'il ait mijoté ça depuis longtemps, le frère, pour pas s'arrêter en route !" mais, avec une capacité de frousse comme celle de ton type, faut s'attendre à tout !... Suppose qu'il s'en allait peinard dans son boyau, porter son pli : un obus lui claque aux fesses, un autre au nez. Il se croit visé et il fout le camp, n'importe où, à travers le billard. Il n'a qu'une idée, galoper loin des éclatements... Ça tombe sur nos lignes : il n'y revient pas. Ça ne tombe pas en face : il y va. En face, ça mène chez les Buls, mais il n'y pense pas. Il a tout juste autant de raisonnement qu'un kleps qui traîne une poêle à la queue... Il traverse le plateau, et il te dégouline le ravin. Pourquoi ? Tout simplement parce que ça mettait plus d'espace entre lui et les 105... En bas, c'est un autre genre de frousse : une branche qui bouge, c'est un Bul ! le vent, c'est le grondement d'un chien, les grands bergers allemands des patrouilles qui vous étranglaient leur bonhomme... Il court là-dedans, hors des sentes, en chialant, le cœur battant jusque dans la gueule. Il se fout par terre, il casse du bois : ça n'arrange rien ! Il s'assomme, il tombe à l'eau, il se terre dans un taillis, bien perdu, cette fois, et dingo !... Et puis, à l'aube, il en sort sur les genoux...

Oui, il y a eu l'aube, la lumière... Il a vu clair dans le bois, dans son acte... Il a regardé le torrent... J'interromps :

— Alors, comment expliques-tu qu'il n'ait pas remonté l'eau ? Il savait bien pourtant qu'en aval c'étaient les Buls, qu'en amont, ça le ramenait chez nous !

— Mon vieux, dit Conan, c'est vrai ! Les Buls sont là, à portée de voix, de geste... Il a perdu son flingue, son casque dans le bois. Faudra qu'il explique comment, qu'il dise pourquoi il est descendu là au lieu d'aller porter son papier ; il faudra qu'il avoue la frousse qui l'y a jeté... On ne le croira pas, c'est pas croyable !... Et puis, il est à bout. Il n'a plus que la force d'en finir tout de suite. Trois cents mètres d'un côté, presque quatre kilomètres de l'autre... C'est peut-être tout simplement ça qui l'a décidé...

Le père Dubreuil approuve avec ferveur.

— Vous avez raison, mon capitaine ! C'est sûrement ainsi que cela s'est passé !

— Ben oui, mais vous ne pourrez pas le dire ! Sur les cinq bigorneaux qu'on vous alignera pour le juger, derrière le tapis, y en aura pas un d'assez culotté pour bien savoir ce que c'est que la frousse !...

Sa pipe rougissait, par bouffées, son visage placide qui semblait étrangement déplacé en ce lieu, à cette

178

heure. Il tisonnait, dans la tranchée, du bout de son bâton.

— Et voilà ! conclut-il.

Libéré de sa mission de guide, il se reposait, semblait, tout courbé, remuer des cendres et des ombres.

— J'en ai balancé des grenades dans ces trous-là, dit-il enfin, rêveusement. Tiens, là où tu es, toi Norbert, je vois encore un grand Bul empoigner son flingue et me le lever sur la gueule... Je te l'ai cassé en deux, à bout portant, d'un coup de parabellum dans le bide !...

D'instinct, je reculai d'un pas pour m'écarter de l'endroit où l'homme était tombé. Mais ce souvenir avait rejeté Conan debout.

— On les met, commanda-t-il.

On partit, on longea la tranchée bulgare que Conan explorait de sa lampe, signalant au passage les entrées d'abris, les postes de guetteurs, les emplacements de mitrailleuses...

Un nocturne ulula derrière nous, un cri strident, achevé en râle, le cri d'une bête lentement assassinée. Conan sauta dans la tranchée, se releva : quelque chose brillait entre ses doigts.

— Un de leurs chargeurs...

Il le fourra dans sa poche... Son allure devenait singulière. Il passait d'un bord à l'autre de cette tranchée, y descendait, en remontait, fouillait du jet de sa lampe les moindres replis de terre. C'était une frénésie de mouvements qui rappelait l'allure fébrile d'un chien courant sur une piste chaude. C'étaient les mêmes élans, les mêmes détours, la même quête active, la même souplesse, une souplesse stupéfiante dans ce corps trapu.

— Tiens, c'est là que Grenais a ramassé ses quatre Buls, Grenais que t'as fait passer au tourniquet... Il leur avait coupé leurs bretelles pour pas qu'ils se cavalent ! Quand il leur a montré la route, il y en a eu un, un lieutenant, un grand roux, qui n'a pas bougé.

Il faisait "non" de la tête, en tenant son grimpant à deux mains. Grenais l'a brûlé, les autres ont filé...

Il s'arrêta, me prit le poignet. De son autre main, il montrait la pente :

— Les nuits de coups de main, t'arrivais par là... T'arrivais à plat ventre, en respirant dans la terre. Tu mettais cinq minutes à faire un mètre... Tes gars, eux, prenaient un par un les cailloux ; ils les rangeaient, comme des œufs, pour qu'il n'y en ait pas un à rouler... T'entendais les Buls causer dans leur trou, rigoler, parfois, à cinq pas de toi ! T'étais là, couché, ton sifflet entre les dents. Tu savais que tu les possédais d'avance... Tu jouissais, tiens !... Et puis, tu te décidais ! Ton coup de sifflet, ça dressait d'un coup cinquante types qui tombaient dans la tranchée comme le tonnerre de Dieu !... Tu ne peux pas te figurer les têtes que t'y voyais, dans la tranchée, des gueules de types qui ne croient pas au diable, et qui le voient ! Ah ! ça te payait de tout ce que t'avais roté !... Et puis, ils payaient autrement, les vaches !... Ils en ont dégusté, avec moi... dégusté !...

Il bafouillait, saisi par une de ses terribles colères. Toute sa guerre, toute sa haine lui remontait d'un coup à la tête, à la bouche ! Penché sur le trou noir d'une sape, il y crachait des injures entrecoupées ; il le guettait, comme s'il eût dû en sortir des hommes à tuer... J'en restais immobile d'horreur et de honte...

— Mon capitaine, regardez ! Les habitants de Slop sont rentrés !

La voix du père Dubreuil s'élevait derrière nous, ferme et grave, comme pour un exorcisme.

— Regardez, mon capitaine, ils sont rentrés !

Il s'était avancé près de Conan et lui montrait, à notre droite, très bas au-dessous de nous, des lumières...

Je savais ce qu'était Slop pour Conan, des maisons crevées où ses gars avaient tout pillé, des arbres hachés où il attachait ses pièges à cheddite, un village à embuscade, un terrain de combat à mort, lors des rencontres de patrouilles... C'était là que brillaient doucement les lumières...

Les yeux lourds, comme embués d'ivresse, il regarda longuement :

— C'est vrai, avoua-t-il enfin. Ils sont rentrés...

Alors, pour l'avoir vu à ce point possédé par sa guerre, j'en eus pitié, en songeant à ce qui l'attendait, et j'osai une question que je n'avais encore jamais osée :

— A propos, Conan, qu'est-ce que tu faisais dans le civil ?

Il resta muet pendant de longues secondes, il semblait chercher, péniblement, ne pouvoir s'arracher à cette tranchée noire qu'il fixait. Enfin d'une voix toute changée, une voix grise, morne, poignante, il répondit :

— J'étais dans la mercerie, comme mon père...

Puis la voix s'assura, retrouvant le souvenir d'un orgueil ancien :

— Mais on faisait aussi la chemiserie... et un peu de confection.

Il me regarda :

— Et puis, tu sais, une fois par mois, à la foire, y avait du monde...

XIII

On a jugé Erlane hier.

Hier, il est venu s'asseoir tout seul, au milieu de la salle, au centre du large rectangle de ciment que bordent les petites tables de l'école. Mon greffier, qui l'avait vu sortir de prison, m'avait prévenu :

— Il n'en reste plus !...

Au premier regard que je jetai sur lui, je m'aperçus qu'il apportait là une indifférence morne, une apathie totale, qu'il avait épuisé ses dernières réserves d'angoisse. Les nerfs, comme disent les bonnes gens, étaient tombés, de même que tombent, dès qu'on les lâche, les ficelles qui soutiennent et secouent un pantin maigre... Comme il arrivait avant les juges, ainsi qu'il se doit, un gendarme le fit asseoir, et il me parut qu'il était seulement content d'être assis, qu'il ne restait plus en lui que la satisfaction d'être enfin assis, d'avoir son dos appuyé au dossier, ses mains allongées à plat sur ses genoux...

— Présentez... armes !

Dans le cliquetis des fusils de la garde, les juges entraient, des coloniaux kaki, une division dissoute que la nôtre venait d'absorber, des poitrines pavées de médailles, tous, même l'adjudant, gantés de blanc.

Le colonel, en s'asseyant, dit :

— Levez-vous.

Si Erlane s'était alors dressé, dans un beau garde-à-vous bien raide et bien sonnant, il eût impressionné favorablement le tribunal, car, assis, il était propre et se tenait droit. Mais il se leva mal et, sitôt debout, il fléchit sur une hanche, sa tête tomba sur l'épaule. Je me raidissais pour lui, comme on se penche, au billard, du côté où l'on souhaite que sa boule s'en aille. Je sentais que le colonel luttait contre l'envie de lui dire : "Tenez-vous mieux !" J'espérai un instant que le père Dubreuil, qui le regardait, lui aussi, avec inquiétude, allait intervenir, déclarer : "C'est un malade. Il s'est traîné jusqu'ici. Si vous voulez qu'il réponde, faites-le s'asseoir, sinon il usera toute sa force à se tenir debout..." Il n'osa pas, trop respectueux, sans doute, de toutes les liturgies... D'ailleurs, le major, que j'avais envoyé l'avant-veille à la prison, n'avait voulu reconnaître que de l'amaigrissement dû au refus de s'alimenter. Ce n'était pas le moment d'invoquer une grève de la faim...

— Je vous avertis que la loi vous donne le droit de dire tout ce qui est utile à votre défense...

182

C'était dérisoire, cette permission accordée à quelqu'un incapable, si visiblement, d'en user !...

Dans mon rapport, dans mon réquisitoire, j'ai agi au mieux, je le crois encore ce matin, en n'existant pas, en présentant les choses de la manière la plus terne, la plus sèche possible. Les juges, au moins, ne se sont pas appuyés sur moi !... J'ai concédé le fait matériel de la désertion, une désertion qui n'avait été ni préméditée, ni suivie de trahison... En raison de l'état mental de l'accusé, un hyper-nerveux, un impulsif sans volonté, j'ai demandé l'indulgence du tribunal.

Mais de Scève a été écrasant ! J'étais à peine assis, le président venait à peine de lui donner la parole qu'il se retournait vers moi :

— Je suis obligé, d'abord, de m'inscrire en faux contre le portrait moral que M. le Rapporteur vient de tracer de l'accusé. Il peut être juste aujourd'hui, après une année toute remplie de la crainte du châtiment, je n'en sais rien... Ce que j'affirme c'est qu'Erlane, au moment de sa désertion, était pleinement responsable de son acte, qu'il m'a donné l'impression, pendant les trois mois où je l'ai eu sous mes ordres, d'un soldat poltron et paresseux mais nullement d'un malade ou d'un anormal. Avant de déposer, je tiens à engager tout entière, à ce sujet, devant le tribunal, ma responsabilité de chef.

Une fois de plus, je regardai les juges : le colonel avait des traits émaciés de colonial hépatique, des cheveux gris. Il écoutait, la tête un peu penchée. Le commandant, chauve, avec une mèche noire ramenée à la Napoléon, roulait de gros yeux dans les poches des paupières, une figure lourde de vieux noceur, une bouche tordue à gauche qui creusait la joue. Le capitaine avait posé sa tête longue sur un col carcan, démesurément haut, où éclataient ses larges écussons rouges d'artilleur. Ses moustaches étaient si longues et si noires, qu'elles semblaient postiches et inconvenantes dans l'occasion. Le lieutenant, imberbe, à fourragère rouge, s'était penché en avant. Le visage froncé d'attention, il semblait un goal guettant un coup franc. L'adjudant était fier d'être là, et que ce lieutenant essayât de le convaincre.

Plus que les juges, je me rappellerai la garde de cette audience... Le colonel l'avait composée de ses meilleurs soldats, des coloniaux rengagés qui faisaient, à eux douze, plus de trente citations. L'odieuse couleur moutarde de leurs vareuses s'était fanée au soleil, et l'argent des médailles, le bariolage des rubans à rayures y éclataient. Je lisais sur les barrettes : Maroc, Tonkin, Siam, Dahomey... Tous avaient dépassé la trentaine, et sur leur visage fixe, dans leurs regards qui parfois s'abaissaient sur le dos étroit de l'accusé, je lisais un mépris tranquille, impitoyable. Ils avaient déjà jugé !... Erlane, le père Dubreuil et moi, nous étions seuls, tous les trois, entre ces douze hommes et ces cinq juges, et jamais, même aux pires instants des attaques, je n'ai eu, comme à ces minutes, l'impression d'être cerné !

Si de Scève a tout emporté, c'est qu'il a révélé à l'audience un détail accablant, un détail qu'il s'était bien gardé de me livrer : le pli dont Erlane était porteur, ce sont les Bulgares qui l'ont reçu, et ce pli, exceptionnellement important, concernait l'organisation du tir indirect par toutes les mitrailleuses du secteur, avec l'indication des objectifs à battre. Que le déserteur se fût ensuite rendu coupable d'une seconde trahison, qu'il eût encore guidé le coup de main bulgare, sur son ancienne tranchée, de Scève s'en disait persuadé, mais rien que pour avoir apporté ce pli au piton des Vautours, Erlane avait dû y être le bienvenu !...

Que pouvait le père Dubreuil pour parer ce coup ? Dire qu'Erlane ignorait l'importance du pli qu'il portait, qu'il en avait oublié même l'existence au moment d'aborder le piton ? Il le dit... C'était peut-être vrai !... Je ne sais plus !... Mais c'était minable, et le père le sentait le premier. Après cela, tout ce qu'il avait préparé sonnait forcément faux. Essayer d'attendrir les juges sur le dépaysement d'Erlane, la nostalgie d'Erlane, l'affection filiale d'Erlane, d'Erlane qui avait fait cracher cinq cents mitrailleuses de travers, sauvé la vie, peut-être, à des centaines d'ennemis, c'était peine perdue !

Le missionnaire l'a pourtant essayé. Il a dit des choses émouvantes avec une profonde conviction. Je sentais, moi, sa pitié déborder, mais déborder doucement, sans éclats de voix, une pitié de confesseur. Peut-être qu'en gueulant ?... Le colonel seul l'a écouté sans une seconde de distraction, avec déférence et sympathie ; les autres, au bout de dix minutes, ont subi sa plaidoirie comme un sermon. Il a trop pris, je crois, l'habitude de la douceur avec ses anthropophages !...

— Je déclare les débats terminés.

Quand le colonel s'est levé, je savais que tout était perdu...

L'attente, dans la cour d'école, l'école où siège le conseil, a été très courte : c'est vite fait de répondre oui à toutes les questions !...

Je ne me souviendrai heureusement que des paroles, car j'ai eu la lâcheté de garder, jusqu'à la fin, jusqu'à ce qu'on l'eût emmené, les yeux obstinément attachés au rebord de ma table. Même, pendant le brouhaha de départ, j'ai fait le simulacre de crayonner quelque chose, afin d'être bien sûr qu'il était loin, que je ne le reverrais pas en sortant... Ainsi, je ne pourrai me souvenir que des paroles :

— Au nom du peuple français (là, j'ai salué, et le cliquetis du présentez-armes a retenti si brusquement qu'il m'a semblé une détente de piège), ce jourd'hui 1er mai 1919, le Conseil de Guerre délibérant à huis clos, le président a posé la question suivante : Le soldat de 2e classe Erlane Jean-René est-il coupable de désertion à l'ennemi, pour, le 16 février 1918 à Burmuchli (Grèce), étant chargé d'une mission de liaison, avoir gagné les lignes bulgares sises à plus de trois kilomètres, avec cette circonstante aggravante qu'il était porteur d'un ordre important qu'il a livré à l'ennemi ?

"Il a été voté au scrutin secret. Le président a dépouillé les votes dans les conditions exigées par la loi. Sur la question : Erlane est-il coupable de désertion à l'ennemi et de trahison ?

OUI, à l'unanimité.

A la question : Existe-t-il des circonstances atténuantes ?

NON, à la majorité.

"Sur quoi, et attendu les conclusions prises par le commissaire-rapporteur dans son réquisitoire (pourquoi la formule me mêlait-elle à cela !), le tribunal a délibéré sur l'application de la peine. Le président a recueilli les voix, en commençant par le grade inférieur. En conséquence, attendu qu'il est constant qu'Erlane Jean-René a déserté à l'ennemi et s'est rendu de plus coupable du crime de trahison, le tribunal le condamne à la peine de MORT AVEC DÉGRADATION MILITAIRE, le condamne en outre aux frais envers l'Etat, ordonne qu'il sera donné lecture de la sentence devant la garde rassemblée sous les armes.

Tandis que les juges rattachaient leur sabre, je quittai en hâte la salle du Conseil, laissant le père Dubreuil présenter à leur signature le recours en grâce que j'avais préparé. Ils refusaient d'ailleurs son papier d'un air vertueux, comme s'il leur eût offert, publiquement, des cartes postales obscènes.

En rentrant à mon bureau de Sofia, je trouvai sur ma table une enveloppe traversée d'un "Confidentiel" au tampon gras. J'ouvris, je lus, je relus et restai écrasé : c'était un ordre d'écrou au nom de Conan. J'avais mission d'assurer, avec les gendarmes de la prévôté, les arrêts de rigueur de "cet officier" inculpé d'homicide volontaire. Sous le même pli, un mot du chef d'Etat-Major m'appelait d'urgence à la Division "pour instructions complémentaires".

Je me hâtai de désobéir. Je courus sur le boulevard, à la poursuite du petit tram déhanché qui
cahotait vers Gorna Bania. J'y sautai en marche et
commençai de compter les platanes et les stations,
en m'exaspérant de la lenteur du tacot qui s'arrêtait
tous les cinq cents mètres pour déposer à l'entrée de
leurs chemins des paysannes maigres et maussades.

Ce fut au pas gymnastique que je gravis la petite
côte qui menait à la villa de Conan, cette villa célèbre
dans tout le corps d'armée. Elle s'agrémentait d'un
toit pagode. L'architecte y avait multiplié, au moyen
de minces cloisons de briques, des pièces minuscu-
les dont l'incommodité avait vivement frappé le nouveau locataire. Aidé de son ordonnance, un ancien
du groupe franc, que, grâce à d'invraisemblables
faux en écritures, il avait réussi à traîner partout à sa
suite, Conan avait entrepris d'aménager sa demeure.
En gloussant de joie, il avait démoli les cloisons à la
pioche ; l'ordonnance jetait les gravats par les fenêtres. Le travail achevé, Conan jouissait, pour y installer son lit de camp et sa cantine, d'une chambre
vaste comme une église, une chambre à quatre fenêtres, où débouchait un escalier.

Je savais cela. Je savais aussi qu'il ne restait plus
de vitres à la villa. Conan, en effet, qui raffolait de
noix, ne les cassait qu'en les lançant à toute volée
contre les carreaux. Il professait, et l'événement lui
donnait très souvent raison, qu'à condition qu'on y
aille franchement, la noix retombe toujours en éclats
et que la vitre n'en souffre jamais... Cependant, des
noix, faites sans doute de meilleur bois, passaient
parfois au travers, sans ébranler sa confiance en son
moyen émouvant :

— C'est que le verre n'est pas bien appliqué contre
la rainure. Y a du jeu, expliquait-il. Ce qu'il faudrait,
c'est un truc tout d'une pièce, une glace d'armoire à
glace...

La provision de noix n'était pas achevée que la
pluie brutale du printemps bulgare entrait chez lui

comme chez elle par les fenêtres crevées, et pourrissait les planchers. Que de bonnes heures j'avais passées là-dedans !...

Sur le seuil, je me heurtai contre un factionnaire, un type chic, qui se cachait dans l'angle de la maçonnerie pour qu'on ne s'aperçût pas de dehors que la maison était devenue prison... Je lui tendis mon ordre, je montai : la porte était ouverte et j'aperçus Conan assis sur sa cantine. Quand j'atteignis aux dernières marches, il releva la tête qu'il tenait serrée dans ses poings :

— Te voilà !

La voix était dure, méfiante, le regard buté. Je refermai la porte :

— Alors, qu'est-ce qui se passe ?

Il haussa les épaules :

— Rien. Le proprio que j'ai vidé et qui s'est cassé la gueule.

— Où ?

— Là.

D'un coup de tête, il me montrait l'escalier.

Je compris que le propriétaire de la villa, alerté par les voisins, était venu constater les fameux "aménagements" et que Conan l'avait reçu lui-même. Je me forçai à demander :

— Il est mort ?

— On le dit...

— Mais enfin, comment est-ce arrivé ?

— Je t'ai déjà dit que je l'avais balancé dans l'escalier, répondit-il avec une impatience agressive. T'as la comprenoire enrayée !... Il s'est cassé quelque chose, ce qu'il a voulu !... Ça t'embête, hein ? Ça va te donner du boulot !... Pas trop, pourtant, parce que je la boucle ! Pas un mot avant l'audience ! Mais, le jour du jugement !... C'est là que les Athéniens s'atteignirent !... Je leur sortirai ça, d'abord ! — Il tira de sa poche une liasse de citations. — Celle-là : deux Buls esquintés, celle-là quatre, celle-là six, celle-là une compagnie avec ses officiers. Et je leur dirai : "Maintenant, amenez voir la dernière pour le dernier Bul, celui de l'escalier ! Sortez-la, celle de la cassation et des travaux publics !" Ça fera riche, hein ? Tu seras content d'avoir vu ça !

Il s'était levé, il marchait, les dents serrées, les yeux sortis de la tête ; son pas faisait fumer l'étrange plancher où se voyaient les traces des cloisons, où les lames s'alignaient dans tous les sens.

Je suppliai :

— Mon pauvre vieux, essaie donc un peu de comprendre...

Il s'arrêta net, me regarda :

— Comprendre ? Tu crois que parce que je gueule, je ne comprends pas ? Il y a longtemps que j'ai compris qu'ils avaient honte de nous, qu'ils ne savaient plus où nous cacher ! Moi et mes gars, on l'a faite, la guerre, on l'a gagnée ! C'est nous ! Moi et ma poignée de types, on a fait trembler des armées, t'entends, des armées qui nous voyaient partout, qui ne pensaient plus qu'à nous, qui n'avaient peur que de nous dès que s'allumait la première fusée !... Tuer un type, tout le monde pouvait le faire, mais, en le tuant, loger la peur dans le crâne de dix mille autres, ça c'était notre boulot ! Pour ça, fallait y aller au couteau, comprends-tu ? C'est le couteau qui a gagné la guerre, pas le canon ! Un poilu qui tiendrait contre un train blindé lâchera à la seule idée que des types s'amènent avec un lingue... On est peut-être trois mille, pas plus, à s'en être servi, sur tous les fronts. C'est ces trois mille-là les vainqueurs, les vrais ! Les autres n'avaient qu'à ramasser, derrière !... Et maintenant, ces salauds qui nous les ont distribués, larges comme ça, nos couteaux de nettoyeurs, nous crient : "Cachez ça ! Ce n'est pas une arme française, la belle épée nickelée de nos pères !... Et puis, cachez vos mains avec, vos sales mains qui ont barboté dans le sang, alors que nous, on avait des gants pour pointer nos télémètres !... Et pendant que vous y êtes, cachez-vous aussi, avec vos gueules et vos souvenirs d'assassins ! On ne peut pas vous montrer, voyons ! Regardez le bourreau s'il se tient peinard ! Faites-en autant, ou gare !" Et alors, toutes les pelures d'orange, on te les sème sous tes bottes, pour te faire prendre la bûche. Entre un Bul et toi, on choisit le Bul !...

Je le pris à l'épaule :

— Mais réfléchis donc ! Peuvent-ils admettre, peut-on admettre qu'un malheureux qui vient ici pour essayer de sauver sa maison...

Il se dégagea brusquement, rompit d'un pas et me regarda avec haine :

— Un malheureux ! T'as osé dire un malheureux !... Alors, ceux de Macédoine qui n'ont plus qu'un tas de cendres pour maison, parce que tes "malheureux" ont tout écrasé, comment que tu les appelles ?... Dire que toi et tous les péteux de l'Etat-Major, vous n'avez pas eu le cran de répondre aux Buls quand ils sont venus se plaindre : "Chez qui vous croyez-vous ? Pas chez vous, je suppose ! Etes-vous dessus ou dessous ?... Alors, payez la casse et poliment, hein !" Mais non, tous les mufles de la D. I. ont retourné leur veste et fait des excuses à plat ventre ! C'est naturel : ils n'ont jamais vu de Bul avant de venir ici, ils en ont peur !... Attends que j'en tienne cinq devant moi, cinq dont le moindre aura quatre galons, puisque j'en ai trois, ils ne crâneront pas, vingt dieux, quand je leur sortirai ce que j'ai sur la patate !

— Et tu attraperas cinq ans !...

— Ça les vaudra ! Y a des mois que j'attendais l'occasion de leur casser le morceau, de leur mettre le nez dans leur colique. Je n'espérais pas pouvoir le faire devant cinq cents poilus !... Voilà, mon vieux, au plaisir !

Il me serra la main, puis me la referma sur une canette de bière :

190

— Descends ça au type d'en bas : il me fait mal à rester debout sur ma marche !...

Le chef d'Etat-Major m'attendait dans son bureau, un commandant du génie, austère et froid, dont les yeux gris pesaient tout de suite sur les vôtres, sans ciller, et ne les lâchaient plus. Il regarda sa montre :

— Vous êtes en retard !...

Il attendit une excuse qui ne vint pas, puis il posa le poing sur sa table :

— Je dois vous communiquer d'abord l'appréciation du colonel présidant le tribunal sur votre attitude dans l'affaire Erlane... En apportant ici les minutes du jugement, il a tenu à me dire l'indignation que lui a causée votre inertie, vos hésitations, vos reculs. Il vous a qualifié d'un mot qui est peut-être dur, mais qui n'est que juste : vous avez été piteux ! Le général le saura.

Je ne bronchai pas. Mon garde-à-vous se raidit peut-être un peu plus... Le commandant se tut quelques secondes sans me quitter du regard.

— Je vous ai fait venir, poursuivit-il, à propos du capitaine Conan. C'est une affaire grave et vous savez pourquoi... Mais le général est résolu à la mener jusqu'au bout, sans se laisser arrêter par aucune considération. Il compte sur vous pour traduire cette volonté dans votre rapport.

Je compris qu'aucun plaidoyer n'était de mise. S'il ne s'était agi que du général, peut-être... Mais celui-là ne fléchirait pas plus que Conan n'avait fléchi. Pas d'excuses à espérer là-bas, pas d'indulgence ici... Mais j'avais, moi aussi, ma partie à jouer, et je répondis :

— Je dois vous avertir, mon commandant, que dès demain je soumettrai à la signature du général une ordonnance de non-lieu en faveur du capitaine Conan. Je me refuse à mettre ses services de guerre en balance avec une poussée donnée à un Bulgare dans un escalier.

Il me regarda soudain avec d'autres yeux. Je l'intéressais subitement.

— Vous refusez ?

— Oui, mon commandant.

Il lâcha un petit rire sec :

— Une poussée dans un escalier ! Vous avez l'art de présenter les choses, vous ! Une fracture de la colonne vertébrale !... Vous savez évidemment que le général prendra votre non-lieu pour ce qu'il est, une provocation et une insolence. Il donnera immédiatement l'ordre d'établir la plainte. Alors ?...

— Dans ce cas, mon commandant, je le prierai de me relever de mon emploi. Je ne suivrai l'affaire que comme défenseur du capitaine Conan.

Il me toisa :

— Mais, ma parole, c'est votre démission que vous m'offrez ! Où vous croyez-vous ? Vous êtes encore militaire, mon ami !

Ce "mon ami" ne m'écrasa point. La situation n'était pas si simple qu'il affectait de la croire. Je quittai le garde-à-vous, je me mis au repos pour répondre :

— Je le sais, mon commandant, mais je sais aussi que j'occupe un poste où personne ne peut m'obliger à conclure contre ma conscience. C'est pourquoi je vous demande de m'y remplacer.

Il réfléchit :

— C'est bien. A compter de cet instant, vous êtes relevé. Vous allez rejoindre votre compagnie.

XIV

Ma compagnie, je l'ai retrouvée dans les tranchées du Dniester, au sud-est de Bender, cette ville que les Roumains ont prise et que nous les aidons à garder, car les Rouges veulent la reprendre. J'ai retrouvé les relèves, les petits postes, les groupes de combat, les sapes, tout !... J'ai tiqué, quand j'ai regardé à un créneau, que j'ai revu la terre au ras de mes yeux !...

On a creusé des trous au bout de l'Europe pour nous y jeter, sept mois après l'armistice et ça cause à tous une stupeur telle qu'on hésite à rendre quelqu'un responsable de ça. On aurait plutôt le sentiment que c'est la terre qui nous a repris, qu'on ne peut plus vivre dessus, qu'elle lâche partout sous nos pieds, où qu'on aille, qu'on sera toujours noyé dedans !...

Elle est partout ! Le fleuve, là, à cent mètres devant la tranchée, c'en est encore ! ce n'est qu'une piste boueuse qui court à travers la steppe. Au-delà, c'est le désert gris de l'Ukraine. Rien ! De l'herbe sèche et rase. Derrière nous, un autre Sahara : la Bessarabie. On ne trouve, pour s'y reposer les yeux, qu'une haie de roseaux, dans un marais, à notre droite, et à notre droite encore, une butte, avec un moulin dessus, un moulin ruiné qui lève une aile, sa dernière aile...

Les hommes ne parlent pas. Ils vivent dans une indignation amère qu'ils couvent comme une maladie. Parfois, la pression est trop forte, l'un empoigne un fusil qu'il lance au sol en jurant, en déchiquetant le juron, la bouche tirée jusqu'aux oreilles, les dents à l'air ; un autre crie, les poings brandis :

— Mais qu'ils viennent, bon Dieu, qu'ils viennent !... Qu'ils prennent tout le bled, et nous avec ! On sera mieux de l'autre côté qu'ici !...

On leur dit :

— Quand tu gueuleras, à quoi que ça t'avance ? Tu n'y peux rien ! On ne te gardera pas plus longtemps que ta classe ! Plus t'es possédé, plus tu seras content de les mettre...

Ce qui exaspère, c'est que tout soit si calme, si vide ! Nos trous, dans cette plaine illimitée, au bord de ce fleuve désert, paraissent dérisoires, et nos guets, absurdes. La consigne est d'interdire l'accès du Dniester. Mais à qui ?... De tirer sur tout ce qu'on voit... Mais on ne voit que la poussière, le soleil et les mouches ! Cela finit par ressembler à une odieuse brimade, à un simulacre de guerre imaginé par un chef gâteux qui ne peut plus se passer de son petit secteur !

Avec l'accablante chaleur, les hommes se sont mis à dormir, à dormir en tas, bouche ouverte, partout, des siestes lourdes qui s'écroulent au fond de la tranchée et qu'il faut enjamber. Une seule chose parvient à secouer un peu leur torpeur : quand un gros poisson saute. Alors, les anciens pêcheurs discutent un peu sur son poids, sa famille. Ils disent :

— Pour ce qu'on fout, qu'ils nous laissent au moins pêcher à la ligne !...

La nuit, on double les guetteurs. Il paraît que les Rouges passent et repassent le fleuve à notre nez. Le bureau des renseignements, la police roumaine l'affirment. Jamais nous ne voyons rien, nous n'entendons rien de réel. Car les guetteurs, chaque nuit, voient des ombres ramper, ils tirent, on lance une fusée, sa lune blême flotte en clignotant sur le vide pâle de l'Ukraine, puis elle tombe, avec un grésillement, dans le fleuve. Il n'y a rien, jamais rien que les anciennes hallucinations de guerre qui renaissent.

Nous n'avons aperçu qu'un homme, sur le fleuve, un noyé, gonflé comme une outre, le dôme noir d'un ventre. A la jumelle, il me parut avoir une ceinture de cartouches qui étranglait le ballonnement du corps, avoir aussi une barbe. On le regarda longtemps descendre, prendre le grand virage du fleuve en aval. Les courants semblaient le pousser vers la rive rouge.

Nous allons au repos à une lieue du Dniester, à Balisch, un village où la boue est devenue croûte, où les pistes crevées, tourmentées, vous tordent le pied dans leur lacis d'ornières. A la moindre pluie, c'est un marais. Les maisons échappent au bourbier en montant sur des murs. Malgré cela, on s'y sent envahi, cerné par la terre noire, ravinée. La piste, devant ma fenêtre, est plus large qu'une place de France ; ma porte s'ouvre sur une cour immense où galopent des cochons noirs. Dès que l'on sort, on sent cruellement l'absence de but, de limites : tout mène partout, et cet espace indéfini décourage la promenade.

Il est pourtant pénible de rester chez soi, à cause de la haïssable importunité des hôtes. Ma chambre, une chambre mal chaulée, qui abrite des oignons, un lit de camp et ma cantine, est envahie tout le jour par des gamins à pelade, des fillettes a dents cancéreuses que je me lasse de chasser. Il entre aussi, par la porte sans serrure, sans loquet, une femme albinos, à peau translucide, aux yeux rouges, aux lèvres comme rodées. Elle est maigre, osseuse. Elle me parle en russe, obstinément, sans s'inquiéter d'être comprise. Je crois qu'elle voudrait que je m'en aille, que je lui rende sa chambre. A moins qu'elle ne me demande du singe, du chocolat, ou me reproche d'asservir le peuple russe... Je la supporte comme un courant d'air.

Conan, lui, à cause de ses arrêts, a hérité la seule chose qui soit précise dans le paysage : la butte du moulin, en avant du village, vers le fleuve. Il la partage avec les gendarmes et les préventionnaires. Il a sa chambre dans la bluterie. De là-haut, il aperçoit dans le lointain les fumées de Tiraspol, la ville rouge.

— Je me charge de l'avoir avec deux compagnies ! affirme-t-il.

Mais comme personne ne le prie d'envahir la Russie, il attend, sans impatience, qu'on veuille bien s'occuper de lui. Mon départ, je puis le dire sans me vanter, a désorganisé la justice militaire ! Personne ne se soucie de reprendre le poste, avec Conan à la clef ! Alors, il attend !

Chose incroyable, il est devenu du dernier bien avec la prévôté. Dans un accès de confiance, un brigadier lui a révélé leur cachette de pinard et de tzuica, car, grâce à leurs fréquents voyages à Bender, à l'obscure complicité des riz-pain-sel, et aux attentions de la police roumaine, les gendarmes sont mieux ravitaillés que le général. Conan s'est donc mis à chopiner ferme avec eux, et il se plaît à revenir, sur leur compte, de ses erreurs passées :

— Je ne les aurais jamais crus si démerdards, ces gars-là ! Ah ! ils savent y faire !... Par-devant, service, service, mais pour se faire gicler un coup de gniole dans la tuyauterie, ils ne craignent personne ! Faut les connaître !

Il ne se gênait pas non plus pour discourir longuement devant les préventionnaires ou les condamnés, et je savais que par optimisme naturel et bonté d'âme, il leur inoculait d'étonnantes doses d'espoir. Il pouvait d'ailleurs, à présent, se citer en exemple. N'était-il pas, lui aussi, candidat au tourniquet ? S'en faisait-il une miette ? Ils n'avaient qu'à l'imiter et à laisser pisser le mérinos ! J'étais moins tranquille, mais je me gardais de le lui dire.

Un matin où j'étais monté le voir, il me poussa devant sa fenêtre.

— C'est de là, assura-t-il, qu'il convient d'embrasser l'ensemble de nos positions défensives, comme dit le vieux. Il y a donné toute sa mesure, et sa mesure ne tient pas le décalitre !... Regarde-moi ça, si c'est proprement coupé en deux !

Il me montrait un large triangle de roseaux dont la base plongeait dans le fleuve, dont la pointe s'enfonçait, loin dans les terres, jusqu'à un petit pont bossu. C'était un marécage qui s'égouttait, par le bout, dans un fossé sans méandres, un fossé sur quoi on avait jeté ce petit pont :

— Paraît, dit Conan, que c'est une vasouille impraticable aux trois armes. C'est un lieutenant du génie qui a été y voir, un gars consciencieux qui n'est revenu qu'au bout de trois pas, quand il en a eu jusqu'au mollet de ses bottes. Il est allé se montrer au général : "Mon général, je n'ai pas fait deux mètres, et regardez ce que je suis dégueulasse !" Le général l'a félicité, et puis il s'est félicité, lui, d'avoir quinze cent mètres de secteur défendu par "une profonde défense naturelle", comme il dit, paraît-il. Ça lui permet de renforcer puissamment la défense des points accessibles... Il a expliqué ça aux copains de l'Etat-Major qui sont restés pantois devant tant d'astuce !

Conan haussa longuement les épaules :

— Un raisonnement de bigorneau, mon vieux ! Ah ! ses lumières n'ont pas besoin d'être camouflées !... Ce que je sais, c'est que si j'étais les gars d'en face, je mettrais ce que j'ai de moins bien comme culotte, et c'est là-dedans que j'irai débarquer. Comme cheminement on ne fera pas mieux.

— Crois-tu qu'ils risqueront le paquet ?

— Jamais de la vie ! Quand les Roumains seront tout seuls, peut-être...

Il proposa tout à coup :

— Viens-tu voir les flics ? Y a ton ex-greffier qui serait content.

Sous le porche du moulin, on trouva un gendarme nu-tête qui fumait sa pipe, à califourchon sur une chaise. En nous voyant, il rattrapa son képi sur l'herbe, et se leva.

Dedans, c'était une chambre ronde sous un plafond crevé d'où pendaient des lattes et des plaques de glaise. Par le trou, on apercevait l'axe du moulin et ses couronnes dentées d'acier noir.

Six gendarmes jouaient aux cartes, et, parmi eux, mon ancien greffier, qui me remercia, en bafouillant avec une confusion bien flatteuse, de toutes mes bontés passées. Il tirait de nos relations un prestige évident... On nous pria respectueusement à boire, et, pour comble de raffinement, on nous offrit des biscuits extraordinairement salés. Ils ne se laissaient point avaler, assurait Conan, à moins d'un quart ras-bord par unité. J'étais un peu étourdi par le gros vin de l'Intendance lorsque Conan ordonna :

— Viens voir tes anciens clients.

Je m'en défendis, mais mon ex-greffier insista :

— Venez donc, mon lieutenant, ça leur fera plaisir !

Et comme je marquais une certaine surprise.

— Ils savent bien tous que vous ne les avez pas assommés !

Ils m'entraînèrent dans la cour. Les préventionnaires, les condamnés, étaient assis à l'ombre courte des bâtiments. Tous se dressèrent au "fixe" que cria le gendarme.

— Repos, dit Conan.

Je les reconnaissais les uns après les autres : un tas d'Algériens, versé par la division coloniale, puis les six du Palais de Glace qui me dévisagèrent sans ciller, le visage muré ; le sergent meurtrier qui baissa la tête et rougit quand je le regardai ; enfin, dans un coin, à l'écart, un qui me fit tressaillir lorsque je le découvris, Erlane, *mon* condamné à mort !

Il m'observait avec une telle angoisse que je compris qu'il attendait de moi quelque chose d'affreux. Il ne savait pas que j'avais quitté la Justice militaire, il croyait que je venais lui annoncer... le peloton, peut-être. Je courus à lui :

— J'ai expédié moi-même votre pourvoi en cassation et votre recours en grâce. Rien n'est revenu, je le sais. C'est donc qu'on les examine... J'ai aussi écrit à votre mère. On se remue sûrement. Le temps passe, c'est bon signe...

Erlane demeurait fixe, crispé, ses yeux immenses, ses yeux qui lui mangeaient tout le visage, restaient attachés à moi. Conan se tourna vers lui et dit doucement :

— Tu vois bien ce que dit le lieutenant, ça peut s'arranger, mais faut du temps... Il ne peut rien t'arriver, tant qu'on ne saura pas si le pourvoi est rejeté. Hein, Norbert ?

— Rien.

— Tu vois, répéta Conan.

Puis il conseilla :

— Faut pas t'en faire. Ça n'avance à rien !

En sortant de la cour, il murmura :

— S'ils veulent le fusiller, faut qu'ils cavalent... Il me rappelle les pinsons que je prenais, étant gosse, les jours de neige, pour les boucler dans une cage en fil de fer... Un de ces matins, ils le trouveront raide.

Il fit quelques pas dans le sentier :

— Le pauvre petit salaud ! De Scève l'a quand même bien baisé au tournant !... Dans son idée, hein, on peut pas lui donner tort !...

Je n'avais jamais revu de Scève depuis mon départ de Sofia.

Son bataillon cantonnait au bord d'une tourbière, dans un hameau, à deux kilomètres de nous, mais je m'étais interdit d'aller de ce côté... Conan, une fois de plus, avait raison : "dans son idée, on ne pouvait pas lui donner tort". Mais son "idée" restait, pour moi, d'une simplesse monstrueuse !... Je l'entendais encore me dire : "Vous collectionnez, comme des mégots, des petits bouts de vérités inutilisables. Le moment venu de marcher, vous essayez de tout emporter : vous ne pouvez pas, alors, vous vous couchez sur le tas "... C'est possible, mais j'aime mieux ça que de partir comme lui, d'une belle allure relevée... sans m'inquiéter de ce que je piétine, de ce que j'écrase ! Car, ce que je ne lui pardonnerai jamais, ce n'est point d'avoir exigé la condamnation d'Erlane, c'est de n'avoir point eu à lutter, à souffrir pour le faire !...

Conan interrompit mes réflexions :

— C'est demain que vous remontez ?

— Oui.

— Il pleuvra, je te le dis...

Il pleuvait, en effet. C'était le soir, et l'ombre noyait déjà ma chambre. Je venais de sangler mon baudrier sur mon vieil imperméable jaune et, debout près de la fenêtre, je lisais les ordres que m'apportait mon ordonnance :

"Le lieutenant Norbert, commandant la 12e compagnie, assurera la relève, à 21 h 30, depuis la tranchée d'Arkhangel, jusqu'au bord ouest du marais...

La Russe entra, vêtue de grosse laine blanche. Dans la pénombre, son maigre visage décoloré promenait une tache étrangement pâle. Elle s'approcha de moi et regarda, sans mot dire, la feuille que je lisais :

"Il se tiendra en liaison à sa gauche avec le lieutenant Martin, commandant la 8e compagnie..."

Je sentis une main peser sur mon épaule, je tournai la tête : la Russe me regardait, les yeux luisants, son visage approchait... Ah ! non ! Je me dégageai d'un brusque coup de coude, furieux de cet hommage révoltant. Elle ne s'était pas regardée !... Elle recula et se confondit avec le mur.

"A sa droite, par le pont du marais, avec le lieutenant de Scève, commandant la 9e compagnie."

Suivaient les consignes habituelles sur la surveillance du fleuve.

Dehors, il pleuvait à torrents. Je trouvai ma compagnie ruisselant derrière ses faisceaux. La terre, cette terre aux arêtes si rudes que l'on croyait durcie pour toujours, comme un sol de brique, était devenue, en une heure, un cloaque gluant et profond. La boue moulait le soulier, et il fallait, à chaque pas, deux efforts pour s'arracher aux empreintes grasses. La pluie crépitait sur les casques et les quatre kilomètres à marcher jusqu'au fleuve parurent interminables...

Le Dniester, dans le crépuscule, sous l'averse battante, était vraiment sinistre ! Il courait, noir comme la piste, hérissé comme elle de vagues boueuses. Le ruissellement de l'averse y plantait comme des myriades de clous d'eau. Les roseaux couchés se débattaient en sifflant, leurs quenouilles sombres hochaient comme des têtes excédées. Dans le ciel où croulait une avalanche de nuages ronds, le moulin de la prison se profilait, étonnamment précis encore. Son aile unique barrait d'un trait appuyé l'étroite balafre rouge du couchant.

En voyant la tranchée inondée, les hommes jurèrent. La compagnie que nous relevions l'avait abandonnée, et nous attendait éparse sur le glacis.

Ils nous dirent :

— Vous frappez pas, vous n'aurez de la flotte que jusqu'au genou, et quand il fera sec, vous toucherez des bath caillebotis !...

Je sautai le premier, stoïquement. Une désagréable sensation d'eau froide qui entre par le haut des souliers, vous applique aux jambes des plaques de linge mouillé...

— Faut-il que je vous prenne par la main ?

Ils hésitaient, penchés sur l'eau jaune, comme des plongeurs novices.

Un à un, ils descendirent. Ils se laissaient glisser, en geignant, sur leur derrière, éprouvant l'eau du bout du soulier, ainsi qu'un bain trop chaud. Quand ils furent tous dedans, j'appelai les chefs de section :

— Prenez-moi des sacs à terre et collez-moi un barrage tous les vingt-cinq mètres. Quand ce sera fait, épuisez-moi ça avec des bouteillons et des seaux de toile. Il y en a pour une demi-heure.

A minuit, on y travaillait encore, mais les hommes luttaient pour leurs pieds secs, écoper les tenait chauds et l'eau baissait. Enfin les lanternes-tempête des sergents éclairèrent de la boue.

Je partis pour une ronde. La nuit était obscure, absolument. La pluie descendait aussi drue et le vent la jetait par gerbes au visage. J'allais, projetant le jet de ma lampe électrique sur ces blocs boueux qu'étaient mes pieds, trébuchant, glissant des talons et freinant rudement des deux mains contre les parois que perçaient des silex aigus. Parfois, une ombre, à mon approche, remuait, et je trouvais un guetteur qui ne feignait même pas de regarder au

201

créneau, un autre qui avait renoncé à enfoncer dans la boue liquide du parapet la fourche de son fusil-mitrailleur :

— Tout fout le camp, mon lieutenant...

Ceux qui n'étaient point de garde s'étaient empilés dans les sapes, des trous sans coffrage où, malgré les toiles de tente, il pleuvait comme dans une grotte. Ma lampe les trouvait recroquevillés là-dedans, le col relevé, les genoux à hauteur du nez, les épaules aux oreilles. Des clochards sous un pont !...

Je revins à mon P. C., un terrier étroit, mais couvert d'une tôle ondulée. Assis sur mon lit de treillage, je crayonnai sur une feuille de bloc-notes :

"Lieutenant Norbert au lieutenant de Scève.

"J'ai l'honneur de vous informer, qu'à moins d'avis contraire de votre part, je me tiendrai en liaison avec vous, au Pont du Marais, par agents de liaison, aux heures 3 et 5."

L'homme que j'envoyai resta longtemps dehors. Il lui fallait descendre, le long de la haie de roseaux, jusqu'au petit pont en dos d'âne, puis remonter de l'autre côté du marais, au P. C. de de Scève, à trois cents mètres de la butte du moulin. Il était plus de 2 heures quand il rentra et me remit une carte-lettre cachetée :

"Vous devez être affreusement mal, Norbert. Toute l'eau du marais descend chez vous ! Ici, c'est relativement sec. J'ai une réserve de claies, je vous les ferai porter dès demain matin.

"P.-S. — Complétez la liaison au Pont du Marais par un agent de liaison que vous enverrez à 4 heures."

Je haussai les épaules. Très service, décidément, le commandant de la 9e ! Un agent de liaison toutes les heures, par ce temps !... Lui qui prétendait ne pas aimer jouer aux soldats !... Quant à mes pieds humides, ce n'était pas sur eux que je le priais de s'attendrir !...

Etendu sur mon treillage, dans l'ombre, dans le

grand chuchotement de la pluie, je repris, une fois encore, son procès. Le de Scève à l'esprit pénétrant, le gentilhomme ironique et perspicace, je l'avais inventé, comme j'inventai jadis l'âme exquise de toutes les jeunes filles jolies !... Ce n'était qu'un "mili fana [1]" qui marchait comme les autres, au pas cadencé, dans la vie, un principe sur les yeux ! Il vouait un enfant aux latrines, au poteau, pour l'avoir trouvé inapte à toute violence, irrémédiablement désarmé ! La guerre qui est finie partout se prolonge dans des types comme lui... Ils lui servent d'écho... Pourtant, elle est finie... finie depuis longtemps !... Finie... Je l'ai rêvé maintes fois, mais à présent, je ne rêve pas... puisque les lavandières sont revenues au lavoir, battre leur linge... puisque j'entends le grand bruit éclatant de leurs battoirs, l'eau qui coule, leurs appels... Hein ? Qu'est-ce qu'il y a ?...

Je me retrouve debout, stupéfait d'avoir dormi, de voir entrer l'aube dans ma sape. Mais je refuse encore de comprendre que les claquements de battoirs de mon rêve sont devenus une fusillade forcenée qui retentit à ma droite, de l'autre côté du marais, dans la tranchée de de Scève.

— Il y a longtemps qu'ils tirent ?

— Non, mon lieutenant. Ça vient de prendre. C'est une attaque !...

Je le sais bien, mais que le mot est donc tragique, quand il est dit, au petit jour, parmi les détonations, et qu'on vient de rêver de ne plus jamais l'entendre !...

Voici que près de moi, des fusils partent. J'ai monté sur la banquette de tir, et je fouille à la jumelle l'aube noyée, trouble comme une lumière d'aquarium. Rien, une fois de plus, rien nulle part, ni sur le fleuve, ni sur les bords !

— Mais sur quoi tirez-vous, bon Dieu ?

Que vais-je demander là ! Ils tirent pour tirer, pour

1. Militaire fanatique, la plus haute cote décernée à Saint-Cyr.

effrayer ce qui menace, l'empêcher d'approcher d'eux...

Mais les autres, là-bas, à ma droite, de l'autre côté du marais, derrière cet épais triangle de roseaux, ils ne tirent pas sur des ombres, eux !... Brusquement je revois le secteur coupé en deux, tel que Conan me l'a montré.

Conan ! Il avait tout prévu. Les Rouges ont glissé sur le fleuve, dans la nuit noire, dans le grand bruit égal des eaux qui masque tous les autres bruits. Ils sont entrés dans le marais, et ils viennent de se rabattre sur de Scève, de prendre sa tranchée en enfilade ! D'autres, évidemment, progressent le long de la lisière vers le petit pont. S'ils le passent, ils nous prennent à revers, nous qui restons stupidement tournés vers le fleuve vide, et ils nous jettent à l'eau !...

— Lamy, allez dire à l'adjudant que je le laisse ici avec la première et la deuxième section, que je prends les deux autres pour aller défendre le pont... Par conséquent qu'il s'étende sur sa droite, en restant en liaison avec le lieutenant Martin sur sa gauche... Et puis qu'il surveille les roseaux plus que le fleuve, qu'il renfonce tout ce qui voudrait en déboucher. En vitesse, hein !

Lamy répond :

— Je vais prendre par le bled...

Je lui fais la courte échelle, je le lance sur le parapet où il se met à courir.

Deux minutes plus tard, je courais à mon tour vers le pont, devant mes hommes en tirailleurs, et en courant, en butant contre les mottes grasses, l'ex-rapporteur, en moi, s'amusait : "Le bel abandon de poste devant l'ennemi ! Lâcher sa tranchée en pleine attaque pour s'en aller à quinze cents mètres à l'arrière !" Puis l'essoufflement de la course vous vide la pensée, le cœur vous sonne contre les côtes, on n'entend plus que le bruit de gong de ses tempes...

Le pont ! Vide !... Cent mètres encore et on passe,

on double la pointe du vaste triangle, les dernières touffes de roseaux secs et on voit ! On assiste à ce qui se passe de l'autre côté du rideau !... Une rafale de balles devant nous, la terre qui saute, comme un rejaillissement de pluie d'orage.

Couché dans la boue, j'essaie de comprendre : ils ont dû pousser, sur un radeau, une mitrailleuse jusqu'au milieu du marais. Elle nous voit mal, mais elle sait où est le pont, et nous ne déboucherons pas !...

Eux non plus, d'ailleurs. Je le tiens, ce pont, sous mon feu, et puis le vent est tombé, les roseaux restent au repos. Un roseau, c'est déséquilibré par la tête ; dès qu'on y touche, ça oscille comme un métronome. Ils ne peuvent bouger sans que j'en sois averti !

Je me détourne, afin de compter, d'un coup d'œil, ceux qui m'ont suivi. Ils sont une trentaine qui se sont abattus derrière moi, fauchés par le vieux réflexe qui a joué. Trente... Je réfléchis à leur nombre, à ce qu'il va me permettre de tenter... et je m'aperçois soudain qu'il n'y a plus que cela qui importe, leur nombre, leur force ! Regarder leur visage, les reconnaître ?... Pas maintenant ! Trente fusils... De Scève avait raison : puisque ça recommence, que ça devait recommencer, la troupe est tout ! Les hommes, hors d'elle, ne comptent pas.

La fusillade décroît sur le fleuve : elle est trouée de silences. Une fusillade de fin d'alerte. Encore un coup isolé... Mais ça, maintenant, ce sont des grenades ! C'est bien leur fracas qui a comme la forme de l'éclatement, un fracas qui s'ouvre en éventail !... Alors, quoi, c'est le barrage ? Ils en sont là !...

Un cri, une clameur jaillit de là-bas... La clameur d'assaut, le hurlement que l'homme tient en réserve dans le tréfonds de son ventre et qu'il reconnaît, sans l'avoir jamais ni entendu, ni poussé... Le cri de guerre rouge m'a dressé sur les mains : une balle me rabat. Elle s'est piquée à deux doigts de mes yeux, elle m'a lancé de la boue sur la joue, des gouttelettes de boue qui me démangent comme de l'urticaire, et qu'il faut, avant tout, que j'essuie...

Et, sur le fleuve, la rumeur monte, ardente, touffue ! J'entends des cris se tordre dans des gueules noires, d'autres qui se cassent par le bout, d'autres qui se prolongent, horizontaux, sans fléchir, puis se tranchent net, comme une gorge... La pluie a cessé, et l'air froid du matin détaille affreusement ce sabbat. Pas une huée ne se perd, chacune s'enfonce dans l'oreille, avec son sens précis d'assassinat, le couteau, l'élan bas de la baïonnette, le coup de crosse, pas celui du théâtre où l'on empoigne à deux mains le fusil par le canon, pour le brandir au-dessus de sa tête, mais le vrai, l'arme saisie à la poignée et à la grenadière, levée à la hauteur de l'oreille, et le coup qui part oblique, en vache, défonce, fait sauter les dents sous la plaque de couche !... On ne peut pas rester là ! La gaine molle de la terre me brûle les cuisses, le ventre !... Mon fusil-mitrailleur est couché derrière moi.

— Tu videras un chargeur dans les roseaux quand je vais me lever... Deuxième section... Pour un bond... Direction le pont... En tirailleurs à quatre pas... Première section, sur place, feu à volonté dans le marais... Faites passer...

Le bruit de mes semelles sur les dalles du pont me parut extravagant. Puis j'entendis derrière moi d'autres pas sonner. J'avais été suivi, et cela m'étonnait. En me détournant, je vis qu'une quinzaine de mes hommes avaient passé. J'étendis le bras, ils s'espacèrent et au pas, courbés, mais l'arme haute, prêts à épauler, ils défilèrent le long des dernières touffes parcheminées qui nous cachaient encore la plaine et le fleuve...

La vue de ces ennemis tout noirs ne me surprit pas : je les attendais. Ils progressaient en file le long de la lisière aride. Ils me parurent grands et armés de fusils longs. Des baudriers de cartouches brillaient sur leurs guenilles. Je fus choqué de ce qu'ils n'avaient point d'uniformes. A notre premier coup de feu, ils sautèrent dans le marais avec des "floc" d'énormes grenouilles. Les roseaux s'ouvrirent dans un grand bruit de papier chiffonné. Sitôt abrités, les Rouges se mirent à tirer dans notre direction, mal, mais assez bien pour nous faire nous coucher.

Je remarquai alors que le marais tout entier commençait de bruire, que les longues tiges oscillaient partout. Il se creusait, entre leurs têtes brunes, des pistes larges, ouvertes par l'avant des radeaux qui s'ébranlaient. Ces pistes convergeaient vers nous !

Les yeux levés, je suivais, à la pointe des roseaux, le cheminement de l'attaque ! Mauvais !... La mitrailleuse, derrière nous, écornait le pont et coupait la retraite. Ils devaient en pousser d'autres, vers notre ligne, dans la vase et sur l'eau...

Mes hommes avaient ouvert le feu, sans pouvoir enrayer la lente progression des pistes. Les Rouges avançaient, couchés dans leurs bateaux plats, et nos balles ne cassaient que les grands tuyaux desséchés... Quand les embarcations seront tout près du bord, encore masquées par les dernières touffes, des hommes s'y dresseront, toujours invisibles, et ils nous fusilleront de haut en bas, comme des lièvres au gîte. Les balles nous entreront dans le dos !... Peut-être qu'à ce moment, en tirant dans leurs détonations, on pourra en toucher quelques-uns...

Et rien à faire qu'à attendre ! Si je cours au fleuve, à travers la plaine, je serai descendu par ceux de la lisière, avant d'avoir fait cent mètres. Si je vais m'enliser dans le marais, je ne serai plus qu'une tête sur de la boue liquide, une tête qu'on défonce, qu'on enfonce !...

Mes hommes l'ont compris comme moi : ils s'installent sur place. Couchés sur le flanc, ils entaillent la terre de leur pelle-bêche. Seulement, les pauvres gars, ils n'auront jamais le temps de faire de beaux trous ! Ils amasseront tout juste un petit tas devant leur tête, mais leur dos !... C'est là qu'ils seront troués !... Les roseaux s'abattent plus vite, maintenant que nous ne tirons plus. Dans quelques minutes !...

Et ça se passera exactement sept mois et douze jours après l'armistice !... Ils me font doucement rigoler ceux qui ont tant gémi sur le sort du dernier tué de la guerre, celui de la minute d'avant le "cessez le feu !" Comme s'il pouvait y avoir jamais un dernier tué !...

D'où je suis couché, je n'aperçois ni le fleuve, ni la tranchée de de Scève. De Scève !... Est-ce pour lui ou pour le pont que je suis venu ici ? Ce serait trop long à démêler : je n'ai plus le temps ! Car le branle des roseaux approche. La rumeur du corps à corps, là-bas, ne couvre même plus l'odieux crépitement de leurs tiges qui cassent...

— Alimentez vos magasins !

Cet ordre, donné pour tuer vite, pourrait être une recommandation à des épiciers !...

Les roseaux !... Je ne veux plus les voir, de peur de m'affoler !... Quand ils ne bougeront plus, oui, mais puisqu'ils basculent encore, je regarde gloutonnement ailleurs, je regarde le ciel, la butte de Conan merveilleusement précise au soleil. Le porche du moulin y arrondit une ombre chaude, dorée. Ce sera donc ça, la dernière chose aimable où je reposerai mes yeux : la douceur lumineuse d'une vieille porte ?...

Soudain, j'en vois jaillir une troupe pressée d'hommes, des hommes désarmés qui courent, se jettent à la pente, furieusement, comme des gosses descendent à fond un talus. Pas de casques, pas de vêtements collés au corps par les courroies des cartouchières, mais des vestes ouvertes, des têtes nues, quelques-uns, le torse blanc, en bras de chemise... Ils sont tombés, en quelques secondes, au pied de la butte : je ne les vois plus et j'affirmerais que je ne les ai jamais vus, si l'un d'eux n'était resté couché, les bras en croix, en plein soleil, sur la pente... si maintenant l'espace devant moi, ne se déchirait de haut en bas, comme un rideau, une déchirure fracassante de foudre...

Je crois que j'ai pu courir quelques mètres, avant que la plaine ne se mette à tourner en sifflant, un disque noir qui aurait enregistré le cri strident de milliers de locomotives...

— Tu comprends, m'explique Conan assis près de mon lit, moi, toutes les nuits je couchais chez les flics. Tu n'as qu'à garder ça pour toi... Quand la musique a commencé, ton greffier est venu me secouer. Il n'a pas eu besoin de causer, c'est le tremblement de sa main sur mon bras qui m'a réveillé. J'ai tout de suite pigé ! Quand j'en ai vu ramper de ces sagouins, j'ai compris que ça devenait vilain : il en sortait de partout, mon vieux, des limaces après la pluie !...

"Au moment où ils se sont levés en gueulant, j'ai foutu mon petit camp, quatre à quatre. J'ai trouvé tous tes anciens dans la cour, avec les flics, et c'était pas tes clients qui faisaient la plus pâle gueule !... "Mes vieux, que je leur ai dit, v'là votre libération qui arrive ! Les petits copains d'en face viennent vous gracier plus sûrement que le président de la République !... Foutez-moi des grenades plein vos poches et en bas !..." Faut te dire que de Scève avait fait monter des caisses, la veille, parce qu'elles nageaient dans le bouillon... Y en a qui ont bien hésité trois secondes !... Ils se disaient qu'ils n'avaient peut-être pas grand-chose à perdre en allant voir de l'autre côté, mais j'avais mes anciens dans le tas, et ils étaient déjà sur mes talons à se bourrer de citrons. Les autres ont suivi...

"Il n'y avait que cette sacrée petite lopette d'Erlane qui regardait ça, bras ballants. "Fais comme les autres, que je lui ai dit, ou je te brûle !" Il prend son

209

air de pierrot tombé de la lune : "Mon capitaine, je n'en ai jamais lancé. — Dans ce cas, reste à côté de moi, tu m'en donneras quand je t'en demanderai. Et je lui en ai collé dans les pattes et dans les poches.

"Et on y a été, mon vieux ! Ah ! si t'avais vu cette descente, ça valait !... Le bled était tout couvert de ces mal foutus, de ces miteux qui couraient en braillant, qui sautaient dans la tranchée ! Et il en sortait tout le temps du marais ! Une pluie de crapauds, je te dis ! Cinq cents au moins qu'ils étaient, et sales, et puants à ne pas approcher d'eux pour les buter, mon vieux !...

"Tu nous vois tomber là-dedans ?... En dégoulinant la côte, on avait arraché les anneaux des cuillers, et à trente mètres, on leur a balancé nos œufs dans les pattes, et puis d'autres, et d'autres jusqu'à extinction ! Ils foutaient le camp en lâchant des coups de seringue au petit bonheur.

"Alors on a été aux groupes de combat, parce qu'il y en avait là-dedans qui ne lâchaient pas le morceau, des grands types, des culottés, ceux qui avaient sauté les premiers et qui s'accrochaient dur. En y allant, on avait ramassé les flingues des amochés et c'est avec ça qu'on leur a concassé la gueule... Tu connais Beuillard, celui que t'as fait passer au falot : il te faisait tourner une espèce d'arquebuse qu'ils avaient dû décrocher au musée, et il te leur abattait ça sur le coin de la gueule : "Tiens, ma vache !" qu'il disait à chaque coup. "Tiens, ma vache !"... Ç'a été vite nettoyé !... Mais voilà mon Beuillard, qui était enragé et qui me crie : "Ils les mettent, mon capitaine !" De fait, je les vois qui commencent à tirer du marais leurs radeaux, leurs bachots. Ils n'en voulaient plus ! Ils étaient entrés dans le cambouis jusqu'au ventre et ils halaient, et ils poussaient. "Vas-y toujours, que je me dis. On n'a pas encore sifflé la finale !"

"Je plaque tout, je fais ramasser une Hotchkiss dans la tranchée, je remonte avec sur ma butte... Mais en remontant, qui est-ce que je trouve couché, bien pépère, l'air content comme tout d'être tranquille ? Mon Erlane, un petit trou sous les cheveux. Il tenait toujours ses deux citrons. Pour les lui reprendre, ça en a été une histoire !... Bref, de là-haut, j'étais placé comme père et mère pour crever leurs baquets. Je les ai laissés décoller. C'était plein à couler. Des types debout sur les bordés... Je les ai laissés arriver jusqu'au milieu du bouillon, et puis, quand j'ai eu leur avant sur ma ligne de mire : ah ! dis donc !... T'aurais dit des grosses loutres qui se débattaient en saignant dans les remous...

Pour l'interrompre, pour échapper à la vision de ces corps noirs sombrant dans cette eau rouge, je demandai :

— Et chez nous, y en a-t-il eu beaucoup d'esquintés ?...

— Ben, la compagnie de de Scève a trinqué : huit tués, une trentaine de blessés et puis, lui, le pauvre type, une balle en plein ici... On l'a emmené tout de suite à Bender, on l'a trépané, mais j'en reviens justement, et ça ne va pas !... On aurait dit qu'il s'en doutait, mon vieux ! Le soir où vous êtes montés, je lui ai dit : "Quand t'auras placé tes types, viens donc faire un bridge. — Non, qu'il m'a dit, je ne peux pas lâcher ! Moins que jamais c'est le moment de lâcher !" Je l'ai blagué... Un secteur à la flan comme celui-là !... Je lui ai dit, je me rappelle : "Fais comme moi, fais-toi une raison !... C'est fini pour le moment. Les ennemis, c'est comme les foins, faut le temps qu'ils repoussent..." Eh ben, mon vieux, pas huit heures après ça, les premiers débarqués lui envoyaient une balle dans le crâne... Ton épaule qui te pince, hein ?... Mais aussi, qu'est-ce que tu allais foutre en avant du pont, bougre de ballot ?...

Le général avait voulu que tous les blessés légers fussent de la fête. Mon épaule fracturée, mon énorme gouttière me valaient de figurer au premier rang des héros.

Les troupes, sur la steppe, formaient le carré. Au centre, derrière notre ligne de pansements, s'alignaient, sur deux rangs, des hommes en calot et en veste. Le général arriva à pied, s'arrêta devant nous et salua. Puis il déploya un papier :

— Je salue d'abord, cria-t-il de sa curieuse voix de tête qui se haussait encore à la hauteur de l'événement, je salue d'abord les glorieux morts que nous a coûtés la victoire. Ils sont tombés pour la défense d'une terre amie, pour manifester aux yeux du monde la solidarité de la France envers ses fidèles alliés. Je salue le caporal Bourdais François, les soldats Lepetit Albert, Vérin Léon, La Roé Joseph, Courtais Marcelin, Pichereau André, Boisnet Gustave, Brelot Edouard et Erlane Jean, car je ne veux point séparer d'eux dans l'éloge celui qui ne s'en est point séparé dans le sacrifice, et qui a racheté de sa vie la faute la plus grave que puisse commettre un soldat.

"Je vous salue ensuite, vous les glorieux blessés, et ce salut, je l'adresse d'abord à l'héroïque lieutenant de Scève frappé à la tête de sa compagnie. Je l'adresse aussi à vous, les poilus de la 9e qui avez défendu avec acharnement vos positions contre un ennemi dix fois supérieur en nombre et qui avait pour lui l'avantage du terrain. Je l'adresse encore à ceux de la 12e, qui entraînés par l'initiative et l'exemple d'un jeune officier plein d'allant, le lieutenant Norbert, se sont portés au secours de leurs camarades, courant à la fusillade comme on marche au canon, et qui ont interdit à l'ennemi l'accès d'un pont devenu la clef de tout notre système défensif.

"Enfin, je n'hésite pas à vous saluer à votre tour, vous les vrais artisans de cette victoire, préventionnaires et condamnés, dont la splendide contre-attaque a rejeté l'ennemi au fleuve, vous qui sous la conduite d'un magnifique officier, avez inscrit une page éclatante au livre de la bravoure française. Vous avez prouvé que la voix du patriotisme ne meurt jamais au cœur d'un Français, fût-il temporairement égaré. Votre abnégation, votre esprit d'offensive vous ont réhabilités. Comptez sur votre général, faites-lui confiance ! Pour l'instant, il ne vous dira qu'un mot : vous êtes redevenus dignes de ce beau nom de soldat !

Je regardai ceux qu'on venait de glorifier, les préventionnaires et les condamnés qui se tenaient très droits, raidis dans leur fierté neuve. Je les regardais complaisamment, comme on regarde, avant de s'embarquer, le ventre solide d'un paquebot, comme on jouit, au haut d'une tour, de l'épaisseur d'un parapet. Il était bon, il était rassurant d'avoir de pareils défenseurs !

Puis je reconnus, au premier rang, le grand Beuillard, Grenais, Forgeol, le Palais de Glace, le groupe franc, et je me rappelai qu'ils ne tuaient si bien que parce qu'ils avaient le goût de tuer. Ils me firent horreur dans le même instant où je songeais qu'ils m'avaient sauvé la vie.

— A droite par quatre !

Les compagnies s'allongent sur la steppe. La cadence du pas se rompt tout de suite dans la terre grasse. Moi, je prends la piste qui mène à Bender. Conan me rejoint.

— Où vas-tu ?

— Voir de Scève... Comprend-il encore quand on lui parle ?

— Moi, il m'a reconnu... Mais t'es cinglé ! A Bender, à pattes !... Avec ton épaule où les os jouent aux dominos ! Amène-toi. On va trouver une araba.

Chemin faisant, il apprécie la cérémonie.

— Il était bien, le speech du vieux... Tu sais qu'il m'a pleuré dessus en me faisant presque des excuses, et qu'il m'a encore appelé héros !...

Il marche près de moi. Avant de tourner le dos au fleuve, il jette un coup d'œil à la butte, au moulin, au décor tout entier de son dernier fait d'armes.

— Faudra, dit-il, que t'écrives à la mère d'Erlane. Faudra lui dire ce que vient de dire le vieux, qu'il n'a pas voulu le séparer d'eux dans le machin, parce qu'ils ont été ensemble dans le truc...

Il fait quelques pas, les mains derrière son dos courbé, tête basse, puis il s'arrête, balaie d'un geste brusque quelque chose :

— Oh ! et puis, laisse tomber le laïus, va !... Dis-lui donc tout simplement, de ma part, qu'il n'a pas souffert, son gosse, qu'il ne s'est aperçu de rien, et que je croyais, moi, qu'il dormait...

Mais la butte l'attire, il se retourne encore :

— Si j'y étais resté, comme lui, ça aurait été rigolo !...

XV

Je m'étais à peu près égaré : je ralentis pour lire la plaque indicatrice, puis je m'arrêtai net :

— Mais c'est le pays de Conan, ça !

Ce nom en blanc, souligné d'une flèche, je l'avais lu, je m'en souvenais bien, dans sa dernière lettre, une lettre de 1921, où il m'annonçait son mariage et qu'il quittait la Bretagne pour s'installer dans le pays de sa femme...

Je roulai pendant une demi-heure dans un vaste marais asséché, un désert fertile d'argile blanc, creusé de drains, rayé par des lignes d'osier jaune. Le ciel, là-dessus, se tendait, bleu drapeau. Le chemin était mauvais, tout en ornières durcies. Je trouvai enfin une route goudronnée, puis après quelques minutes, l'injonction stupide : "Autos : 15 kilomètres à l'heure. Arrêté municipal." Comme si une voiture pouvait jamais atteindre à ces vitesses !...

Le bourg me parut riche et laid. Un morceau de

route large et droite, bordé de maisons neuves, une école neuve à damiers de briques, une église neuve, en faux gothique grêle et coupant, une mairie à fronton et à lettres d'or. Rien dans cette rue, rien sur les trottoirs de ciment, ni poulets, ni enfants, ni chiens. C'était propre et ça donnait envie d'accélérer, de retrouver la route qui reprenait au-delà, avec ses arbres.

Je stoppai pourtant devant le Monument aux Morts, en vrai bronze, où un soldat mourait debout, sans déranger un pli de sa capote, sans lâcher le drapeau qu'il maintenait sur son cœur.

— M. Conan ?

— Là, en face.

Je lus en effet : CONAN, MERCERIE, sur la glace de la devanture. Il y avait en montre une étoile faite de pelotons de laine et deux premiers communiants de bois, très vernis, gantés de fil et habillés de costumes marins. "On fait aussi de la confection", m'avait-il dit jadis...

Je traversai la rue, je tournai le bec-de-cane, le souffle coupé, comme si j'avais couru.

— Vous désirez ?

— M. Conan, c'est bien ici ?

Sans répondre, la femme approcha. Encore ébloui de soleil, je ne l'apercevais que comme une ombre plus dense et mobile dans l'ombre de la pièce. Quand elle fut tout près de moi, je vis deux yeux verts qui me scrutaient, des lèvres minces, un nez maigre, des traits qui avaient dû être fins, mais qui s'étaient durcis et desséchés. On sentait surtout que c'était là un visage utile, un de ces visages qui ne servent qu'à voir, à sentir, à parler, un visage que cette femme n'avait jamais choyé, jamais aimé... Les cheveux étaient tirés en arrière, vers le chignon, elle portait une blouse de satinette noire ; je lui donnai trente-cinq ans.

— C'est bien ici M. Conan ?

— Oui. Pourquoi ?

— Je suis un de ses amis, un de ses camarades de guerre. Je ne passais pas loin : j'en ai profité pour venir lui dire bonjour. Il vous a d'ailleurs peut-être parlé de moi : Norbert, André Norbert ?

— Non.

— Est-il là ?

— Non.

— Mais... je ne pourrais pas le voir ?

Elle semblait hésiter, réfléchir. En l'attendant, je fis du regard le tour du magasin. Je vis le mètre, la caisse tachée d'encre violette, des boîtes de carton sur des rayonnages sombres, des vestons suspendus à des cintres.

— Vous pouvez aller voir au café.

— Où est-ce ?

— Vous demanderez. Il y en a trois...

Je sortis. Des femmes, sur les seuils, me regardèrent passer, des regards en dessous, chargés de curiosité malveillante. Elles causaient de porte à porte, mais elles se taisaient à mon approche. Je dépassai une maison de granit, à perron, à panonceaux fraîchement redorés, puis ce fut la longue glace d'un café. J'y entrai, parce que j'avais vu, au travers des rideaux, quatre hommes attablés qui jouaient aux cartes.

Je n'en reconnus aucun, et j'allai m'asseoir, de l'autre côté de la salle. Ils jouaient en silence. D'où j'étais, j'apercevais de profil un des joueurs, un énorme maquignon, un visage de graisse tombante, jauni par la cirrhose, une paupière bouffie et pesante, les plis des mentons dans le col. La bonne essuyait ma table, en rond.

— Vous me donnerez un bock... Dites-moi, est-ce que M. Conan vient parfois ici ?

Elle se détourna :

— Monsieur Conan. Un monsieur qui vous demande !...

Trois me regardèrent. Seul, le gros joueur resta

immobile, le regard attaché à son jeu, et ce fut à cela que je le reconnus.

— Te voilà !

La voix, elle, n'avait point changé, sa voix armée, méfiante des mauvais jours. C'était celle qu'il avait eue pour m'accueillir avec les mêmes mots, le jour où j'étais monté dans sa chambre de Gorna Bania, pour le Bulgare de l'escalier.

Je m'excusai :

— Je suis passé... Alors, je me suis rappelé... Jamais je n'avais eu l'occasion... La flemme d'écrire... On se perd de vue... C'est la vie !...

Il me laissa bafouiller, puis se leva :

— Amène-toi.

Debout, il était effrayant de ventre. Et son cou ! Son cou qui débordait en bourrelets, sa démarche de vieux où tout le pied traînait sur le parquet !...

Il m'emmena dans la salle voisine, la salle de bal traversée de guirlandes en papier, et me fit asseoir devant le pick-up. Je rassemblai un sourire qui tomba sous son regard, et je fis effort pour dire :

— Alors, qu'est-ce que tu deviens ?

Puis j'essayai, en le regardant, d'en retrouver un souvenir, et je fus saisi d'une vraie panique en m'apercevant que sa monstrueuse image venait de détruire, de dégrader le passé que j'étais venu chercher là !

— Oui... Qu'est-ce que tu deviens, depuis le temps ?...

Il leva ses paupières lourdes. Je ne reconnus pas non plus son regard.

— Comme tu vois : je finis de crever.

Je réussis à rire.

"Mais je crève, en décomposant, comme au maniement d'armes... C'est plus long... Toi, tu n'as changé que juste ce qu'il faut... Un petit peu...

Incapable de rattraper deux idées, je ne pus que répéter stupidement :

— Dame, depuis le temps !...

Mais je parvins à dire le mot pour lequel j'étais venu :

— Tu te rappelles ?

— Si je me rappelle !...

La voix étranglée, poignante me bouleversa. Je lui saisis les mains, ses pauvres grosses mains molles :

— Eh bien, quoi, alors, mon pauvre vieux ?...

Il haussa les épaules, comme il le faisait jadis à tout propos, mais si lentement, cette fois, si pesamment !

— T'aurais mieux fait de ne pas venir, Norbert !... Je pensais à toi souvent et je me disais : "Au moins, lui, il ne m'aura connu que vivant !"... Je m'étais arrangé pour qu'on t'envoie ma croix, deux ou trois photos, mes citations, des bricoles... Le médecin ne m'en donne pas pour six mois : le foie pourri, mon vieux !... Tu te serais dit, en recevant ça : "Ce sacré Conan, quand il rossait les cognes à Bucarest ; quand il nous baladait, avec le père Dubreuil, dans les tranchées de Burmuchli ; quand il descendait de sa butte, sur le Dniester !..." Et puis, voilà que tu t'amènes !...

Navré, je demandai :

— Mais tu n'as donc personne ici, à qui te raccrocher ?... avec qui causer ? Il n'y a pas d'officiers de réserve ?

Il sursauta :

— Des gars qui mettent leur uniforme le 14 juillet, avec les pompiers !... Peut-être que si t'étais venu plus tôt... Ou alors si tu m'avais laissé filer à Biribi, dans le temps, quand tu distribuais les billets, avec Beuillard, Grenais, mes anciens !... Enfin, c'est la vie, comme tu dis, cette pauvre vieille putain de vie !...

Il se leva :

— Je ne t'invite pas à dîner : ce ne serait point rigolo pour toi, et puis je n'en ai pas le droit !... Ma femme me ferait une scène... C'est comme ça ! On ne fait pas ce qu'on veut !... Quelle heure as-tu ? Cinq heures ?... Je devrais être rentré. Faut que je file... Tu n'as même pas bu ton bock !... Adieu, vieux, et merci tout de même !...

Il arrivait à la porte, il l'ouvrit, mais il se retourna :

— Te rappelles-tu ce que je te disais à Gorna, qu'on était trois mille, au plus, à l'avoir gagnée, la guerre ?... Ces trois mille-là, t'en retrouveras peut-être parfois un ou deux, par-ci, par-là, dans un patelin ou un autre... Regarde-les bien, mon vieux Norbert : ils seront comme moi !

Composition réalisée par JOUVE

Achevé d'imprimer en janvier 2011 en Espagne par
Litografia Rosés S.A.
Gava (08850)
Dépôt légal 1re publication : avril 1953
Édition 19 – janvier 2011
LIBRAIRIE GÉNÉRALE FRANÇAISE – 31 rue de Fleurus – 75278 Paris Cedex 06

30/0009/8